중심의 아픔

내 시의 자화상

중심의 아픔 내 시의 자화상

초판 1쇄 인쇄 · 2021년 9월 28일
초판 1쇄 발행 · 2021년 9월 30일

지은이 · 오세영
펴낸이 · 한봉숙
펴낸곳 · 푸른사상사

주간 · 맹문재 | 편집 · 지순이 | 교정 · 김수란, 노현정 | 마케팅 · 한정규
등록 · 1999년 7월 8일 제2-2876호
주소 · 경기도 파주시 회동길(서패동) 337-16
대표전화 · 031) 955-9111(2) | 팩시밀리 · 031) 955-9114
이메일 · prun21c@hanmail.net
홈페이지 · http://www.prun21c.com

ⓒ 오세영, 2021

ISBN 979-11-308-1826-9   03810

값 19,000원

푸른사상
산문선

39

중심의
아픔

내 시의 자화상

오세영 산문집

푸른사상
PRUNSASANG

　좁게는 시, 넓게는 문학에 대해 쓴 단상들을 모아 한 권의 책으로 묶어본다. 논리적인 글도, 체계적인 글도, 학술적인 글이나, 비평적인 글도 아닌 그저 주관적·직관적인 산문 담론들이다. 우리가 삶이나 세계를 이해하고자 할 때 꼭 이성적·합리적 사고에 의해서만 접근이 가능한 것은 아니지 않은가. 문학도 경우에 따라서는 감성적 공감이 되레 의외의 시야를 열어줄 수 있는 것이다.

　1부의 글들은 각종 매체의 문학 칼럼에 발표한 것들이며 5부의 글들은 필자가 한 문학단체의 책임을 맡았을 때 대내외적으로 밝힌 사회적 선언문들이다. 2, 3, 4부는 각각 필자가 저술한 학술 및 비평서, 시집, 수필집들의 서문들을 모아보았다. 이 역시 필자의 진솔한 문학관이나 시론 같은 것들이 나름대로 함축되어 있어 본서의 편집 의도와 전혀 무관치는 않으리라 생각한다.

　한 권의 단행본으로 정리해놓고 보니 지금까지 필자가 추구해왔던 창작의 궁극적 경지는 간단히 '영원'과 '진실'이라는 두 키워드로 설명될 수 있을 것 같다. 그러나 영원이 아니면 진실이 될 수 없을 것이고 진실이 아니면 또 영원에 도달할 수 없을 터이니 기실 이 둘은 한 몸체의 양면일지도 모른다. 아무리 간절하게 사모해도 결국 그 '영원'이라는 경지에 도달할 수 없었던 이 한생이 다만 허무하고 애달플 따름이다.

2021년 가을
안성의 농산재(聾山齋)에서
오세영

제2부　문학이란 무엇인가

제3부 시는 그저 있는 것이다

제1부

시와 사람

시에 있어서 진보와 보수

1

우리들에겐, 알게 모르게 보수는 과거 퇴행적, 진보는 미래 발전적이라는 편견이 자리 잡고 있는 것 같다. 문단에서도 흔히 기성은 보수적, 신인은 진보적이라고 여긴다. 일반적으로 비평가들이 ─비록 문학성은 미숙하다 하더라도 기성보다는─ 신인들에게 보다 애정을 갖는 것, 설혹 파괴적이고 비윤리적이라 하더라도 신인들의 창작활동에 보다 긍정적인 시선을 보내는 것도 이 때문이다.

그렇지만 보수나 진보는 '과거' 혹은 '미래'와 같은 시간 관념과는 아무 상관이 없는 말들이다. 특정한 이념을 뜻하는 말도 아니다. 자본주의 진영에서는 좌파를 진보, 사회주의(혹은 공산주의) 진영에서는 우파를 진보라 하지 않던가. 이는 단지 삶의 완전성을 지향코자 하는 인생의 두 가지 측면, 즉 '현실'을 추구하는 가치관과 '이상'을 추구하는 가치관을 일컫는 말 이상이 아니다. 따라서 여기에는 그 어떤 가치 평가가 있을 수 없다. 가치 중립적이다.

진보는 항상 미래 지향적이지 않다. 그 추구하는 바 이상이 과거적인 데 있다면 그 '과거적인 것'에의 지향 역시 진보라 할 수밖에 없기 때문이다. 가령 춘추전국 시대의 난세를 요순(堯舜)의 성왕정치(聖王政治)로 극복코자 했던 공자의 왕도사상(王道思想)은 비록 과거 지향적이었다 할지라도 당시로서는 진보적이었으며 서구의 르네상스 또한— 그리스 고전의 재발견이라는 점에서— 과거적인 것으로부터 깨우침을 얻었지만 중세에 대해서는 진보적이었다.

문학도 다를 바 없다. 예컨대 문학사에서는, 세계 문예사조는 일반적으로 '낭만적인 것'과 '고전적인 것'의 상호 교차 반복으로 전개된다는 인식이 확립되어 있다. 그 어느 시대나 새롭게 등장한 사조(진보적 사조)란 실상 그 처한 현실을 과거적 원리를 통해(계승 발전시켜) 극복한다는 주장이다. 가령 낭만주의는 고전주의에 대해 진보적이었으나 그 이상은 중세적 세계관에서 찾았고 사실주의는 낭만주의에 대해 진보적이었으나 그 토대를— 낭만주의보다 더 과거적인— 고전주의에 두었다.

그렇다면— 우리들이 오늘날 이 시대의 가장 전위적이고도 실험적인 사조라고 믿는— 소위 포스트모더니즘은 어떨까. 물론 리얼리즘에 반동하는 문예사조라는 점에서는 진보적이다. 그러나 이 역시 전 시대의 낭만적 세계관이 새롭게 포장되어 나타났다는 점에서 과거 지향적이 아닌가. 그 같은 관점에서는 '보수'가 '진보'보다 오히려 탈과거적이라고 말할 수도 있을 것이다. 따라서 누가, 진보는 탈과거적이어서 가치를 전유해야 한다고 주장한다면, 보수는 과거 지향적이어서 가치를 전유해야 한다고 주장하는 것만큼이나 위험하다.

이상을 지향하는 가치관을 진보라고 할 경우, 그 지닌 바 덕목은 물론 현실의 모순이나 한계를 극복 혹은 혁파하는 데 있을 것이다. 그러나 현실이 항상 부정적이고 이상이 항상 긍정적인 것은 아니다. 현실이 항상 가치 있고 이상이 항상 무가치한 것도 아니다. 인간은 현실과 이상이라는 두 가지 가치에 몸을 기대고 사는 존재이기 때문이다. 그는, 머리로는 하늘(이상)을 바라보지만 발은 항상 지상(현실)을 딛고 산다.

인간의 이상은 수만 년의 삶을 영위해온 인류의 유산 혹은 전통에 대한 통렬한 성찰 없이, ─ 그러니까 이들과 무관하게 ─ 돌발적인 꿈이나 환상만으로 이루어질 수는 없다. 그러므로 인류가 체험한 역사와 전통은 싫든 좋든 그 어느 시대나 당연히 현실 혹은 미래의 토대가 된다. 아니, 되어야 한다. 현실을 무시한 이상은 사상누각이고 이상을 무시한 현실은 퇴락한 폐가(廢家)일 따름이다. 20세기를 피로 물들인 볼셰비키 혁명을 보라. 이루어질 수 없는 이상에의 집착은 그 자체가 바로 재앙이 아니었던가. 그러니 진보는 ─ 보수 홀로 가치 있는 게 아닌 것과 같이 ─ 그것만으로 가치 있는 것이 아니다. 진보(이상)를 전제하지 않은 보수(현실)가 건강을 유지할 수 없는 것처럼 보수(현실)를 전제하지 않은 진보(이상) 역시 백일몽이다.

그러므로 신인은 그 어떤 형식이든 기존의 작품, 과거 전통과 관련을 맺지 않고 시작(詩作)할 수 없다. 그렇게 해서도 안 된다.

2

일반적으로 신인들이 문학작품을 창작함에 있어서는 과거 유산이나 전통과 관련하여 아마 네 가지 태도가 있을 수 있으리라 생각한다. 첫째, 이를 답습하는 부류, 둘째, 계승 발전시키는 부류, 셋째, 부정하는 부류, 넷째, 단절한 부류 등이다.

첫째 부류는 신인다운 신인이 될 수 없을 터이니 논외로 한다. 둘째, 셋째 부류는 어떤 형식으로든 과거의 유산과 관계를 맺고 있는 자들이다. '과거 유산을 계승 발전시킨다'는 것은 문자 그대로 과거의 유산에 토대해서 시를 쓰겠다는 뜻이고 과거적 유산을 부정한다는 것도 역설적으로 '과거에 대한 의식' 없이 가능할 수 있는 일이 아니기 때문이다. 따라서 이 둘째, 셋째 부류는—명분상 비록 진보를 앞세운다 하더라도—본질적으로 과거를 도외시한 시인들이 아니다.

그러나 넷째 부류는 다르다. 그들은 과거 혹은 전통에 대한 의식 자체가 없는 까닭에 기존의 그 무엇을 극복해서 어디로 지향할지를 고뇌하지 않는 사람들이다. 즉, 어떤 뚜렷한 비전 없이 그저 현상에만 몰두하면서 방황한다. 그러니 혼돈 속에서, 혼돈과 더불어, 혼돈 그 자체를 즐길 수밖에 없다. 실제로 그들은 그렇게 즐기고 있다. 스스로 고백하고 있듯 그들은, 시란 무의미와 우연과 정신 해체, 그러니까 결과적으로 퇴폐로 쓰는 것이라 하지 않던가. 그것이 새로움이라고 하지 않던가. 문제는 우리 시단이 이 넷째 부류의 신인들에 의해서 거의 볼모로 잡혀 있다시피 하다는 점이다. 작금의 우리 시단이 걷잡을 수 없는 혼란과 아노미에 빠져들게 된 소이연이다.

대학 교수와 비평가를 겸한 필자의 실제 경험상으로도 지금까지 만나본 국내 여러 대학의 국문과 학생 및 문학 지망생들은—별 볼 일은 없으나 문학 권력 등 여러 가지 이유로 매스컴을 타는 현 문단의 몇몇 허상들의 작품들을 읽는 것을 제외하고는—60년대 이전의 우리 고전을 제대로 습득한 자들이 별로 없었다. 이는 그동안 우리의 신인들이 들고 나온 제 문학적 이슈들에 의해서도 충분히 증명되고 남는다. 예컨대—그마저도 상당 부분은 독자 조작에 능한 기성 시인들의 캐치프레이즈를 맹목적으로 추수한 결과들이지만—'노동시', '민중시', '농민시', '민요시', '도시시', '신서정시', '선시(禪詩)', '모더니즘 시', '해체시(아방가르드)' 따위들이다.

그러나 이 모두는 실상 우리 문학의 과거 전통 속에서 면면히 살아 숨 쉬던 것들 이상이 아니다. 노동시, 민중시, 농민시 등은, 용어(用語)는 물론 시작(詩作) 자체가 이미 1920~30년대에 실천된 바 있었던 문학운동들이며, 민요시나 도시시는 20년대 시에서, 선시는 20년대 한용운의 시나 30, 40년대의 조지훈, 김달진 등의 시에서, 모더니즘 혹은 해체시라는 것들은 20년대 후반 내지는 30년대 다다이즘이나 『삼사문학』 동인, 이상(李箱), 60년대의 『현대시』 동인 등의 시에서 나름으로 활발하게 거론되었던 운동들이 아니던 가.

그럼에도 진보를 표방하는 일군의 우리 신인들이 이처럼 이미 우리의 과거 문학에서 논의된 바 있었던 것들을 마치 자신들만의 전유, 혹은 새로운 창안이기나 한 것처럼 새삼스럽게 들고 나오는 것은 문학사에 대한 자신들의 무지를 드러내거나 어떤 불순한 의도를 갖고 문학적 속임수를 쓰는 것 이상이 아니다. 그렇다고 우리는 그들의 작품 중에서 이상보다 훌륭한 해체성, 미당보다 훌륭한 서정성, 상화보다 훌륭한 농민성, 소월보다 훌륭한 민요성, 지용보다 훌륭한 도시성, 임화보다 훌륭한 민중성, 지훈보다 훌륭한 선시를 발견할 수 있는 것도 아니다.

그렇다면 우리의 신인 시단은 왜 이리 되었을까. 한마디로 우리의 고전을 외면했기 때문이다. 기성 시인들과 담을 쌓고 자신들만의 또래 집단 속에 파묻혀 ― 한 특정한 문학 권력집단을 추수하는 것 이외에 ― 오직 그들 세대의 작품들만을 읽고, 그들 세대의 작품만을 품앗이로 서로 베끼고, 그들 세대의 주장만을 옳다고 신봉하는 그 자족(自足) 때문이다. 문학적 부화뇌동과 독서량의 부족 혹은 독서의 게으름과 편향된 문학적 사시(斜視) 때문이다. 실제로 그들은 소월이나 지용, 미당이나 목월의 시를 읽은적이 거의 없으며 김현승이나 박남수가 누구인지를 모른다.

그 결과는 어떨까. 앞서 언급한 것처럼 토대가 튼튼하지 못한 건축이 사상누각이 되어버리듯, 그들은 자신들이 지향한다는 그 진보적인 이념(?)에 현실성이 결여되어 결국 관념과 혼돈의 나락으로 떨어질 수밖에 없었다. 그러니 솔직히 인정하자. 사정이 그렇다면 이를 극복하는 방법은 두 가지밖에 없지 않겠는가? 하나는 토대, 즉 기초를 다시 튼튼하게 다지는 일이요 다른 하나는 임시방편의 조립식 주택을 급조하는 일이다. 그럼에도 우리 신인 시단의 대부분이 후자의 방법에서만 그 해답을 찾아 거기서 안일한 일자리를 구하고 있다는 사실은 참으로 걱정스럽다. 그 대표적인 것의 하나가 그들 스스로 이르는 바 한국판 진보시라 주장하는 소위 '아방가르드 시'나(유럽에서는 1910, 20년대에 이미 실컷 우려먹었던), '포스트모더니즘 시'의 시작(詩作)이다.

포스트모더니즘이란 현대 서구인들이, 자신들이 처한 문명사적 위기와 그 이념의 붕괴를 — 통합된 주체의식이나 어떤 확고한 정체성의 확립없이 — 해체된 현상 그 자체로 수용코자(그들의 용어로는 이를 '자기반영(self-reflection)'이라고 한다.) 하는 세계관이다. 그뿐만이 아니다. 웬만한 식자들이라면 다 알고 있듯 그것은 서구 선진자본주의 열강들이 다국적 자본주의라는 미명 아래 경제적으로 제3세계를 수탈코자 하는 일종의 정치문화적 침략 이데올로기의 하나이기도 하다.

서구 사회의 여러 병적인 요소들 — 매춘, 마약, 알코올중독, 동성애 등으로부터 팝뮤직이나 랩과 같은 대중음악, 거기다 블루진, 코카콜라 등 의식주 문화에 이르기까지 현재 우리의 순결한 지구를 광범위하게 오염시키고 있는 것 역시 바로 우리들이 일상 체험하고, 피부적으로 느끼고 있는, 이 같은 포스트모던한 문화현상이 아닌가. 그래서 포스트모더니즘의 본고장이라 할 미국의 논자들

마저도 포스트모더니즘의 시를 '팝송시'로 규정하고 있지 않던가.

그러나 우리의 문화적 토양은 이와 질적으로 다르다. 우리에겐 애초부터 그들이 이 세계의 주체 혹은 이성의 중심이라고 생각했던 신(神)이 없었으며, 신이 없으니 신의 죽음에 따른 이성이나 주체의 붕괴와 같은 허무의식 또한 없다. 일찍이 서구의 철학자 야스퍼스조차도 '동양에는 (신이 없는 까닭에) 비극이 없고 오직 우수만이 있을 따름이다'라고 말하지 않았던가. 동양적 휴머니즘과 서구적 휴머니즘이 같을 수는 없는 것이다. 따라서 우리로서는 이 사조가 지닌 여러 요소들 가운데서 필요로 하는 부분만을 선별적(選別的)으로 수용하면 그뿐, 이를 무분별하게 받아들일 아무 이유가 없다.

이 대목에서 우리의 신인들은 스스로 성찰해야 한다. 자신들이 추구하겠다는(혹은 추구하고 있는) 그 진보적 이념이라는 것도 실상은 우리의 전통, 우리의 위대한 문학 유산과 결합되지 않고서는 결코 참답게 이루어질 수 없다는 바로 그 사실이다. 이는 서구인들 자신이 그들의 세기말적 문화 현상의 극복을 동양적 이념에서 찾고자 노력하고 있다는 바로 그 한 가지 시도만을 예를 들어보아서도 충분히 입증될 수 있으리라 믿는다.

따라서 만일 우리가 포스트모더니즘을 굳이 수용하고자 한다면 당연히 그에 앞서 우리의 전통, 동양적 세계관을 먼저 이해하고 이로써 현대적인 것의 비전을 탐색하는 것이 올바른 태도일 것이다.

3

문학사의 도정(道程)에서 우리 신인들이 이처럼 우리의 전통 혹은 우리의 문학 유산과 결별하게 된 원인은 어디에 있을까. 필자는 다음과 같이 생각한다.

첫째, 대학 입시 교육의 문제이다. 현실적으로 대학 입시 교육 이외 다른 어떤 곳에서도 눈을 돌릴 수 없는 현하 우리나라 일선 중고등학교에서는 정신적 혹은 물리적으로 그 어떤 제대로 된 문학 교육도 제공할 여력이 없다. 무엇보다 이에 할애할 시간부터가 부족하다. 매일매일 입시 교육에 쫓기는 처지로 어디 '문학 독서의 지도'와 같은 개념을 상상이나 해볼 수 있겠는가. 그러니 일선 학교에서의 문학교육이라는 것이 고작 참고서를 통한 간접 독서나 교과서 수록 작품만을 대상으로 한 문제 풀이식 암기 교육에 그치는 것 아니겠는가. 그러므로 지금 우리의 일선 중고등학교는 사실 문학작품 하나 제대로 배운 적 없는 학생들을 대거 양산하고 있는 정신의 기성품 공장이라고 말할 수 밖에 없을 것이다.

둘째, 사지선다형으로 출제되는 대학 입학시험 문제의 악영향이다.(올해부터 실시되고 있는 소위 오지선다형 역시 이와 크게 다르지 않다.) 이 같은 문제 유형은 혹시 자연과학적 지식의 유무를 알아보는 데는 다소간 도움이 될지 모른다. 그러나 문학작품의 이해나 인문학적 소양의 깊이 같은 것들을 식별하는 데는 아무짝에도 쓸모가 없는 평가 방식이다. 아니 문학 교육의 목을 옥죄는 올가미이다. 그 결과 지금 이 나라 중고등학교는 바람직한 인문정신이 결여된 사고 미숙의 천박한 문학 독자 혹은 사이비 교양인들을 대거 배출하고 있는 중이다.

셋째, 한국 교육계를 지배하고 있는 미국식 기능주의 교육의 병폐다. 그간 우리 학교교육은 은연중 학생들에게 도구화된 지식, 물질만능주의, 실용주의, 삶의 전문화, 합리주의적 세계관 등과 같은 미국식 가치관을 주입해온 것이 사실인데, 그 과정에서 이는 결과적으로 — 물론 자본주의 사회의 근간 자체를 흔들어서는 아니 되겠지만 — 우리 청소년들이 갖추어야 할 인문학적 사유의 깊이를 훼손시키는 일에 일조해왔다는 것도 부정할 수 없다. 십수 년 전 필자는 미국의 한 대학에 체류하는 동안 심장수술의 세계적 권위자이자 그 대학 병원의 교수이기도 한 어떤 유명한 외과 의사가 셰익스피어가 누구인지조차 모른다는 사실을 알고 놀란 적이 있었다.

넷째, 지난 두 세대 동안 우리 문단을 지배해왔던 소위 민중문학 운동의 일부 부정적인 영향이다. 물론 우리는 우리 사회의 민주주의 정착을 위해 그들이 조국에 바친 헌신과 정의로운 투쟁을 부정하고자 하는 것이 아니다. 그러나 그렇다고 해서 그들이 우리 문학에 끼친 부작용까지 외면해서는 안 된다. 그중의 하나가 그들이 소위 '문학주의'로 지탄한 바 있었던 순수문학의 배격이었다.

다 아는 바와 같이 당시 민중시는 — 그들이 제도권 예술을 기존 지배층의 향유물로 인식했던 까닭에 — 비제도권 예술을 표방하고 나섰다. 그러므로 그들은 당연히 기성 제도권 예술이나 전통 혹은 그 문학적 유산을 공격하지 않을 수 없었고 이는 일부 기성문인들이 저지른 정치적 비리와 당대의 비정상적 정치 상황 등으로 인해 젊은 세대들의 절대적인 지지를 얻었던 것도 사실이다.

그럼에도 여기에는 본질적인 의문 하나가 남는다. 그들이 '문학주의'라 폄하했던 그 '문학의 문학됨'을 — 그들의 주장처럼 — 아예 폐기해 버린다면 문학이 설 자리는 과연 어디 있겠는가. 문학이 문학이 아니라면 문학은 또 무엇이겠는가. 그러한 관점에서 당대의 민중문학 운동은 우리의 현대문학을 고전 및 전통과 유리시키는 데 결과적으로 한몫 거들었다는 비판, 마땅히 존중되어야 할 순수문학의 정당한 가치를 편견과 사시(斜視)로 몰아붙였다는 비판을 모면하기 어렵다.

다섯째, 앞서 언급한 바 포스트모더니즘의 문화적 침략이다. 그간 우리 문화계에서는 일부 시류적인 문화 관리인 혹은 문인 예술가들이 말끝마다 '현대' 혹은 '산업사회'라는 시대 이념을 들먹이면서 전통 혹은 우리의 과거 유산을 거칠게 부정해왔다. 한마디로 서구적인 유행과 시류에 맹목적으로 추수한 것이다.

그뿐인가. 한국의 영상미디어나 방송매체 역시 '세계화'라는 미명 아래 대부분 미국의 대중문화 혹은 대중예술의 선전매체로 전락한 지 오래다. 이에 의식 있는 시청자들이 항의라도 할라치면 돌아오는 대답은 으레 '세계화'다, '대중이 선호하니 그럴 수밖에 없다', '광고주들의 의사를 따른 결과이니 어쩔 도리가 없다'는 식의 상투적 변명들뿐이다. 물론 이 역시 일부 옳은 말일 수도 있다. 그러나 대중이 지금의 그 같은 지경에 빠져 있다면 그들을 그렇게 유도한 장본인들은 대체 누구란 말인가. 그러니 이에 영향을 받은 한국의 문학 지망생들이 '팝송시'나 '만화시'를 좋아하고 또 '팝송시'나 '만화시'만을 쓰는 유행 풍조에 부화뇌동하는 것이 아니겠는가.

여섯째, 센세이셔널리즘의 추구, 독서 대중의 조작 그리고 물신주의와 스노비즘에 탐닉하는 우리 매체들의 코머셜리즘과 저널리즘이다. 그동안 우리들은 민중시 운동이 때로 민중산업이라는 이름으로, 코머셜리즘과 포스트모더니즘이 시대정신이라는 이름으로 저널리즘과 끊임없이 야합해왔던 예들을 수없이 목도해왔다. 그뿐만이 아니다. 문학 관리인(평론가, 교수, 기자, 출판사나 잡지사의 편집장 등)들을 수하로 거느린 일부 메이저 출판사들의 꾸준한 독서 대중 조작이 별 볼 일 없는 시인들을 그럴듯하게 포장해서 상품으로 팔아왔던 것 역시 사실 아닌가. 이 같은 유행 풍조의 조장 또한 우리 신인들을 전통으로부터 유리시키는 데 나름의 악영향을 끼쳤다는 것을 부정할 수는 없을 것이다.

일곱째, 비평가들을 비롯한 문학 관리인들의 세대 문제이다. 어찌 된 일인지 우리 문단의 비평가들은 나이가 항상 젊다. 비평이 젊은 것이 아니라 생물학적으로 젊다. 필자로서는 지금껏 40대 이후까지 활발하게 활동을 영위해온 우리 문단의 비평가들을 찾아보기가 힘들었다. 그 결과 비평 현장은 마치 어린이들의 놀이터와도 같이 되어 오직 젊은 신인들과 젊은 비평가들이 그들만의 판을 짜고 또래 집단을 형성한 뒤 — 기성 문인들이나 전통 옹호론자들과의 소통을 단절한 채 — 문학 권력의 눈치를 보거나 그들만의 나르시시즘에 빠져 있는 것 또한 우리 시단의 현상 아닌가.

한국시의 미래는 새로운 감수성을 지닌 신인들에 의해서 그 문학적 비전이 제시되고 또 선도될 것이다. 그러므로 우리 신인들은 소위 '진보적 이념'(혹은 '진보적 이상')만이 아닌 보수적 현실성에 대해서도 한 번쯤 주목해야 될 때가 되지 않았나 싶다.

시의 언어와 종교의 언어

1

시의 언어가 무엇이냐 하는 물음에 대해서는 그간 '애매성의 언어', '신화의 언어', '긴장의 언어', '존재의 언어', '사물의 언어', '간접화의 언어' 등과 같은 여러 주장들이 있어왔다. 그중에서도 설득력을 지닌 것의 하나가 바로 영미(英美)의 신비평가들이 엘리어트의 시에서 발견한 (가령 「황무지」나 「4중주」 등에 등장하는 "4월은 잔인한 달", "나의 가장 유일한 질병은 건강이다"와 같은 시행들) 소위 '역설(逆說, paradox)의 언어'라는 개념이다.

그러나 필자는 그것이 시의 언어만이 아닌 다른 모든 성스러운 언어의 본질이기도 하다는 사실을 이야기하고자 한다. 『불경』이나 『노자』, 『장자』 등 동양의 고전들은 말할 것이 없지만 "가난한 자는 복이 있나니 천국이 저희 것임이요", "누구든지 나중 된 자가 처음 되고……", "죽으려는 자가 산다" 등과 같은 『성경』의 말씀들이 그 전형적인 예이다. 실제로 『구약성서』의 「시편」은 시집이며 『성서』 그 자체도 넓은 의미에선 문학의 범주 안에 든다. 불교 역시 모든 게송(偈頌)들은 시이고 경전의 대부분도 시적 표현으로 쓰여 있다.

2

앞서 언급한 것처럼 기독교의 본질을 이루고 있는 진리는 역설이다. 이 세계의 구현을 '신의 예정'과 '인간의 자유의지'라는 상호 모순된 질서의 전개로 보는 그들의 세계관 자체가 그러하다. 『성경』에 의하면 신은 진노하는 신이자, 자비의 신이며 원죄를 짓도록 하는 자이자 원죄를 심판하는 자이다. 그리고 인간은 바로 그 모순의 틈바구니에 낀 희생물에 지나지 않는다. 『성서』에 등장하는 욥이나 가룟 유다는 아마도 그 대표적인 인물들 중의 하나일 것이다.

일찍이 서구 철학자 야스퍼스로 하여금 '욥적 운명'이라는 용어를 만들어내게 한 「욥기」의 욥은 의로웠던 까닭에 오히려 사탄의 시험에 든 인물이다. 즉 그는 단지 의롭다는 이유에서 재산을 빼앗기고, 가족들을 잃었으며, 막판에는 그 자신도 죽음의 문턱에까지 이른다. 그래서 그는 하느님께 이처럼 항의할 수 밖에 없었다. "의롭고 순진한 자가 조롱거리가 되었구나. 오히려 강도의 장막은 형통하고 하나님을 진노케 하는 자가 평안하나니……."

왜 그랬던 것일까. 그렇다. 욥 자신은 모르고 있었지만 여기에는 기실 중요한 하늘나라의 비의 하나가 숨어 있었다. 인간의 진

실과 하느님 나라의 진실(이 세계를 지배하는 존재론적 진실)은 본질적
으로 다르다는 바로 그 사실이다. 다행히도 욥은 그 같은 역설적
상황의 어떤 결정적 순간에 번뜩 암흑을 밝히는 한 줄기 섬광처
럼 하나의 진실을 깨우치게 된다.

그것은 이렇다. 자신이 지금까지 옳다고 믿어왔던 진실, 즉 이
성과 합리성에 토대한 세속적 차원의 진실이란 참다운 진실이 아
니고 자신의 구원도 이 같은 이성적 진실에 의해서는 결코 이루
어질 수 없다는 사실의 깨달음이다. 욥이 지금까지 지키고자 했
던 의로움은 단지 일상 세계에서 통용되는 의로움, 인간의 논리
로 뒷받침되는 세속 세계 속의 의로움이었을 뿐 역설적 진실이
지배하는 천상 세계, 즉 하느님의 나라에서는 통할 수 있는 의로
움이 아니었던 것이다.

그래서 욥은 자신의 목숨이 경각에 달린 그 결정적인 순간에
퍼뜩 정신을 차리고 하느님께 용서를 구한다. "주여 나를 부르소
서 내가 대답하리다.", "무지한 말로 이치를 가리우는 자가 누구
이니까. 내가 스스로 깨달을 수 없는 일을 말하였고 스스로 알 수
없고 헤아리기 어려운 일을 말하였나이다. …… 회개하나이다."
그는 논리적이고 이성적인 인간의 진실을 포기하고 전적으로 신
에게 매달릴 때에 비로소 역설이 가둔 존재론적 모순의 덫을 풀
수 있었던 것이다.

예수나 가룟 유다 같은 이 종교의 다른 중심 인물들 역시 이와
다르지 않다. 예컨대 가룟 유다가 처한 존재론적 딜레마(모순)는
은전 30냥이라는 물질적 탐욕에 있는 것이 아니라 자신이 예수를

팔지 않으면 인류를 구원시킬 수 없고(신의 예정론) 예수를 팔아버리면(자유의지론) 그 즉시 죄인이 될 수밖에 없다는 그 역설적 상황에 있다. 그는 의인이자 동시에 죄인이었던 것이다.

예수 또한 마찬가지이다, 그는 인간이자 신이며, 죽임을 당한 유한자이자 영원을 사는 무한자. 원죄의 대속자이자 그 자신의 구원자이다. 이처럼 기독교적 세계나 그 세계 내 존재들은, 표층적(일상적) 차원에서는 비록 논리적 진실의 지배를 받고 있는 것 같아 보이더라도 심층적(본래적) 차원에서는 모두 모순 혹은 역설적 진실의 지배를 받는다.

물론 클리언스 브룩스나 휠라이트 등 많은 논자들이 그들의 시론에서 주장하고 있는 바, '역설의 언어'란 모순이 모순 그 자체로 끝나버린, 그러니까 무의미한, 문자 그대로 앞뒤가 맞지 않은 어불성설(語不成說)을 가리키는 것은 아니다. 오히려 일상어적 차원에서는 모순이 된다 하더라도 어떤 특별한 차원에서만큼은 이를 조화 혹은 초월시킴에 의해 — 논리적인 진실로는 도달할 수 없는 — 어떤 총체적이고도 절대적 진실에 이를 수 있는 언어를 일컫는 말이다. 앞서 살핀 『성서』의 모든 역설적 언어들이 그러하다. 키에르케고르가 "기독교는 지성으로 해결되지 않은 것을 기독교적 역설로 해결한다.", "신은 절대의 모순 즉 패러독스다. 신의 나타남은 현실성이며 동시에 영원이자 시초다."라고 말했던 것도 이를 두고서 한 발언일 것이다.

그러한 까닭에 시와 기독교는 본질적으로 그 언어가 상호일치한다.

3

　불교나 노장(老莊)의 언어 역시 역설의 언어이다.『도덕경(道德經)』에는 "도는 텅 빈 그릇 같아서 아무리 써도 채워지는 일이 없는 것 같고 또 그것은 못처럼 깊어서 만물의 근원이기도 하다.", "수레바퀴는 속바퀴의 구멍 속에서 그 회전하는 작용이 생기며 그 빈 곳이 그릇으로서의 구실을 한다.", "부드러운 것이 강한 것을 이기고 약한 것이 강한 것을 이긴다.", "쓸모없는 것이야말로 쓸모 있는 것이다."라는 말씀이 있다.

　『화엄경(華嚴經)』에도 "불자들이여. 보살은 열 가지 항목을 익혀야 합니다. 일(一)은 다(多)이며 다(多)는 일(一)이며, 가르침에 따라서 의미를 알고 의미에 대하여 가르침을 알고, 비존재는 존재이며, 존재가 비존재이며, 모습을 갖지 않은 것이 모습이며, 모습이 모습을 갖지 않은 것이며, 본성이 아닌 것이 본성이며 본성이 본성이 아닌 것이며……"라는 말씀이 있다.

　그런데 이 역시 앞에서 살펴본 기독교적 세계관의 그것과 별로 다르지 않다. 일찍이 대승불교의 교조라 할 용수(龍樹, Nagarjuna)는 이를 '이제설(二諦說)'로 설명한 바 있는데, 그에 의하면 만유제법(萬有第法)은 현상계에 입각해서 관찰할 경우 하나도 부정할 수 없다고 한다. 실상 그대로 있기 때문이다(속제(俗諦)). 그러나 본체계에 입각해서 볼 때는 모두 무자성(無自性)한 것으로 공(空)하지 않은 것이 하나도 없다(제일의제(第一義諦)). 즉 속제는 '유(有)'이며 제일의제는 '공(空)'이다. 따라서 일체만유(一體萬有)는 이 양자가 한 몸을 이룬 상태로 유전한다는 것이다.

『반야심경(般若心經)』의 "색즉시공(色卽是空) 공즉시색(空卽是色)"(색이 바로 공이며 공이 바로 색이다)이라는 개념, 연기(緣起)를 설명한 『화엄경』의 '동체이체설(同體二體說)' 또한 이와 다르지 않다. 전자는, '색'이란 속제를, '공'이란 제일의제를 의미하는 말이 되고 후자는 문자 그대로 한 존재를 구성하는 몸체는 둘이자 동시에 하나라는 뜻이 되기 때문이다.

이제 다시 후자만을 부연하면 이렇다. 연기를 일으키는 일체의 법은 그 인(因) 속에 이미 타자와 맺을 연(緣)이 배태되어 있다. 그러므로 즉자와 타자는 본래적으로 동체(同體)이다. 그러나 현상적으로 연기 그 자체는 연과 인의 상호작용에 의해서 이루어지는 까닭에 각자 이체(二體)이기도 하다. 불교 존재론이, '생(生)'과 '사(死)', '무(無)'와 '유(有)'가 한 몸체의 표리(表裏)이며 '생(生)'이 있으므로 '사(死)'가 있고, '사'가 있으므로 '생'이 있다고 말하는 이유가 여기에 있다.

그렇다면 이 같은 모순은 어떻게 해소될 수 있는가. 그것은 이미 세존(世尊)께서 가르치셨듯 바로 '정각(正覺)' 혹은 해탈(解脫)에 의해서 가능하다. 존재는 해탈에 의해 '생(生)'이 즉 '사(死)'이고, '무(無)'가 즉 '유(有)'인 중생계의 윤회(輪廻)로부터 해방되어 절대 자유의 경지에 도달할 수 있다는 것이다. 그렇다면 그 '절대 자유의 경지'란 또 무엇인가. 그것은 무애자재하지 않고서는 이룰 수 없는 경지, 그러니까 한마디로 '무(無)'일 수 밖에 없는 경지이다. 그러나 그 '무'는 서구적 개념의 '무'와는 본질적으로 다르다.

후자는 유를 벗어난 상태의 무를 의미하나, 전자는 '유'만이 아닌 '무' 그 자체도 벗어난 상태의 어떤 절대적 경지의 무를 의미하기 때문이다.

불교가 지향하는 무란 이렇듯 '유'와 '무'를 동시적으로 초월한 어떤 절대의 무, 그러니까— 존재하는 사물들의 이름인— 인간의 언어로서는 어차피 그 표현이 불가능한 어떤 절대 자유의 경지라 할 수 있다. 그래서 『반야심경(般若心經)』에서는 '무'라는 말을 제쳐두고 이를 '필경공(畢竟空)'이라는 말로 대신하기까지 한다. 그러나 우리가 살고 있는 이 윤회의 세계에서는 '필경공'이라는 말 역시 결국 언어가 아니던가. 아아, 구차할 수밖에 없는 중생의 언어여!

이 대목에서 우리는 필연적으로 다시 불교의 언어관과 대면하지 않을 수 없다. 언어가 없는 언어, 무소설(無所說) 혹은 무설설(無說說)이라 불리는 소위 '침묵의 언어' 바로 그것이다. 다 아는 바와 같이 불교에서는, 언어란 궁극적으로 진리를 깨우치는 데 방해가 되는 까닭에 이에 집착하지 말고 미련 없이 그 자체를 버려야 한다고 가르친다. 언어는 사물들의 이름이어서 항상 '유(有)'를 지시하는 어떤 기호들에 지나지 않는데, 불교가 지향하는 바의 그 진정한 세계는 오직 이 '유(有)'를 초월한 어떤 '절대 무(無)'의 경지, 즉 아무것도 실재하지 않은 세계이기 때문이다. 세존께서도 "언어를 버리고 직접 불성(佛性)을 보라(언어도단 불립문자 직지인심 견성성불(言語道斷 不立文字 直指人心 見性成佛))"고 하시지 않았던가.

그러나 일개 중생의 하나인 우리는 그 아무리 언어를 버리고자 한들, 그래서 오직 직관을 통해서 어떤 깨우침을 얻을 수 있다 한들 언어 그 자체에 의지하지 않고서 어떤 깨달음에 근접할 수 없다. 그래서 오랫동안의 참구(參究) 끝에 마침내 불교가 발견한 언어가 '무소설(無所說)' 혹은 '무설설(無說說)'이라 불리는 역설이었다. 아마도 그 대표적인 예는 초전법륜(初轉法輪)에서 이르는 '염화시중(拈花示衆)의 미소'일 것이다.

당시 막 성불(性佛)하신 석가모니는 깨달음 직후 바로 그 진리로 무엇보다 자신을 따르는 제자들을 우선 제도(濟度)하고 싶었다. 그래서 그것을 직접 말씀(언어)으로 설법(說法)하고자 하였다(초전법륜). 그러나 그가 말씀으로 가르치고자 했던 진실은 중생의 언어(일상의 언어)로는 불가능한 어떤 절대세계의 진실, 그러니 그 자리에 있던 그 누구도 석가모니의 진술을 비록 이해할 수는 있었으나 그로써 어떤 깨달음에 도달할 수는 없었다.

따라서 세존께서는 이에 좌절하시고 다른 방편을 강구하지 않을 수 없었다. 우리가 '염화시중의 미소'라고 일컫는 '무소설' 바로 그것이다. 세존께서는 이제 언어를 버리고 그 대신 연꽃 한 송이를 꺾어 제자들에게 들어 보이셨다(염화시중). 그러자 무리 중 오직 가섭존자 한 사람만이 비로소 홀로 문득 깨달음을 얻었고 그 기쁨을 감출 수 없었던 그가 말씀 대신 세존께 방긋 웃음을 보내자 이를 멀리서 바라보시던 세존께서도 그 뜻을 아시고 지그시 미소를 지으셨다(이심전심(以心傳心))는 것이다.

이와같은 부처의 행적은 오늘날 선문(禪門)에서 이르는 일종의 화두(話頭)나 공안(公案)에 가깝다. 아니 게송(偈頌)과 같은 선시(禪

詩)의 시원(始原)이기도 하다. 그러나 여기서 우리가 주목할 것은 현대 시론(詩論)에서 말하는 소위 '사물의 언어' 혹은 '존재의 언어'와 같은 것들의 본질 역시 이와 다르지 않다는 사실이다. 앞의 예에서 추리할 수 있었듯 석가모니의 이 같은 행위를 언어로 기술한 "손 안에 피어 있는 연꽃 한 송이"가 사실은 불교의 중심 사상이라 할 ─ 당시 부처가 제자들에게 가르치시고자 했던 ─ '사제팔정도(四諦 八正道)'를 은유적으로 표현한 진술에 지나지 않기 때문이다. 즉 '사제팔정도'는 원관념이 되고 '손 안에 피어 있는 연꽃 한 송이'는 그 보조관념이 된 한 문장의 은유를 만들어 놓을 것이다.

이 같은 부처의 어법은 후대의 불가에도 고스란히 전유되어, 가령 인도의 한 고승은 깨달음의 요체를 묻는 제자에게 (손을 들어 가리키면서) "뜰의 측백나무(정전백수자(庭前柏樹子))"라 했고, 한국의 한 선승은 "야반삼경(夜半三更)에 절문의 빗장을 만져보라"고도 했다. 모두 불교의 존재론적 진실을 시로써 이야기한 것이다.

이렇듯 불교의 언어 역시 시의 언어와 동일하다. 모두 관념적·전달적인 일상의 언어를 버리고 은유나 역설에 토대하고 있는 까닭이다.

4

시의 언어는 본질적으로 역설과 은유의 언어이다. 그런데 이는 ─ 앞서 살펴본 것과 같이 ─ 종교의 언어가 지닌 특성과도 일치한다. 그것은 발생론적으로 문학과 종교가 원래 고대의 신화나 제의(祭儀)에서 비롯했기 때문에 그렇기도 하지만 이 양자의, 세계와 존재에 대한 인식 자체가 동일하기 때문에 그러하다. 이뿐이랴. 시와 종교를 지배하는 진실이, 과학이 지배하는 '부분적 진실'과 달리 '총체적 진실'임도 바로 이 같은 이유에서 오는 것이라할 수 있다.

'시인(詩人)'이라는 말

　요즘 우리나라가 정치 · 사회 · 경제 · 문화 등 제 분야에서 여러 문제들을 안고 있다는 사실은 새삼 지적할 필요가 없을 것이다. 그중에서도 핵심적인 것이 인문학의 붕괴 혹은 인문학의 천시라고 할 수 있다. 모두 돈과 권력만을 추구하는 풍조, 즉 우리 사회에 만연된 물신적(物神的) 가치관, 비상식, 불공정, 이기주의, 진영논리, 몰염치, 내로남불 등 현상이 본질적으로 인문정신의 파탄에서 기인한 것이라고 생각되기 때문이다.

　동물과 다른 인간만의 전유물이 무엇이냐고 물을 때 우리가 향용하는 대답은 '문화'라고 한다. 그런데 그 문화의 중심에는 인문정신의 정채라 할 예술이, 그 예술의 중심에 문학이, 그 문학의 중심에 시(詩)가 있다. 인간이란 언어를 사용하는 동물, 그 언어를 고도로 정련시키는 자가 시인이니 그럴 수밖에 없을 것이다. 따라서 오늘의 시인들에겐 그 어느 때보다 주어진 시대적 소명이 크다.

생각해보자. ─ 다른 어떤 분야에서도 마찬가지겠지만 ─ 시를 제외한 여타의 예술 종사자들의 명칭은 일반적으로 모두 '……家(가)'다. '소설가', '드라마 작가', '수필가', '평론가', '미술가', '조각가', '음악가', '건축가', '무용가'…… 등. 그런데 이 중에서 특히 시를 쓰는 자에게만 굳이 사람 '인(人)' 자를 붙여 '시인(詩人)'이라 불러주는 것은 그만한 이유가 있어서가 아니겠는가. 설령 어떤 특별한 이유가 없다손치더라도 그들에 대한 일반 대중들의 어떤 기대가 있어 그리하지 않았겠는가.

사전적 풀이를 보면 '가(家)'란 '어떤 일에 능하거나, 그 분야에 관한 지식이 남보다 뛰어난 사람' 즉 그 분야에서 전문적인 혹은 특출한 사람을 일컫는 말이다. 가령 누구나 소설이나 수필을 쓸 수는 있다. 누구나 그림을 그릴 수도, 노래를 부를 수도 있다. 그러나 그렇다고 해서 그 모두를 소설가나 수필가 혹은 미술가나 성악가라 부르지는 않는다. 우리는 그중에서도 소설이나 수필을 '전문적으로 남보다 뛰어나게 잘 쓰'는 사람, 그중에서도 그림이나 노래를 '전문적으로 남보다 뛰어나게 잘 그리거나, 잘 부르는' 사람만을 지목해 소설가나 수필가, 미술가 혹은 성악가라 이른다.

이렇듯 '……가'는 그 분야에 전문적인 사람, 그 분야에서 일가를 이룬 사람들의 호칭이다. 그러나 그렇다고 해서 그것은 가령 '시인(詩人)'처럼 특별히 어떤 소명을 가진 사람을 일컫는 호칭이라고 할 수는 없다. 즉 호칭에 '인' 자가 붙어 있는 '시인'은 본질적으로 이 '……가'로 불리는 사람과는 다른 사람이라는 것이다.

공자(孔子)의 말씀을 받아들이자면 '인(人)은 곧 인(仁)'이며, 허신 (許愼)의『설문해자(說文解字)』에 따를 때 '仁'은 '人'과 '二'의 합성어 이니 '人'이란 곧 사람과 사람 사이의 관계를 가리키는 말이 되기 때문이다. 그렇다면 '사람과 사람 사이의 관계'란 무슨 뜻인가. 이 는— 일찍이 아리스토텔레스가 지적한 것처럼, — 사람이란 홀로 살 수 없고 더불어 살아야 하는 존재이므로 그 어떤 경우라도 항 상 남을 위하거나 남과 무엇인가 가치 있는 관계를 맺을 수밖에 없는 존재라는 뜻이다.

그렇다면 우리가 남과 더불어 맺는 그 '가치 있는 인간관계' 란 또 무엇인가.『중용(中庸)』의 가르침은 한마디로 '사람의 사람다 움',『논어(論語)』에선 '애인(愛人)'(사람을 사랑하는 것), 혹은 '역지사 지 추기급인(易地思之 推己及人)'(자신의 마음으로 미루어 보아 남에게도 그렇게 대하거나 행동하는 것.「안연(顏淵)편) 혹은 '인자 선난후획 가위 인의(仁者 先難後獲 可謂仁矣)'(자기보다 먼저 남부터 세워주고 무언가 이 루고자 할 때 남을 먼저 이루게 하는 것.「옹야(雍也)편)라 하였다.

그래서 공자께서는 시를 '사무사(思無邪)'(생각함에 거짓이 없다.『시 경(詩經)』 혹은 '시 가이흥 가이관 가이군 가이원 이지사부 원지사 군 다식어조수초목지명(詩 可而興 可而觀 可而群 可而怨 邇之事父 遠 之事君 多識於鳥獸草木之名)'(시는 사물에 감응해 비유할 수 있고, 풍속을 살필 수 있고, 많은 벗을 사귈 수 있으며, 정치를 비판할 수 있다, 가까이는 부 모를 섬기고 멀리는 임금을 섬기며 새, 짐승, 초목 등의 이름을 아는 데도 도움 이 된다.『논어』「양화(陽貨)편)이라 하지 않았던가.

이처럼 동양에서 '시인'이라는 명칭은 다만 자신의 분야에 능하거나 전문적인 사람이라는 뜻에 앞서 '사람을 사람 되게 깨우치는 자', 주자(朱子)가 공자의 '인(仁)'을 주석한 뜻 그대로 '그로 인해 사람 되는 이치를 깨우치게 하는 자', 나만이 아닌 '보편 인류의 인간됨을 향상시키는 자'인 것이다.

서양의 경우에도 '시인'이라는 말은 특별하다. 화가란 그저 그림을 그리는 사람(painter), 음악가란 그저 음악을 하는 사람(musician), 무용가란 그저 춤추는 사람(dancer), 소설가란 그저 글을 쓰는 사람(writer), 극작가란 그저 희곡을 쓰는 사람(playwright, playwriter 혹은 dramatist)이라 하지만 시인은 특별히 'poet'라 하기 때문이다. 'poet'란 원래 고대 그리스어에서 '만든다' 혹은 '창조한다'는 뜻을 지닌 'poesis'라는 단어에서 유래한 것으로 '제작자' 혹은 '창조자'라는 뜻을 지니고 있다. 그러니 시인이란 평범한 인간이 아니다. 무엇인가를 새롭게 창조하고 새로운 세계를 여는 자인 것이다.

그렇다면 창조자는 어떤 사람이어야 하는가.

첫째, 탈속한 사람이어야 한다. 평범한 일상인(Das Man, 하이데거의 용어)이 아니다. 평범한 사람, 속된 사람은 무엇인가 새로운 가치를 창조해낼 수 없다. 따라서 시인은 인간이되 인간을 넘어서는 자이기도 하다. 그래야만 '인간의 인간됨'을 더 높은 자리로 끌어올릴 수 있기 때문이다. 그래서 칸트나 하이데거 등이 일러 시인이란 신과 인간의 중간에 자리한 자라고 하지 않았던가.

둘째, 그는 고독한 자이어야 한다. 고독하지 않은 자가 무엇인가를 창조한다는 것은 있을 수는 없는 일이다. 창조는 오직 고독 속에서만 이루어지는 것, 이 세상을 창조하실 때의 신이 경험하셨을 그 무시무시한 고독을 한번 상상해보라. 하물며 시류에 편승하고 권력에 부화뇌동(附和雷同)하고 끼리끼리 합종연횡(合從連衡)을 일삼는 것으로 일상을 보내는 자들에게서 그 어떤 가치 있는 창조가 가능하겠는가.

셋째, 그는 자유인이어야 한다. 무엇인가에 속박된 자가 진정한 창조에 임할 수는 없다. 자유는 창조의 어머니, 누군가에게 간섭을 받고 무엇인가에 얽매여 자신만의 독창성을 발휘할 수 없는 자는 그 아무것도 창조해낼 수 없다.

넷째, 그는 또한 휴머니스트여야 한다. 앞서 우리는 동양사상의 '인(人)'에 대해 잠깐 살펴본 적이 있지만 '인간의 인간됨'을 지향하지 않은 자는 진정한 창조를 이루어낼 수 없다. 설령 무엇인가를 만들고 창조해낸다 하더라도 인간의 인간됨을 부정하거나 훼손하는 창조란 참다운 창조가 아니다. 아니 그 같은 창조는 있을 수도 없고 있어서도 아니 된다. 나치가 자신들이 도살한 유대인의 살로 비누를 만든 것도 곰곰이 생각해보면 일찍이 그 누구도 상상해보지 못했던 일종의 '창조' 행위였다. 그러나 누군들 이를 가치 있는 창조라 하겠는가. 『성경』을 보면 하느님께서도 인간을 위해 이 세계를 창조하시고 또 스스로 기뻐하셨다 하지 않았던가.

시를 짓는 자를 '시가(詩家)'나 '시작가(詩作家)'라 하지 않고 굳이 '시인(詩人)' 혹은 'poet'라 호칭해 존중해주는 이유가 여기에 있다. 그럼에도 불구하고 — 지금 우리가 우리의 현 문단에서 목도하듯 — 패거리를 이루거나, '유행시'를 쓰면서 자못 '실험시'를 쓴다며 무슨 말인지도 모를 정신병적 넋두리를 뜻 없이 지껄이면서 인간성, 혹은 자아를 해체하고, 이에서 더 나아가 시류나 권력에 아세곡학(阿世曲學), 재력에 아유구용(阿諛苟容)하는 자를 일러 어찌 '시인'이라 하겠는가.

혼란한 시대일수록 시인은 그 시대의 어둠을 밝히는 인문정신의 파수꾼이 되어야 한다. 우리가 시를 쓰는 자의 호칭에 ─ 다른 예술 작업에 종사하는 자들과 구분해서 ─ 굳이 사람 '인(人)' 자를 붙여 특별히 '시인(詩人)'이라고 우대하는 이유가 여기에 있는 것이다.

월평에 대한 나의 태도

비평의 기초 작업은 누가 무어라 해도 월평이다. 한 시인에 대한 문학적 평가는 그가 쓴 작품들 하나하나를 구체적으로 검토하는 일에서부터 시작하기 때문이다. 하지만 우리 시단의 월평은 여러 가지 이유에서 제대로 그 역할을 수행하지 못하고 있는 것 또한 현실이다. 우선 할애되는 지면부터 턱없이 부족하다. 대개 200자 원고지 20~30매 정도의 분량에 시 3편 정도를 거론하는 것이 일반적이어서 시 한편당 언급할 수 있는 내용의 길이가 고작 원고지 7, 8매 이상을 넘을 수 없기 때문이다.

그렇다면 이 짧은 지면으로 월평자가 할 수 있는 일이란 무엇이겠는가. 대개 작품에 대한 피상적인 인상을 개괄적으로 기술하거나, 특정한 문제점 하나를 골라 지적하거나, 내용 혹은 주제 등을 단편적으로 소개하는 것 정도 이외에 달리 할 일이 없다. 우리 시단의 월평이 문학성이나 완성도를 지닌 작품들보다 주로 사회적인 문제들을 제기한 작품, 이념 지향적인 작품, 메시지 전달적인 작품들을 대상으로 촌평하는 수준에서 끝나는 이유의 하나도 여기에 있다. 문학성을 이야기하기 위해서는 무엇보다 구체적인 방법론을 제시하고 이에 따라 작품을 독해, 분석, 평가하는 일련의 담론 과정이 필수적인데 짧은 지면으로는 이 모두를 소화시킬 수 없기 때문이다.

일반적으로 문학작품의 비평에서, 문제성에 대한 지나친 집착은 센세이셔널리즘을 부추기고, 내용이나 이념에 대한 편향은 — 프롤레타리아 문학 논쟁을 대표하는 우리 문학사의 소위 '내용과 형식'의 논쟁에서 보듯 — 목적론적 문학 또는 문학의 정치 도구화를 조장하는 데 일조하기 쉽다. 누가 보아도 지금 우리 문단의 현실이 그러하다. 필자는 우리의 시, 특히 평론가들의 영향을 많이 받는 신인들의 시가 대체로 센세이셔널리즘을 추구하거나 산문적 내용 전달에 몰두하게 된 이유의 하나가 이 같은 고식적 월평에서 기인하는 것이 아닐까 생각한다. 우리는 맑고 푸른 하늘에 대해서는 별 관심을 가지지 않지만 벼락이 치는 궂은 하늘에 대해서는 문제 삼기를 좋아한다. 벼란 오히려 맑고 푸른 하늘의 쨍쨍 내비치는 햇살 아래서 잘 익음에도 불구하고…….

그동안 필자는 많은 월평들을 써왔다. 그러니 이제 이에 대한 입장을 한번쯤 밝힐 때도 되지 않았나 싶다. 무엇보다 대상 작품의 선정에 관해서다.

첫째, 기본적으로 문학성을 지닌 작품들을 대상으로 삼았다. 여기에는 물론 '문학성'이란 무엇이냐 하는 물음과 이에 관련된 논의가 우선 전제되어야 하겠지만 지면 관계상 생략키로 한다. 다만 내용 전달이나 이념 지향의 시들은 가능한 한 피했다는 사실만큼은 밝히고 싶다.

둘째, 시적(詩的)인 작품을 대상으로 삼았다. 이 역시 독자들 가운데는 '무슨 뚱딴지 같은 소리냐' '시'에 '시적이지 않은 시'가 어디 있겠느냐고 반문하는 분들도 없진 않을 것이다. 그러나 현재 우리 시단에서 '시'로 대접을 받고 있는 것들 중에는 분명 시가 아닌 시들도 적지 않다. 작가 자신이 굳이 시라고 우기면서 이곳저곳 잡지의 시란들을 어지럽히니 그냥 시라고 해두는 것들이다. 한마디로 '짧은 주관식 산문'에 지나지 않은 것들을 말한다.

여기서도 물론 시란 무엇이냐 하는 명제가 제기될 수 있다. 이역시 한정된 지면 관계상 생략키로 한다. 다만 시란 그 무엇에 앞서 우선 산문과는 구분되어야 하며 그 구분은 언어의 본질과 깊이 관련된 문제라는 것, 전자가 메시지 전달의 언어라면 후자는 존재혹은 사물의 언어라는 것, 전자가 실용적 언어라면 후자는 발생론적 언어라는 것만큼은 이 자리를 빌어 분명히 밝혀두고 싶다.

유니섹스 시대라서 그런지 요즘 우리들은 귀걸이를 하고 머리를 길게 기른 남성들이 많이 본다. 심지어 스커트를 입은 남자조차 있다. 그런가 하면 머리를 짧게 깎고 바지를 입는 여자도 적지 않다. 아니 때에 따라서는 바지를 입은 여자가 더 발랄하고 매력적으로 보이기도 한다. 그러나 여자가 바지를 입었다고 남자가되는 것도, 남자가 스커트를 착용했다고 여자가 되는 것도 아니다. 남자는 남자고 여자는 여자인 것이다.

장르의 벽을 허무는 것은 좋다. 그러나 장르 자체를 부정하는 것과는 구분되어야 한다. 전자는 '새로운 장르'를 창안하고자 하는 행위이지만 후자는 그 자체로 혼돈을 지향하는 행위인 까닭이다. 미학적으로든 철학적으로든 모든 참다운 예술은 항상 새 시대의 지평을 열기 위해 노력해왔고 그러한 의미에서 우리는 당연히 기성 장르를 혁신하고자 하는 그들의 전위적 실험을 탓할 수 없다. 탓해서도 안 된다. 그러나 그것이 장르의 벽을 허무는 수준에서 머무는 것이 아니라 아예 장르 자체를 부정하는 차원에까지 이른다면 경우가 다르다. 예술이란 그 어떤 방식이든 형식으로 빚어지지 않고서는 존재할 수 없기 때문이다. 따라서 장르의 부정은 곧 혼돈이며 혼돈은 더 이상 예술일 수 없다. 산이 산이고 물이 물이듯 시는 시, 산문은 산문인 것이다.

셋째, 가능한 한 규범적이고 정통적인 작품들을 선택했다. 그것은 그 같은 작품의 창작만이 전적으로 바람직하다는 소신 때문이 아니라 막무가내로 불어닥친 우리 시단의 거센 아노미 현상을 제지하고자 함 때문이다. 필자로서는 미력하지만 이를 저지하는 일에 일조하는 것이 우리 시의 발전에 필요하다고 판단한 것이다.

한 민족문학의 전개는 정통적인 것과 실험적인 것들의 상호 균형과 조화, 혹은 그 변증법적 지양이라는 질서 속에서 이루어진다. 전자는 문학성의 완성과 그 지속을 위해, 후자는 새로운 지평의 탐색을 위해 양자 공히 필요한 가치들이기 때문이다. 시학에서는 이를 무기적 형식(無機的 形式, inorganic form)과 유기적 형식

(有機的 形式, organic form)의 투쟁이라고도 한다.(허버트 리드(Herbert Read)) 그런데 우리 시단의 신인 혹은 젊은 시인들은 어찌 된 셈인지 후자의 경향으로만 과도하게 휩쓸리고 비평가들 역시 전자에 관해서는 거의 관심을 두지 않았던 것이 사실이다. 그런 까닭에 필자는 평자들이 별 관심을 가져주지 않는, 규범적이고도 정통적인, 작품의 창작을 의식적으로 옹호하고 나섰던 것이다.

넷째, 건강하고 윤리적인 작품을 대상으로 삼았다. 이 역시 '윤리'란 무엇이냐 하는 논의가 전제되어야 하겠지만 지면 관계상 간단히 '인간의 모든 가치 있는 행위는 윤리적이어야 한다'고 말할 때의 바로 그 상식적인 의미로 대신하고자 한다. 한마디로 인간을 동물로부터 구분시켜주는 기준이다.

그러나 여기에도 유의해야 할 사항이 없지는 않다. 그 하나는 '윤리적이어야 한다'는 말과 '윤리 혹은 도덕의 수단이 되어야 한다'는 말은 구분되어야 한다는 점이다. 전자는 문학의 자율성을 전제하는 말이지만 후자는 이를 부정하는 말이 되기 때문이다.

다른 하나는 도덕률이나 실천 윤리를 의미하지 않는다는 점이다. 즉 '도둑질하지 말라', '살인하지 말라'와 같은 계율을 뜻하는 말이 아니다. 필자가 말하는 '윤리의식'이란, 주체가 이 세계를 이성적이고, 통합적이고, 총체적인 관점에서 건강하게 인식, 사유하는 의식을 가리킨다. 요즘 소위 해체나 포스트모던한 문화현상이 우리의 삶을 분열, 해체, 무의미로 끌고 가는 것이야 말로 바로 비윤리적이라는 뜻이다.

다섯째, 가능한 한 시류적인 것을 배제하였다. 필자는 그 누구보다 시류성을 좇아 배회하고 그것을 언필칭 시대 정신의 표현이라고 호도하는, 어찌 보면 교활한, 혹은 무지로 인해 그것을 사실로 믿는, 시단의 우매한 시인들을 경멸한다. 그런 까닭에 필자는 지금까지 저널리즘이나 센세이셔널리즘을 타는 시인들, 문학 권력에 빌붙은 시인들의 문학성을 한 번도 신뢰해본 적이 없다. 시인과 비평과의 관계 역시 마찬가지다. 시가 비평을 지시하는 것이지 비평이 시를 지시하는 것은 아니다.

여섯째, 필자는 자유주의자이다. 그러므로 이상의 제 조건들을 만족시킨다면 그 어떤 비평의 방법론도 배격하지 않았다. 형식주의든 구조주의든, 원형비평이든 문학사회학적 비평이든 어느 한 가지 태도만을 고집하지 않았다. 지난 두 세대 동안 필자는 때로 사회주의자 리얼리즘의 입장에 선 작품들을 비판하기도 했지만 옹호하기도 했다.

패거리에 소속되지 않은 자유는 항상 외롭다. 그러나 시란 — 비록 언제인가는 지상으로 회귀한다 하더라도 — 그 '외로움'과 '자유'라는 두 날개를 퍼덕이면서 끝없이 하늘로 비상하는 한 마리 꿈꾸는 새가 아니던가. 종달새처럼……

짧게 그리고 진솔하게

유행이라고나 할까. 요즘 우리 시단의 시들은 그 진술이 턱없이 길다. 행(行)의 수는 말할 것이 없고 한 행을 구성하는 문장의 길이에서도 그렇다. 전체 내용이 인쇄 지면 2, 3쪽을 넘기는 경우도 흔하다. 기성 시인들보다도 젊은 시인들, 특히 신인들에게서 두드러지는 현상이다. 할 말이 많아서일까, 아니면 그 표현하고자 하는 우리의 현실이 그만큼 복잡다단하기 때문일까, 기왕에 어렵사리 얻은 지면이니 이를 좀 풍족하게 사용하고자 하는 심리일까.

시가 길어지면 읽기에도 인내심이 요구된다. 재미있는 시, 쉬운 시, 좋은 시도 그럴진대 항차 재미없고 난해하고 못된 시임에랴. 바쁘고 바쁜 이 세상이다. 즐거운 일도, 탐닉할 쾌락도 적지 않다. 그 무슨 시간이 그리도 남아돌아 한가롭게 이 같이 난해하고도 긴 시들을 열심히 읽으려 노력하는 독자들이 있겠는가. 누가, 얼마나 많은 사람들이 무엇 때문에 맑고 푸르른 이 봄날, 어두

컴컴한 밀실(난해하니 진지하게 읽으려고)에 쭈그리고 앉아서 마음에
닿지도 않는 시집이나 잡지의 지면들을 뒤적이고 있을 것인가.

그러니 시를 읽는 독자들은 갈수록 줄어들 수밖에 없고 읽어
줄 독자가 없는 시들이 각종 매체에서 밀려나 점차 사라지게 되
는 현상은 너무나 당연하다. 어디 교양지들뿐이겠는가. 순수 종
합 문학지들에게서조차 시는 이미 그 설 자리를 잃은 지 오래, 그
래서 위기에 몰린 시인들이 그 마지막 자구책으로 간혹 소위 '시
전문 계간지'라는 것들을 간행해보기도 하지만 팔리는 수량이 대
체 몇 부쯤 될까. 한 20여 부 내외쯤은 될까? 한국 시단에 물경 3
만 명을 헤아리는 시인들이 있다고 하니 이는 시인들조차도 외면
하는 시지들이라 하지 않을 수 있다.

그래서 그런지 근자에 들어서는 아예 가판(街販)을 접고 회원제
로 운영하는 시 전문지들이 늘어나는 추세라고 한다. 그러니 그
것을 어찌 일반문학지라 하겠는가. 일종의 동인지 성격을 띤 사
화집이라 할 것이다. 그러므로 지금 우리 시단의 시 읽기는 발표
자 자신이나 나처럼 직업적으로 월평을 쓰는 사람, 그것도 아니
라면—무슨 이유에선지는 모르나—시인이 되겠다고 기를 쓰
는 몇몇 헛된 몽상가들에 의해서 간신히 그 명맥을 유지하고 있
을 뿐이다. 우리 문단, 우리 시대의 시는 이미 죽어버린 지 오래
인 것이다.

평자인 나 자신도 이 자리를 빌어 솔직히 고백할 것이 하나 있
다. 지금 우리 시단에 발표되고 있는 이 '시'라는 것을—월평을
쓰기 위해—의무적으로 읽기는 하지만 대부분 첫 5행 이상을 읽

어내기가 쉽지 않다는 사실이다. 하물며 쓸데없는 요설과 교활하지 못한 속임수와, 자신도 무엇을 썼는지 알지 못할 것이 뻔한 그 정신병적 넋두리를 끝없이 횡설수설 늘어놓는 그 길고도 긴 시임에랴. 그래서 나는 지면의 시들을 접할 때 대개 첫 5행 내외를 읽는 동안 더 이상 읽을 것인지 말 것인지를 결정한다. 더 읽기로 작정한 시라도 길이가 지면 한 페이지를 넘어서면 저절로 접게 된다. 실로 고통스러운 시 읽기여!

이뿐만이 아니다. 매일 4, 5권 이상씩 집으로 부쳐오는 그 수많은 시집들은 또 어떤가. 이를 감당하는 일 또한 고역 중의 하나다. 솔직히 말해보자. 한 달에 거의 백여 권 이상 되는 분량이니 그것을 어찌 다 읽을 수 있을 것인가. 나로서는 오는 대로 받아두었다가 어느 하루 품을 팔아 한꺼번에 정리하는 것이 일과인데 그 방법이 대체로 이러하다.

첫째 단계다. 일단 시집들의 제목을 훑어본다. 문학적 감성이 드러나지 않는다고 느껴지면 그 자리에서 버린다. 둘째 단계는 이로써 남겨진 시집들의 첫 번째 실린 작품, 그것도 첫 5행 정도를 한 번 읽어본다. 그러면서 더 읽기를 계속할 것인지 말지의 여부를 판단한다. 세 번째 단계는 두 번째 단계를 통과한 시집들을 대상으로 한 페이지가 넘지 않은 짧은 시 한두 편을 골라 읽어본다. 여기서 마음에 들어야 비로소 서가에 보존하는 것이다.

그러나 아직 해결되지 않는 문제 하나가 더 남아 있다. 버려야 할 그 많은 시집들을 어떻게 처리해야 할까 하는 것. 부쳐온 시집마다 그 안 표지에는 소위 사사(謝辭)라는 것이 반드시 붙어 거기에 필히 내 이름이 적혀 있으니 버리고 싶어도 아무 데나 버릴 수도 없다. 쌓아둘 공간은 부족하고 누군가에게 기증하자니 여의치 않고, 근처의 지역 도서관에서도 거절하긴 마찬가지이니 참으로 애물단지다. 다시 하루를 더 품 팔아 100여 권이 넘는 시집들의 그 안 표지들을 일일이 가위로 오려낸 뒤 이 짐을 엘리베이터가 없는 연립주택 3층에서 지상의 현관까지 한 계단 한 계단 어깨에 끙끙대며 걸머지고 내려야 한다. 받을 수도 그렇다고 거절할 수도 없는 그 우편 탁송물들, 요즘 같은 상황에선 아예 주소 불명으로 살고 싶은 심정이다.

그러므로 되지 못한 시를 길고도 난해하게 쓰는 시인들이여. 그대들이 쓰고 있는 그 길고도 긴 시는 지금 그 누구에 의해서도 읽히고 있지 않는다는 사실을, 일반 독자들은 물론 그대들의 동료들에게서조차 외면을 당해 — 어떤 성인의 말씀처럼 자신이 저지르는 일을 자신도 모르는 채 — 아이러니하게도 결과적으로 이 땅에서 자신의 시는 물론 시 그 자체를 박멸시키는 운동의 최선봉에 서고 있다는 사실을 제발 깨우치기 바란다.

우주의 중심에 서고 싶다[*]

시는 왜 쓰는가

"저는 항상 중심에 서고 싶었습니다. 주변부에서 어물쩍거리기가 싫었습니다. 제게 사회성이 부족한 것도 아마 이 같은 내 성격 때문인지도 모르지요. 그러나 현실 자체는 그렇지 못했습니다. 그래서도 아니 될 뿐만 아니라 그리할 수 있는 능력도 없었고요.

그렇지만 시를 쓸 때만큼은 제 자신이 우주의 중심이었습니다. '나'에 의해서 세계는 의미를 갖게 되고 '나'로 인해서 세계는 그 관계가 정립되기 때문입니다. 시를 쓰는 동안 저는 의미의 생산자, 이 세상의 주인이 되는 것이지요. 그런 연유로 저는 저 자신

---

[*] 이 글은 『글터』 편집부에서 문의해온 설문에 답한 것이다. 평생 시와 함께 살아온 원로들에게 던진 '왜 시를 쓰는가, 언제 시를 쓰는가, 그렇게 쓴 시들 중에서 가장 아끼는 작품이 어떤 것인가' 하는 질문에 대한 필자의 답이다. 시는 무엇이고, 시인은 왜 밤을 새서 시를 쓰는 것일까. 이 질문들에 정답이 있을지 모르지만, 어쩌면 시인들은 이 질문에 답하기 위해 시를 쓰는지도 모르겠다.

을 홀로 골방에 가두어놓고 시 쓰는 일에 몰두해왔습니다.

제게 있어 시 쓰는 일은 영원을 지향하는 일이기도 합니다. 영원에 대한 믿음 없이 이 허망한 세상을 어떻게 살아갈 수 있겠습니까. 비록 바라는 그 영원에 도달할 수는 없다 하더라도, 영원에 도달하려는 노력 없이 이 세상을 살 자신이 없으므로 저는 또한 제가 할 수 있는 유일한 일, 즉 시 쓰기를 포기하지 못하는 것입니다."

시는 언제 쓰는가

"계절적으로는 겨울이며, 하루로 보면 밤입니다. 제 자신도 그 이유를 잘 모르겠습니다. 추측컨대 명상에 가장 적합한 시간이 그때라서가 아닐지요? 제 생각에, 한마디로 시란 명상의 산물입니다. 명상을 통해 이 세계와 사물들을 의미적으로 재창조하는 작업, 즉 고독 속에서 의식을 극도로 집중시키는 정신작업이라 할 수 있습니다. 그 같은 작업에 가장 적합한 시간이 제게 있어서는 겨울밤이지요.

봄은 너무 아름다워서 감히 새로운 세계를 꿈꾸기가 어렵습니다. 여름은 너무 관능적이어서 내면을 성찰하기가 어렵습니다. 가을은 너무 안타까워서 집착을 끊기가 쉽지 않습니다. 그런데 이 모든 것들을 포기한 겨울의 삭막함은 차라리 정신을 맑게 트여줍니다. 자유롭게 해줍니다. 그래서 제 시들의 대부분은 겨울에 쓴 것들입니다.

시 쓰기에 든 제게 있어 사유의 대상은 신위(神位)이며, 연필은

향촉이며, 원고지는 축문(祝文)이며, 커피는 제주(祭酒)입니다. 이렇듯 나는 겨울밤마다 나만의 외로운 공간에 홀로 앉아 공손히 무릎을 꿇고 이 세계와 사물들에게 경건한 제사를 지내지요. 물론 시작(詩作)이 끝나면, 제사를 지낸 후 지방을 태우듯, 파지들을 촛불로 불사르는 일도 잊지 않고 있습니다."

• 『글터』, 57호, 2013, 「예술원 회원 여덟 시인에게 들은 '나의 시론'」

내 시작(詩作)의 금과옥조

무릇 세간의 작용이 발생하는 것은 모두 아집(我執)에서 생긴다. 자아에의 집착을 제거하면 세간의 작용은 일어나지 않는다.(『화엄경』 제22장 「십지품(十地品)」)

『화엄경』에는 물론 여러 좋은 말씀들이 있다. 그러나 나는 그 중에서도 특히 위의 경구를 마음에 새기고 산다. 시 창작의 본질을 설파해주는 촌철의 비의(秘意)가 적시되어 있다고 생각하기 때문이다. 최소한 내게 있어서는 그렇다.

일반적으로 사람들은 자신이 지닌 어떤 생각이나 감정을 언어로 표출한 것을 시라 믿는다. 대부분이 그러하다. 그러나 문제는 생각하는 자, 즉 주체이다. 주체가 진실하지 못하다면 '생각' 역시 진실할 수 없기 때문이다. 세존께서도 제법무아(諸法無我)라 하셨으니 '내'가 없는데 어찌 그 안에 품은 생각이나 감정이 진실일 수 있을 것인가. 더구나 언어로서는 진실을 지시할 수도, 전달

할 수도 없다 하셨거늘(不立文字 言語道斷 直指人心 教外別傳 見性成
佛)······.

　그러므로 결론은 이렇다. '나'라는 주체는 없다. 그러니 내 생
각을 표현한다는 것은 진실이 아니다. 진실은 내가 무(無)로 돌아
간 상태 속에서의 그 어떤 것이어야 하기 때문이다. 그런데 그 '어
떤 것'이란 또 무엇일까. 한마디로 무아(無我)의 경지에서 얻은 깨
달음이다. 그렇다. 그런 까닭에 본질적으로 불교의 경전은 모두
시적(詩的)이며, 모든 선사(禪師)의 깨달음은, ― 마치 게송(偈頌)이
그러한 것과 같이 ― 시의 형태로 진술된다. 오늘날 우리들이 통
속적으로 선시(禪詩)라 부르는 바로 그것이다.

　시는 '내'가 쓰는 것이 아니다. 내 마음속에 든 것을 '내가' 표출
하는 것은 더욱 아니다. 시는 '내'가 없는 상태에서 ― '내'가 쓰는
것이 아니라 ― 다른 누군가에 의해서 **쓰여진다**. 즉 '무아'의 산물
이다. 존재가 무아의 상태가 되어 절대 자유의 경지에 도달했을
때 홀연히 도래하는 어떤 한 찰나의 밝은 빛, 그것이 시이다. 시
인은 다만 그것을 언어로 받아 적는 일을 담당하는 자일 뿐, 그러
니 시는 시인이 쓰는 것이 아니라 이 세계 혹은 사물이 쓴다. 삼
라만상 제법(諸法)이 쓰는 것이다.

　따라서 시를 쓰는 작업은 일상적 자아를 벗어나 어떤 참다운
자아를 찾는 일로부터 시작해야 한다. 일상에 대한 제 관심, 일상
과 맺은 이해관계, 현상의 '나'(가아[假我])나 실아(實我)를 구성하는
여러 인자들 ― 편견이나 감정은 물론 지식이나 습관, 경험, 인상,
기억, 교훈 등 ― 을 모두 깨끗하게 버려야 한다. 그리하면 그는

아마도 어느 한순간 비로소 의식이 순수해진 어떤 텅 빈 자아의 상태에 들 것이다. 롤랑 바르트가 말한 소위 의식의 제로 상태이다. 겉으로 보기엔 맑은 물도 사실은 눈에 보이지 않은 불순물들을 제거해야만 비로소 순수한 물, 즉 증류수가 되는 것처럼…….

물론 그것만으로는 안 된다. 다음 차례로 시인은 의식 그 자체를 넘어서야 한다. 내가 있다는 의식, '나'로서 생각하고 사유하고 느낀다는 의식을 벗어나, 있으면서도 없는 나, 즉 불가(佛家)에서 이르는 '무아(無我)'의 경지에 들어서야 한다. 그러면 그때 그는 천재일우(千載一遇)의 어떤 깨우침을 얻게 될 것이다. 그것을 받아 적은 것이 바로 시이다.

하이데거도 말하지 않았던가. 존재가 무(無)로 환원(Deduktion)된 어둠 속에서 홀연 비치는 일순의 찬란한 광휘(光輝), 그것은 오직 어떤 특별한 언어, 즉 시 이외에는 현현시킬 수 없다고……. 이미지, 비유, 상징으로 쓰여지는 언어 말이다. 『경전』에서도 "모든 지혜 있는 자는 비유에 의해서 깨달을 수 있다"고 가르친 바 있다(『화엄경』, 「비유품(譬喩品)」 제3장).

『화엄경』의 말씀, '자아의 집착에서 벗어나라'는 앞서의 가르침은 물론 생사의 도(道)에 관한 이야기일 것이다. 그러나 시인으로서의 나는 그것을 내 시작의 금과옥조로도 삼고 있다.

글쓰기의 정직함에 대하여

시나 산문이나 요즘 지면에 발표되는 글들은 고등교육을 받은 필자 같은 사람도 읽기 힘든 경우가 많다. 아무리 노력을 해도 끝내 요령부득인 글, 심정적으로는 무언가 짐작 가는 대목이 없지는 않은데 그 구체적 의미가 드러나지 않는 글, 어렵사리 접근해서 겨우 요지를 파악해 놓고 보면 속았다 싶을 정도로 별 내용이 없는 글 등이다. 그래서 언제부터인가 나는 글쓰기에서 나름으로 한두 가지 신조를 지키고 있다. 하나는 쉽게 쓰자는 것이요. 다른 하나는 정직하게 쓰자는 것이다.

이 세상의 난해한 글들은 대개 네 가지 유형으로 나뉠 수 있지 않을까 한다. 첫째, 자신도 모르는 내용을 쓴 글. 이는 당연히 난해할 것이다. 둘째, 머리가 아둔해서(비논리적이어서) 그 말하고자 하는 내용을 제대로 정리해놓지 못한 글, 셋째 문장력이나 표현 등의 미숙으로 잘못 쓰인 글, 넷째 쉬운 내용을 일부러 어렵고 난삽하게 만든 글 등이다.

이 중 앞의 세 유형은, — 비록 정도의 차이가 있을 수는 있겠으나 — 모두 필자의 능력 부족에서 기인한 결과이므로 어찌할 수 없으리라고 생각한다. 그러나 네 번째 유형은 윤리적인 문제가 뒤따르니 경우가 다르다. 그렇다면 이 후자와 같은 논자들은 왜 뻔한 내용을 굳이 어렵게 쓰는 것일까. 유행하는 글쓰기의 트렌드가 어쩐지 멋있게 보여 어설픈 문체로 이를 모방하거나 일부러 어렵게 써서 자신들의 어떤 지적 결함을 은폐시키려는 전략 때문은 아닐까.

일반적으로 어려운 글은 그 해석이 다양해질 수밖에 없다. 따라서 이를 섣불리 비판할 경우 자칫 원치 않은 논란에 휘말리기 쉽다. 내용이 애매모호하므로 나중에 책임을 져야 할 상황이 생길 수 있고 혹시 다른 평자가 그것을 옹호하고 나서면 낭패를 볼 위험도 크다. 그래서 그 누구나 난해한 글에 대해서는 — 차라리 입을 다물지언정 — 나쁘게 평가하지 않는다. 오히려 자신만은 잘 알고 있다는 듯 위장막을 치고 지적 허세를 부리거나 이를 한껏 치켜세우기 마련이다.

그것만이 아니다. 글이 난해해지면 그만큼 그 해석을 둘러싼 논의도 빈번해져 결과적으로 그 글을 쓴 필자는 자신의 존재성을 부각시킬 기회가 생긴다. 세상의 모든 일이 그렇지 않던가. 화제의 대상이 된 자는 그 화제성으로 인해 덩달아 지명도도 오르는 법이다. 그래서 수준이 떨어지거나 영악한 일부 논자들은 시든 산문이든 의도적으로 일단 어렵게 쓰고 이에 부화뇌동하는 무리들 또한 이를 모방하는 풍조를 유행시키게 되는 것이다. 그러니 정직하게 말하자면 이 모두는 일종의 불온한 전략이다. 명문대에 재직하는 일부 이름 있는 교수들의 논문이나 비평문들을 보라.

글은 정직하게 써야 한다. 아름답게 꾸미거나, 멋을 부리거나, 지적으로 허세를 부리는 것 따위는 그 후에나 고려해볼 만한 글쓰기의 희롱인 것이다.

노래는 노래, 춤은 춤이다

가수란 무엇보다 노래를 잘 불러야 한다. 노래를 잘 부르는 가수가 인정을 받고, 사랑을 받고, 높이 평가되어야 한다. 그러나 우리의 일상은 꼭 그렇지만은 않아서 노래는 대충 불러도 된다. 목소리 역시 썩 좋을 필요가 없고 음감이 따르지 않아도 괜찮다. 대신 얼굴이 예쁘고, 춤을 잘 추고, 코믹한 연기를 잘하고, 재담에 능해야 한다. 그래야만 인기 차트에 오르고 유명 가수로 대접을 받는다. 가수를 만든다는 말, 립싱크 가수라는 말도 있지 않던가. 우리가 보는 대중음악계의 현실이다.

나의 상식, 나의 판단이 잘못된 것일까. 내 음악의 감식안에 무슨 문제가 있어서 그런 것일까. 하지만 이 같은 상황 속에서 그 노래를 잘 부르는 가수는 속절없이 음악계에서 밀려나 어딘가로 사라지고 대신 노래를 잘 부르지 못하는 가수가 판을 치는 세상이 된다. 서글픈 일은 이제 그들 스스로도 자신들이 훌륭한 가수라는 자기 최면에 걸리게 된다는 점이다. 웃기는 일이 아닌가.

그렇다. 이 같은 왜곡 현상은 비단 대중음악계에만 국한되는 문제는 아닐 터이다. 작금의 우리 문단 역시 마찬가지가 아닌가. 훌륭한 시인이 그만큼의 훌륭한 대접을 받는 시단이라고 누가 당당히 말할 수 있을 것인가. 뭇 평론가들이 훌륭하다고 평가하는 시인들의 작품이 과연 실제 시작에서 그만큼 훌륭한가. 혹시 문학 권력 집단으로부터 무슨 피해를 입을지 몰라 뒤에 숨어서 수군대지 말고, 그래서 그들의 뒷북을 치지 말고, 한번 솔직히 이야기해보라.

항상 그러한 것은 아니겠지만 대체로 오늘의 우리 시, 우리 시인들을 평가함에 있어 — 대중 음악계가 보여주는 그것처럼 — 주변이 중심을, 위선이 진실을 왜곡하는 현상에는 다음과 같은 몇 가지 유형이 있을 수 있다.

첫째, 정치를 지향하는 행동이다. 어용(御用)도 나름대로 득을 보지만 현실 저항적인 제스처를 내보일 때가 더 그러하다. 한 발 나아가 특별한 이념을 제시하고 이를 선전 선동하는 역할을 담당하게 되면, 그리고 이로써 수형(受刑) 생활까지 치르게 되면 더 큰 보상을 받는다. 물론 나는 이들이 꼭 어떤 명성을 얻을 목적으로 그 같은 정치 지향적 행보에 나서는 것이라고 생각하지는 않는다. 나는 이들의 정치 지향 행위가 부적절하다거나 평가절하되어야 한다고 주장하지도 않는다. 그 동기야 어떻든 결과가 그렇다는 말이다. 나는 다만 그러한 행위를 했다고 해서 그로 인해 그들의 시가 덩달아 훌륭한 것도, 훌륭하게 되는 것도 아니라는 사실을 지적하고 싶을 뿐이다.

특별한 경우 그는 정치적으로 매우 정의로운 사람이며 우리 사회를 바람직하게 변혁시키는데 있어 절대적 기여를 한 사람임에 틀림없다. 그러나 그런 행위를 했다고 해서, 즉 올바르고 정의로운 정치 투쟁을 통해 우리 사회를 발전시키는 데 크게 이바지했다고 해서 그 문학까지도 훌륭하게 되는 것은 아니다. 노래는 노래고 춤은 춤인 것이다.

아마도 우리 문학사에서 문제가 되어 온 이 같은 정치 이념의 키워드들은 일제강점기 시대의 경우 '항일 독립'과 '프롤레타리아 혁명', 해방 이후로는 '유신', '마르크스주의', '반독재', '반미', '민주', '민족주의', '참여', '민중', '통일', '주체사상' 등이 아니었을까. 가령 일제강점기 시대의 시인이었던 임화나 한용운, 60년대의 김수영이 문학적으로 과대평가된 이유의 일단도 여기에 있을지 모른다. 일부 지식인, 문인, 교수, 비평가 등은 이제 가슴에 손을 얹고 한번 생각해보라. 이러한 키워드로 쓴 과거의 정치비평으로 '재미 좀 보지 않았나? 과거에 본 재미로 오늘의 영광을 누리고 있지는 않는가?

둘째, 문학 저널리즘을 장악해서 ― 때로는 정치권력과 야합해서 ― 평론가 다수를 수하로 부리는 몇몇 문학 권력 집단의 끊임없는 독자 의식화 작업이다. '의식화'란 비판적 사고가 불가능해진 상황 속의 사람이나 집단에게 어떤 특정한 이념이나 견해 등을 일방적으로 반복 주입시켜 사실이 아닌 것을 마치 사실인 것처럼 믿게 만드는 일종의 세뇌 작용을 일컬음이다. 하물며 그 내용이 조직적으로 생산해낸 헛된 주장, 특별하게 계산된 목적의식을 전제하고 있는 것이라면 두말할 필요가 있겠는가.

어떻게 이런 일이 일어날 수 있을까. 그것은 그들이 모든 문학적 소통 채널 — 문학저널, 언론, 출판, 평론 등을 거머쥐고 마땅히 제공해야 될 문학적 제 정보들을 왜곡, 차단하여 어떤 일방적 주장만을 반복 되풀이 주입시키는 방식으로 당대의 독자들을 의식화 시켜왔기 때문이다. 그러므로 그것은 마치 방송사와 연예기획사, 음반회사 등이 서로 공모하여 별로 훌륭하지 못한 노래를 인기 차트에 띄우는 것과 별반 다르지 않다.

셋째, 자신 혹은 자신의 가정이 입은 재난(災難)을 문학적 후광으로 삼는 경우이다. 가령 사랑하는 아내나 남편을 잃었다든가 자신의 자녀에게 어떤 큰 불행이 닥쳤다든가 하는 사태를 이용해서 — 의도적이든 비의도적이든 — 널리 독자들의 연민을 구하고 더불어 그런 분위기에 자신의 문학을 편승시키는 것 등이다. 이 경우 그 동반의 지속성이 오래가거나 대중매체의 호응도가 크면 클수록 시인으로서의 자신들의 입지도 넓어짐이 물론이다. 그런 까닭에 요즘 우리 문단에선 — 아마도 그 대부분은 상업출판의 부추김 때문이겠지만 — 이제 이 같은 상황을 보다 적극적으로 활용하여 무언가 이득을 챙겨보려는 행위를 그다지 부끄럽게 생각하지 않는 풍조까지도 생겨나게 되었다.

나는 당연히 이들이 겪는 불행에 인간적인 연민과 슬픔의 감정을 느낀다. 그러나 그렇다고 해서 그들이 당한 재난이 그들의 작품까지도 훌륭하게 만들었다고 생각하는 것은 아니다. 물론 그들의 작품들도 때에 따라서는 훌륭한 것으로 평가받아 마땅할 경우가 없지는 않을 것이다. 그러나 이는 본래부터 그들 자신의 문학이 훌륭해서 그리 되었거나 혹은 이후 그가 당한 사건이 빌미가 된 자신들의 인간적 성숙이 훌륭한 작품을 생산해냈기 때문이지 그들이 입은 재난 그 자체 때문에 그런 것은 아니다. 그럼에도 불구하고 우리 시단에서는 불행을 당한 시인이 불행 그 자체에 대한 독서 대중의 연민에 힘 입어 그 자신 훌륭한 시인으로 둔갑되는 일 또한 종종 있지 않았던가.

넷째, 센세이셔널리즘의 추구를 들 수 있다. 예컨대 특별한 기행을 일삼거나 일상 삶의 규범을 일탈하는 것 등이다. 물론 여기에도 의도성이 있는 것과 의도성이 없는 것의 두 유형이 있을 수 있다. 전자는 인위적 일탈을 자행하여 문학사회의 주목을 끄는 것에 목적을 두는 경우이고, 후자는 자신이 처해진 부득이한 여건 혹은 상황 때문에 어쩔 수 없이 그렇게 살 수밖에 없는 경우이다.

그러나 이유야 어떻든, 이런 부류들은 결과적으로 자주 문학 저널리즘이나 비평의 초점이 되고 남다른 문단적 프레스티지를 갖는 것도 사실이다. 알코올 중독이나, 정신분열증 또는 경제적 무능력이 우리 문단에서만큼 대접을 받는 사회도 아마 찾아보기 힘들 것이다. 심지어 우리 시단에서는 작품을 아예 쓰지 않는 것도 평가를 받을 수 있는 장점의 하나에 속한다. 매년 생산하는 시집보다 10년 혹은 20년 만에 겨우 한 권을 내는 시집이 주목의 대상이 되기도 한다. 그러나 누가 보아도 이 같은 특별한 기행이나 일탈이 곧 훌륭한 시인의 준거가 될 수는 없지 않겠는가. 그로 인해 훌륭하지 않은 시가 갑자기 훌륭하게 되는 것은 더욱 아니지 않겠는가.

산은 산, 물은 물이라 했으니 시는 시다. 그 인생이 어떻든 그의 카리스마나 문단 권력, 그의 정치 행보가 어떻든 시인은 일차적으로 작품이 훌륭해야 훌륭한 시인이다. 나는 노래를 잘 부르는 가수가 부르는 노래 그 자체만으로 '잘하고 못함'의 평가를 받는, 그런 문단에서 문학적 평가를 받고 싶다.

시와 술과 사람

　종종 문학 매체의 기자들에게서 인터뷰를 요청 받는 경우가 있다. 그럴 때는 가끔 사생활에 관한 질문도 나온다. 술을 좋아하느냐, 결혼은 어떻게 했느냐는 등. 아마도 내 시를 이해하기 위해, 나에 관한 독자들의 호기심을 충족시키기 위해 혹은 '전기비평(傳記批評)'의 자료 같은 것들을 수집하기 위해서일 것이다.

　그런데 나는 술을 좋아하지 않는다. 일상에서 술을 들고 싶은 충동 같은 것을 별로 느껴본 적이 없다. 식사시간에 반주를 곁들이거나 — 예외가 없지는 않았겠지만 — 홀로 술을 마셔본 기억도 없다. 설날이나 추석 같은 명절에 간혹 제자들이 술병을 보내오는 경우가 없지는 않았지만 그 역시 대체로 지인들에게 나누어주는 것이 예사였다.

　그러니 술맛인들 제대로 알 리 없다. 향기라든가, 자극의 강도라든가, 식감에서 오는 느낌 같은 것들을 전혀 모르는 것은 아니지만 내게 있어 술이란 고급한 것이든 값싼 것이든 그저 한가지로 술일 따름이다. 먹어서 취흥을 느끼면 그것으로 그만, 특별히 비싼 술을 굳이 먹어야 할 이유를 모른다. 장(腸)이 약한 탓에 양이 많고 차가운 술, 즉 맥주 같은 것은 싫어하고 대신 소주를 선호한다는 것, 양주보다도 우리의 토속주가 부담이 없다는 것은 예나 제나 마찬가지다. 최근에 들어서는 나이 탓인지 와인에 맛을 들이고 있지만 본격 주당에게 포도주란 어디 술의 반열에 오르기나 하던가.

그러므로 내가 술을 대하는 것은 오로지 사람이 좋아, 사람들과 어울리기 위함뿐이다. 한국의 남성 사회, 특히 문학판에서 술 문화를 공유하지 않고 어떻게 친목을 도모할 수 있을 것인가. 그러니 더불어 비즈니스를 하기 위함이든, 단순히 함께 즐기기 위함이든 나는 그런 자리에서 술을 '마시는 것'이 아니라 ─ 그들의 기호를 존중해 ─ 그저 '마셔주는 것'이다. 그리하여 첫 한두 잔을 억지로 마시고 그로써 취기가 좀 오르면 그 취기에 의존해서 계속 술을 들게 된다. 다행이라면 생리적으로 내가 술을 전혀 마시지 못하는 것은 아니고 나름대로 어느 수준의 주량은 가지고 있다는 사실이다.

술을 좋아하지 않는 것과 술을 먹지 못하는 것은 별개다. 전자는 취향의 문제이고 후자는 생리적 문제에 속하기 때문이다. 따라서 일단 술을 먹기로 치면 나는 남들에 비해서 주량이 그렇게 뒤지는 편은 아니다. 젊은 시절에는 혼자서 양주 반 병, 맥주는 ─ 그 마시는 방식에 따라 양이 달라지지만 ─ 한 자리에서 열병, 소주는 두 병 정도를 마신 경우도 적지 않았다. 그러나 이순에 든 지금은 소주 반 병 정도가 고작이다. 그 이상을 마시면 다음 날 지장을 받는다. 지우들 가운데서는 내가 술을 전혀 마시지 못하거나 술에 아주 약한 사람이라고 생각하는 분들이 적지 않다. 아마도 내가 남과 술자리에 잘 어울리지를 않고, 술을 들면 생리적으로 쉽게 얼굴이 붉어지며, 취해도 딱히 눈에 띄는 행동을 하지 않기 때문이 아닐까 한다.

술을 좋아하지 않으니 술자리에 끼는 것을 꺼려하는 것 또한 당연하다. 그러므로 내게 부담스러운 일들 중의 하나는 편하지 않은 사람이 굳이 저녁식사를 대접하겠다고 억지로 나를 불러내는 경우이다. 그분들의 입장에선 ─ 무슨 부탁이 있어서건 단순한 만남으로서건 ─ 식사 대접을 했다는 것으로 내게 어떤 시혜를 베풀었다고 생각할지 모르지만 나로서는 그저 그의 체면을 살려주기 위해 견디는 괴로운 사건의 하나일 뿐이다. 시간을 빼앗기는 것은 둘째고 저녁에 만나면 우선 술을 들어야 하는데 그것이 고역인 것이다. 그래서 나는 누군가와 부득이 식사자리를 가져야 할 경우라면 가능한 한 저녁 시간보다 점심 시간을 선호한다.

내가 술자리에 끼지 않으려 하는 이유는 이외에도 한두 가지가 더 있다. 음주에 갖다 바치는 시간, 즉 술을 먹는 그 자체와 그 후유증을 겪는 다음 며칠의 시간이 아까워서다. 절제 잃고 술을 마시게 되면 차후 2, 3일은 적절한 정신노동을 할 수 없기 때문인데 교수이자 시인으로서 이는 중대한 문제가 아닐 수 없다. 하물며 분위기에 취해 주책없이 과음을 하게 되는 상황임에랴.

시간에 관해서 말하자면 실로 나는 지금까지 그것을 금쪽같이 여기며 사는 한 생을 살아왔다. 한마디로 사람을 만나는 일, 음주를 즐기는 일 같은 것들을 최대한 절제하며 살아온 한생이었다. 그렇지 않고서야 특별한 재능을 가지지 못한 내가 어떻게 학문하는 일과 시를 창작하는 일의 두 가지에 이만큼이나마 몰두할 수 있었을 것인가. 그것은 내가 소위 일류 대학 교수였던 까닭에 더 그러했을지도 모르겠다. 돌이켜보면 사람들과 함께 마음 놓고 어울리는 시간 한 번을 제대로 가져보지 못한 한세상이었다.

우선 나는 타인과 사교를 잘하지 못한다. 사회성이 모자란 성격 탓이다. 어린 시절부터 항상 홀로 있을 수밖에 없었고 홀로 있기를 좋아했으므로 홀로 있을 때 마음이 편했다. 물론 성장 환경이 그렇게 만들었겠으나 후일 원칙주의자로 굳어버린 내 인생관 역시 이에 가세했을 터이다. 여기다가 설상가상 태생적으로 '끼'나 대화술 같은 것도 부족하니 사적인 대화에서만큼은 거의 벙어리의 수준에 가깝다. 나의 이 같은 인간적 측면을(잘 어울리지 않으니까) 오해하여 날더러 간혹 오만한 사람, 혹은 '잘난 체하는 사람'이라고 매도하는 분들도 있다 하니 나로서는 억울하기 짝이 없다.

그러나 이 세계의 주인은 어디까지나 인간이고 그 인간이 또한 역사를 이끌어가는 주체이니 돌이켜보면 사람 하나 제대로 품지 못하고 살아온 내 한생은 아마 실패작일지도 모른다. 재(才)에 앞서는 덕(德)이란 것도 기실 인간과 인간의 관계에서 만들어지는 법이니 후학들이여, 나를 타산지석으로 삼아 부디 술 마시는 일에 주저하지 마시기를……

신춘문예 심사 유감

　독자들 중에는 가끔 '선생님은 문단에 시인들을 몇 분이나 등단시켰나요?' 하고 묻는 사람들이 있다. 그럴 때마다 나는 '잘 모르겠어요. 몇십 명쯤 될까……' 하고 얼버무린다. '등단시켰다'는 말이, 내가 직접 가르쳐서 시인으로 등단시켰다는 뜻인지, 잡지사나 신문사의 의뢰로 단순히 등단 심사를 했다는 뜻인지 분명하지 않기 때문이다. 전자의 경우라면 — 내 제자이니까 — 방민호, 김중식, 이수정, 곽명숙 씨 등 대여섯 명쯤 꼽아볼 수 있겠다. 그러나 후자의 경우라면 정말 모르겠다. 수십 년 각종 문학 매체에서 수많은 신인 등단 심사를 했으므로 아마 그 수 역시 기백 명이넘을 것이다. 그중에는 손택수 씨나 복효근, 고영 씨처럼 큰 시인이 되어 가끔 연락을 주는 분들도 없지는 않으나 대부분 누가 누군지를 모른다.

　신인 등단 작품 심사를 해오는 동안 많은 화젯거리도 있었다. 그중 중앙 일간지 신춘문예 심사에 얽힌 이야기들을 몇 개 추려서 회고해보기로 한다.

첫 번째 이야기

1980년대 후반 『동아일보』 신춘문예를 심사할 때의 일이다. 숙고해서 투고작들을 읽어본 결과 세 편이 결선에 올랐다. 두 남성과 한 여성의 작품이었다. 이 중 이 아무개라는 여성의 투고작이 우수했다. 그러므로 작품성을 기준으로 판단하자면 당연히 이분을 당선자로 선정해야 옳았을 것이다.

그러나 우리 사회에 아직 성평등 의식이 확립되어 있지 않았던 시절, 나는 가능한 한 젊은 남성 투고자를 당선시켜야 할 것 같았다. 여성 투고자는 왠지 미덥지가 않았다. 다른 분들은 어떤 생각을 가지고 있었을지 모르지만 그때의 내 심정으로서는, 설령 어찌어찌해서 등단했다 하더라도, 여성이 그 거친 우리 문단에서 제대로 작품 활동을 영위해낼 수 있을까, 과연 시인으로 살아남을 수 있을까 하는 회의도 들었다.

그런 망상에 빠지자 나는 만일 당선자가 여성일 경우, 당선 그 한순간 허공에 잠시 빛나다가 꺼져버릴 것 같기도, 대신문사의 신춘문예 심사를 맡은 보람도 부질없을 것 같았다. 그래서 이렇게 생각했다. 작품성이 다소 떨어지더라도 이왕이면 가능성이 있어 보이는(?) 남성 투고자를 당선시키자. 그래야만 그래도 여성 당선자보다는 앞날을 기대해볼 수 있지 않겠는가. 나는 작품성이 우수한 그 여성 시인을 제끼고 그만 남성 투고자를 당선자로 결정해버리는 우를 범하고 말았다.

　그러나 내가 그 같은 판단의 잘못을 깨닫기까지에는 그리 오랜 시간이 걸리지 않았다. 그 남성 시인은 당선이 되자마자 속절없이 문단에서 사라져버렸는데 탈락된 여성 투고자는 2, 3년 뒤에 권위 있는 한 월간 시 전문지를 통해 등단하더니 마침내 우리 시단의 반짝거리는 샛별로 자리를 굳혀버렸기 때문이다. 그래서 이 일이 있은 지 미처 3, 4년이 되기도 전에 나는 깊이 후회를 하게 되었다. 이를 통해서 여성에 대해 가졌던 기왕의 편견을 많이 반성하는 계기가 되기도 했다.

　그렇게 객관적인 눈을 회복하게 되자 어느새 나는 나도 모르게 그녀의 작품 활동을 지켜보는 것이 하나의 즐거움으로 다가오기 시작했다. 그리고 그 부끄러운 내 비밀의 보상심리였을까. 이후 나는 시 월평을 쓸 때마다(그 무렵 나는 비평 활동을 꽤 활발히 하던 중이었다.) 그녀의 작품을 꼭 챙기곤 했다. 내가 집필한 시 창작지도서 『시 쓰기의 발견』에도 일부러 그녀의 시 한 편을 전문 인용해서 미안함을 달래기도 했다. 그녀가 바로 오늘의 이인원 시인이다.

두 번째 이야기

　1990년대 중반『중앙일보』신춘문예 심사 때의 일이다. 예심을 거쳐 올라온 작품들을 읽어보았더니 유독 한 여성 투고자의 작품이 눈에 들어 들어왔다. 문학성이 단연 뛰어나 보였다. 나만이 아닌 다른 심사위원들의 견해 역시 같았다. 그래서 우리는 이견 없이 이 작품을 쉽게 당선작으로 선정한 뒤 문학 담당 기자인 이경철 씨에게 미리 이분의 신원을 한번 확인해 달라고 부탁하였다.

이 기자가 우리의 면전에서 그 당선 후보자에게 전화를 걸었다. 여러 가지를 물었는데 중요한 것은 이 작품의 표절 혹은 이중 투고 여부였다. 같은 작품을 다른 신문사에도 투고를 하게 되면 후에 문제가 생길 수 있기 때문이다. 그래서 도하 각 신문사의 신춘문예 작품 응모 규정에는 원칙적으로 작품의 이중 투고를 금하며 혹시 이를 숨기고 당선된 자는 사후라도 이 사실이 발각될 경우 당선을 취소할 수 있다는 조항이 들어 있다. 그런데 호사다마라던가. 불행히도 그 분의 작품이 바로 이중 투고작이었다. 같은 작품을 『동아일보』에도 투고했다는 것이다.

우리는 이 문제를 어떻게 처리해야 할지 난감했다. 원칙대로 하자면 『동아일보』에 이 사실을 알리고 두 신문사가 공히 이 작품을 심사 대상에서 제외시켜야 마땅할 일이었다. 그러나 인간사란 무작정 원칙만을 고집할 수 없는 법, 그리되면 그분에겐 너무 가혹한 처사가 될 것이 뻔했다. 아니 폐기시키기에는 그 작품의 문학성이 너무 아까웠다. 그래서 고심 끝에 우리는 다음과 같은 결론을 내렸다. 심사는 우리 쪽에서 먼저 했으니 추후 혹시 『동아일보』에서 이 작품을 당선작으로 결정하는 경우가 생긴다 하더라도 만일 그 투고자가 『동아일보』의 결정을 받아들이지 않고 우리 쪽의 결정을 따르겠다는 약속을 해준다면 이 작품을 그냥 당선작으로 한다는 것이었다.

투고자는 이 제안을 두말없이 받아들였다. 그러니 이 일은 일단

락된 셈이고 우리들은 마음이 한결 가벼워져서 나는 당시 매년 겨울마다 그리 해왔던 것처럼 책 한 배낭을 등에 메고 설악산 백담사로 잠적해버렸다. 그런데 그 며칠 후, 서울의 이경철 기자로부터 다급한 전화 한 통이 걸려왔다. 공교롭게『동아일보』에서도 이 작품을 당선작으로 뽑아 본인(투고자)에게 통보를 했는데 무슨 마음에서였던지 그가 —『중앙일보』와의 선약을 어기고 —『동아일보』 신춘문예의 당선을 또 받아들이기로 해서 문제가 생겼다는 것이다. 그래서 내가 어찌했느냐고 묻자 그는『동아일보』 문화부와 협의한 끝에 결국 양쪽 신문사 모두가 이 작품의 당선을 취소하기로 했으니 그 대신 당선작으로 다른 작품 하나를 뽑아달라고 했다. 속절 없이 나는 결심에서 탈락한 작품들 중 하나를 부랴부랴 추천했고 일은 그것으로 끝난 듯했다.

  그런데 며칠 후였다. 다시 문제가 생겼다. 서울로 돌아와서 확인을 해보니『중앙일보』는 순진하게『동아일보』와의 약속을 지켜 다른 투고자의 작품을 당선시켰으나 웬일인지『동아일보』는『중앙일보』와 맺은 약속을 깨트리고 원래의 그 작품(『중앙일보』에서 먼저 당선작으로 결정한 작품)을 당선시켰다 하지 않은가. 후에 알고 본즉 작품의 문학성이 뛰어나 아깝기도 했고 무엇보다 매일 신문사에 찾아와 읍소하는 투고자의 처지가 안쓰러워 심사 원칙만을 고수하기 힘들었다는 것이다. 작품을 먼저 뽑은『중앙일보』는 밀리고 오히려 후에 뽑은『동아일보』가 권리를 행사했으니 이는『성경』말씀대로 "나중 된 자가 처음 되는" 격이었다. 문단에서도 잘 알려진 화제작「서울 사는 평강공주」에 얽힌 이야기이다.

세 번째 이야기

수년 전 어떤 신문사 신춘문예 심사 때의 일이다. 예심에 올라온 작품들을 숙독해보니 별로 눈에 드는 것이 없었다. 대부분 난해하고 사변적이었다. 예전과 달리 요즘 신춘문예 당선 작품들의 수준이 많이 떨어졌다고들 하지만 그해의 경우는 더욱 그랬던 것 같다. 할 수 없이 우리는 그해의 당선작을 내지 않기로 작정하고 이에 대한 담당 기자의 의견을 구했다. 그러나 그는 본사(『동아일보』)의 방침이 당선작은 꼭 내기로 되어 있다는 것이었다. 그래서 하는 수 없이 우리는 그중에서 좀 나아 보이는 작품 하나를 당선작으로 정했다. 시류에서 벗어나 나름대로 사색적인 부분도, 신선한 감각적 표현도 있어 다행이다 싶었다.

다음 날 나는 이미 예정했던 대로 인도네시아 여행길에 올랐다. 그런데 족자카르타에 머무를 때였다. 심사에 같이 참여했던 장석주 시인으로부터 국제전화가 걸려왔다. 당선작이 표절 시비에 휘말려 이를 어떻게 수습해야 될지 모르겠다는 것이다. 나 역시 외국에 있는 처지로 무엇이라 확답을 줄 수 없었다. 그래서 나는 모든 일을 그에게 일임하고 일단 전화를 끊었다.

며칠 후 서울로 돌아와서 장 시인을 만났다. 아직 시상식이 있기 전이다. 그는 내게 그 작품은 누가 보아도 표절이 분명하다며 신문사 측에 당선 취소를 건의했으나 아직까지 아무런 답변이 없어 답답하다고 했다. 그런데 그 와중에 마침 강인한 시인으로부터 한 통의 이메일이 날아왔다. 그는 매우 분개해 있었다. 왜 이 따위 표절 작품을 당선시켰느냐는 항의와 함께 증빙 자료 한 묶음을 보내온 것이다.

나는 당선작과 그가 보내온 증빙 문헌들을 꼼꼼히 대조해서 읽어보았다. 장 시인의 지적대로 표절임에 틀림없었다. 그래서 즉시 그 신문사 문화부에 그것이 왜 표절 작품인가를 분석한 글 한 편을 써 보내 이를 근거로 당선을 취소시켜달라는 청원을 했다. 그러나 그로부터 돌아오는 답변은 "검토해보겠다. 기다려달라"는 말로 차일피일 시일을 미루더니 어느 날 돌연 시상식을 거행해버리고 말았다. 공식적으로 당선을 선언한 것이다.

나로서는 더 이상 어찌할 수 없었다. 벌써 시간이 많이 흐른 옛이야기지만 이제라도 독자들의 양해를 구해 그 빚을 갚고 싶을 뿐이다.

나의 동안거

매년 겨울, 나는 짧게는 열흘, 길게는 한 달 가까이를 홀로 산사에서 보내곤 했다. 특별한 불심(佛心)을 지녀 참선 수행을 하기 위해서가 아니라 산사에 들면 어쩐지 마음이 편안해지기 때문이다. 우선 적막하고 명상적인 그 분위기가 좋았다. 수천 년 동안 우리 민족의 정신적 피난처였던 까닭에 그런 것일까. 외국 여행을 자주 해보았지만 나는 그 어느 외국 불교국가의 사찰에서도 우리의 산사에서 접하는 그런 경건심 같은 것을 느껴본 적이 없다. 동남아나 일본, 중국 등의 사찰들이 보여주는 그 소란스럽고 속된 분위기랴.

십오륙 년 전 내가 처음 산사를 찾았을 때의 명분은 물론 시를 쓰겠다는 것이었다. 당시 대학은 밤낮 없는 학내의 민주화 투쟁과 독재정권의 억압, 명분뿐인 강의, 이념으로 얼룩진 사제(師弟) 갈등 등이 맞물려 영일이 없었다. 교수인 나 역시 하루하루 버티는 것이 힘겨웠다. 정부에서 강제하는 소위 '학생 지도'라는 것에

매달리자니 논문이나 시 창작 같은 글쓰기에 몰두할 정신적 여유
도 없었다. 그래서 겨울 방학만큼은 만사 제폐하고 산사에 들어
시를 쓰는 일에 몰두하고자 했다. 시 쓰는 일이야말로 그 무렵 나
의 유일한 정신적 구원이었던 것이다. 이때 썼던 시들이 연작시
「구룡사시편」이나 「백담사시편」 들이다.

　그런데 무슨 조화랴. 이 같은 일이 반복되는 동안 점차 나는 작
품을 창작하겠다는 애초의 의도보다도 산사에 머무는 그 자체가
좋아지기 시작했다. 하루가 멀다 하고 일상사에 쫓겨 사는 도시
인들은 아마 잘 모를 것이다. 아무 목적 없이 있는 그대로 자연과
함께하는 삶의 평안이 얼마나 복된 일인지를……. 이때 문득 나
는 이런 생각도 들었다. 굳이 시 창작을 하겠다는 목적의식을 갖
고 산사에 머문다는 것은 그 산사를 품에 안은 자연에 반하는 일
일지도 모른다는 것, 그래서 어느 순간부터인지 나는 산사에서
꼭 시를 써야 하겠다는 집착을 버렸다.

　요즘 나는 산사에 머물되 굳이 시를 쓰려 하지 않는다. 다만 마
음을 텅 비우고 바보처럼 한세월을 보낼 뿐이다. 굳이 변명하자
면 일종의 마음 청소라고나 할까. 우리가 우리의 육신이 머무는
주택을 정기적으로 청소해야 하듯 영혼의 집이라 할 우리의 마음
도 가끔은 먼지를 털어내고 말끔히 청소를 해야 하지 않겠는가.

　아아, 그러나 큰 틀에서 보자면 이 역시 글을 쓰는 행위의 일부
일지도 모르겠다. 자고로 '글은 곧 인간이라' 했으니 비록 온종일
원고지를 끌어안고 몸부림을 치지는 않는다 하더라도 마음의 집
을 깨끗이 하는 것 그 자체가 이미 시 쓰는 일에 드는 것이 아니겠

는가. 언제인지 미당(未堂) 선생을 만나 뵈었을 때 선생께서 시인 이란 '노는 것도 시 쓰는 일'이라고 하시던 말씀이 문득 생각난다.

이번 겨울에도 나는 백담사에 머물고 있다. 그러나 굳이 시를 쓰려 고민하지는 않는다. 맑은 날에는 크낙새 나무 쪼는 소리를 좇아 한나절 숲속을 헤매고 흐린 날은 요사채의 방바닥에 뒹굴며 책을 읽는다. 그러다 문득 귀를 기울이면 계곡의 얼음장 밑으로 여울물 흐르는 소리, 그것은 마치 청정 비구니가 독경하는 소리 같다. 눈 오는 날에는 정처 없이 눈밭을 거닌다. 어디선지 선방에 서 선사(禪師)가 죽비 내리치듯, 무거운 눈송이에 나뭇가지 부러 지는 소리······.

그러니 우리 사는 일, 어디 목적이 있던가. 사는 그 자체가 바 로 목적인 것을.

어떤 시비(詩碑) 제막식

　몇 년 전인가. 가까이 지내는 한 여성 시인의 시비(詩碑) 제막식에 참석하려고 지방에 내려간 적이 있었다. 이 여성 시인이 그 지역의 풍물과 자연을 연작시로 써서 발표한 것을 그곳 유지들이 고맙게 여겨 세워주는 것이라고 했다.

　오후 두 시, 행사는 시비가 서 있는 면사무소의 앞뜰에서 시작되었다. 사회자는 개회를 선언한 뒤 순서에 따라 먼저 내빈 소개라는 것부터 했고 많은 사람들이 호명되어 갈채를 받았다. 현장에 오지 않은 분들은 그럴 수밖에 없는, 부득이한 사정의 해명과 더불어 그 직책이 소개되고 이 역시 사회자의 요구에 따른 박수를 받았다. 아, 그런데 나는 이때 처음으로 두 가지 사실을 알게 되었다.

　하나는 이 좁은 지역에서도 얼마나 많은 관직, 즉 벼슬들이 있는가 하는 점이요 다른 하나는 그 관직이나 벼슬이 또 그들에게 얼마나 큰 자랑, 아니 명예가 되는가 하는 점이었다. 우선 국회의

원과 도의회의장이 있었다(도지사는 참석하지 않았다). 그리고 시장, 경찰서장, 농협회장, 면장, 시의회의장, 도의원, 시의원, 교육장, 문화원장, 여성단체의 회장, 이장, 재경향우회장, 지역신문 사장, 재○○향우회장, ○○발전위원장, 새마을회장, 재향군인회장, 소방서장, 동창회장, 부녀회장, 청년회장, 예비군 소대장 등……. 초중고등 학교장이라는 명함은 아예 끼지도 못했다(초대되지도 않았다).

다음 순서로 이분들의 축사가 이어졌다. 앞에서 열거한 그 수많은 관직의 인사들이 — 아마도 위계에 따른 것이겠지만 — 차례로 등단하여 상투적인 덕담들을 늘어놓았다. 한두 분이 아니었다. 한 시간이 흘렀다. 그래도 축사는 계속되었다. 두 시간이 흘렀다. 그래도 축사는 계속되었다. 이제 세 시간 가까이가 되었다. 그제서야 마지막으로 이 지역 청년회장의 말씀이 있었고 뒤이어 오늘의 주인공이라 할 여성 시인이 겨우 호명되었다. 그녀는 무려 세 시간 남짓 무료하게 앉아 있는 우리들에게 미안했던지 짧고 간단하게 자신의 소감을 피력한 뒤 곧 연단에서 내려왔는데 이로써 그 행사는 겨우 마무리되었다. 그러니 이 시비 제막식이라는 행사야말로 오로지 축사 이외 다른 내용은 없다시피 했다. 그 지루하고 견디기 어려웠던 세 시간이여!

우리의 일행 중에는 이 지역 출신의 예술원 회장(희곡작가 차범석 선생)도 포함되어 있었다. '예술원'이 무엇인가. 우리나라를 대표하는 최고 예술인들의 모임, 정부와 대통령이 공인하고 우리 국민 모두가 우러러보는 예술가 집단 아닌가. 그 회장님 역시 다른 관직들에 치여 인사할 기회가 없었다. 다만 야외의 딱딱한 나무 의자에 노구를 의탁하고 그 긴 시간을 견뎌내야 했다.

그러나 — 우리들의 상식으로 — 시비 제막식이라면 사실 그 돌에 새겨진 시의 내용이나 시의 작자, 그 시를 쓴 계기나 배경에 대하여 혹은 그 시인의 작품세계나 그 지역과 관련된 문학적 유산 혹은 시비 건립의 의의 같은 것들을 아야기하는 것이 제격 아니겠는가. 그러나 주관자는 물론 그 누구도 이 같은 문제들에 대해서는 일말의 관심도 갖지 않아 보였다. 오직 관직을 가진 자들의 축사가 전부였다.

이때 문득 나는 한 가지 기억을 떠올렸다. 그 몇 년 전인지 내가 지방 국립대학 교수로 봉직하던 군부독재 시절, 한 동료로부터 들은 이야기이다. 국어학을 전공하던 그 교수는 또한 '한글학회'라는 학술단체의 그 지역 책임자를 겸하기도 했다. 그런 그가 어느 날 내게 하소연하기를 '한글날'이 돌아올 때마다 남다른 마음 고생에 시달린다는 것이었다. 이유를 물은즉 그는 다음과 같은 말을 들려주었다. '한글학회'가 주관하는 연중행사들 중에는 매년 세종대왕의 한글 창제를 기념하는 '한글날'이라는 것이 하나 있다. 그런데 이 행사를 치르는 일이 간단치 않다고 했다. 당일 식장의 좌석 배치와 축사 순서를 놓고, 여러 기관으로부터 부단한 압력을 받는다는 것이다.

그 지역의 공직 서열은 국립대 총장이 가장 높았다. 도지사는 차관급이지만 총장은 장관급인 까닭이다. 그런데 그 어떤 기관에서도 이를 인정해주지 않는다고 했다. 자신의 생각으로 — 다른 행사라면 혹 모르겠거니와 한글 창제를 통해서 인문정신을 드높이는 — '한글날'만큼은 비록 권력이 없는 관직이라 하더라도 의당 공직 서열 1위인 국립대학 총장이 첫 축사를 해야 자연스러울 것 같은데 그럴 수 없다는 것이다. 다른 여러 권력기관에서 이를 무시하고 자신들의 수장(首長)을 첫 번째 순서로 하라는 압력이 빗발쳐 그 받는 스트레스가 이만저만이 아니라고 한다. 차라리 한글날이 없어졌으면 좋겠다고도 했다. 그래서 내가 그렇다면 지금까지 어찌해왔느냐고 묻자 그는, 총장은 아예 참석치 아니하며 다른 권력기관의 수장들은 그때그때 힘의 구도에 따라 그 좌석 배열과 축사 순서가 달라진다는 것이다.

오래전의 일이다. 그 무렵의 어떤 대통령 선거 기간이었다고 회상된다. 후에 대통령이 된 한 후보 정치인은 선거운동을 하던 중, 어떤 재벌의 총수가 다른 당의 후보로 등장해서 자신의 경쟁자가 되자 그 후보자에게 '돈을 갖든 명예를 갖든 어느 하나만을 가져야지 이 둘을 모두 가지려 하는 것은 탐욕이 아니냐'고 일갈한 적이 있었다. 그때 나는 문득 이런 생각을 했다. 이분의 말씀이 과연 옳은 것일까? 혹시 그는 정치를 명예로 착각한 것은 아니었을까. 이런 분이 대통령이 되어도 괜찮을까?

물론 정치인들 가운데는 역사상 링컨이나 세종대왕처럼 온 국민의 존경을 한몸으로 받는 명예인이 전혀 없었던 것은 아니다. 그러나 그것은 그가 관직이 높은 정치인이었기 때문이 아니라 정치를 포함한 이 세상의 모든 다른 분야가 다 그러한 것과 같이 그가 훌륭하고도 명예로운 일을 했기 때문에 그런 것이다. 즉 대통령이라는 직위 그 자체가 바로 명예일 수는 없다는 말이다.

본질적으로 정치는 명예가 아니라 권력이다. 하물며 부정부패로 자신의 아들을 감옥에까지 보낸 그에게 무슨 합당한 명예가 있었겠는가. 오히려 대통령에 당선된 후 그가 자신의 경쟁 상대였던 그 재벌의 총수에게 저지른 비신사적인 앙갚음이야말로 자신의 불명예스러움을 만천하에 드러내 보여준 행위가 아니었던가. 재임 시절의 그의 실정(失政) 역시 권력을 명예로 착각한 그의 오판에서 비롯한 것일지도 모른다.

일반적으로 사람들은 권력과 명예를 혼동하는 듯하다. 그래서 권력을 가진 자들 중에는 간혹 자신들이 권력을 가졌기에 명예로운 사람이라는 착각을 갖는 것 같다. 그렇다. 만일 그처럼 권력 그 자체가 바로 명예라면 권력도 재력도 없이 오직 명예 하나만을 위해 온 생을 바치는 예술가나 학자들은 다 어디로 가야 한단 말인가. 이날의 시비 제막식에서 그토록 많은 '권력자'들이 등장해 축사 퍼레이드를 보여준 사건 역시 이 같은 시류의 한 방증일지도 모르겠다. 그 지닌 바 본질적 속성으로 보자면 사실 권력을 추구하는 정치가 명예가 아니라 진리를 추구하는 예술이나 학문이 명예 아니겠는가.

시 낭독 '십팔번'

일반적으로 우리 한국인들의 놀이 문화에서는 회식이나 연회의 끝자락엔 으레 노래판이 있기 마련이다. 대개 '끼'가 있는 사람의 주도로, 자의든 타의든 각자 순서에 따라 한 곡조 이상의 노래를 불러야만 끝이 나게 되어 있다. 그러므로 노래를 잘 부르지 못하는 사람, 또는 노래 부르기를 싫어하는 사람이라 할지라도 이같은 만약의 사태에 대비해 최소한 노래 한두 곡쯤은 미리 연습해두는 것이 일반적이다. 애창곡, 일본어 잔재로 말하자면 속칭 '십팔번(十八番)'이라고 하던가. 그것은 가능한 한 대중에게 널리 알려져 있는 노래일수록 좋다.

노래판만큼은 아니지만 시를 낭독하는 모임도 심심치 않게 벌어진다. 주로 문화인들의 술좌석이나 행사 등이 끝나는 자리에서다. 그런데 이때 지식인이나 정치가들이 선택한 낭독시들을 눈여겨보면 대개 문학 저널리즘이나 매스컴의 초점이 되는, 예컨대 외국 유명 시인의 별 감동 없는 번역 작품들, 또는 김수영의「풀」,

신동엽의 「껍데기는 가라」와 같은 시류적인 작품들이 대부분이어서 필자로서는 과연 저들이 그 같은 작품들을 정말로 높이 평가하고 좋아해서 낭독을 하는 것인지 의심되는 바 적지 않다. 혹시 이들도 ― 노래판의 '십팔번'처럼 ― 민망한 상황을 모면하기 위해 미리 외워둔 작품을 그럴듯하게 낭독하는 것은 아닐까. 저널리즘에서 자주 거론되고 평론가들이 좋다고 하니 이 같은 작품을 하나쯤 외워두면 지식인 사회에서 나름으로 큰 실수는 하지 않을 것이라는 계산이 깔려 있어 그런 것은 아닐까.

문제는, 평소에는 이들이 시를 좋아하지도, 즐겨 읽지도 않으면서 왜 심심치 않게 문학판을 기웃거리고, 왜 자청해서 그 같은 상투적인 작품들을 낭독하려 하는가 하는 점이다. 그것은 아마 시라는 것이 지닌 일종의 문화 권력과도 관계가 있을지 모른다. 다른 나라도 마찬가지겠지만 일반적으로 우리의 지식인이나 언론인, 그 외 정치인, 기업가들은 예술이나 문화에 다소간 무언가 콤플렉스를 지니고 있는 것 같다. 혹시 문학이나 예술 같은 것을 모르는 사람으로 간주되면 무식하다거나 천박하다는 말을 들을까봐서 그러는 것은 아닐까. 그러므로 그들이 기회 있을 때마다, 아니 기회가 없다면 억지로 만들어서라도 자신들은 예술이나 문화의 참다운 애호가이며 나아가 그에 대해서 상당한 수준의 이해가 있다는 것을 널리 알리고자 하는 것을 굳이 나무랄 이유는 없다.

문제는 그 같은 연출에도 불구하고 그들 대부분이 실제로는 문학에 대해 거의 아는 바가 없으며 문학을 좋아하지도, 그로부터 어떤 감동을 받았거나 받으려고 노력한 적도 없었다는 사실이다. 어떤 작품이 훌륭하며 어떤 작품이 훌륭하지 않은가, 혹은 어떤 작품이 가치 있고 어떤 작품이 가치 없는가를 판단할 수 있는 문학적 감수성이나 교양이 부족한 것이다. 그럼에도 그들이 자신의 무식을 감추고 이처럼 위선적으로 그럴듯하게 낭독할 자신들의 대표작을 골라야 할 처지라면 그 딜레마는 어떻게 풀 수 있을까.

그렇게 고민할 필요가 없을 것이다. 단기간 그것도 손쉽게 해결해줄 수 있는 방법이 하나 있기 때문이다. 바로 문학 저널리즘을 추수하는 일이다. 그리하여 그들은 문학 권력이 추켜세우는 작품, 그들 집단이 거느린 많은 사이비 평론가들이 훌륭하다고 뒷북치는 작품, 시류적으로 유행하는 작품, 문학 저널리즘에서 이미 공인되었다고 생각하는 작품들 중의 어느 하나를 골라 마치 자신이 진정 좋아하는 작품인 양 허세를 부리며 대중 앞에서 그럴듯하게 낭독하는 것이다. 남들이 다 좋다 하는 것을 좋다고 말하는 것이야말로 가장 안전한 선택이기 때문이다.

그렇다면 결과는 어떨까. 문제는 그들의 그 같은 행위가 우리 문학의 진정성을 왜곡시키는 데 상당 부분 나쁜 영향을 끼치고 있다는 점이다. 비록 문단이나 문학을 잘 알지 못한다고는 하나 대체로 그들은 우리 사회의 핵심부를 움직이고 있는 사람들, 요즘 유행하는 말로는 소위 '인플루언서'들이어서 그들의 발언 한마디 한마디가 일반 대중에게 끼치는 영향이 적지 않기 때문이다. 가령 대통령과 같은 유명 정치인이 불쑥 던지는 시 한 구절, 신문사 논설위원이 그의 논설에서 무심코 인용한 시 한 행, 인기 드라마 탤런트가 극중에 중얼거리는 시 한 연, 대기업 총수가 뽐내면서 낭독한 시 한 편은 전문 문학평론가 수십 명이 쓴 평론보다 훨씬 큰 위력을 지닌다.

그렇다면 문학 전문인을 기르는 대학의 현실은 또 어떨까. 여러 문제가 적지 않게 누적되어 있지만 그중에서도 우려스러운 것의 하나가 전공 교육이다. 수요자 중심 교육(아직 지적 미숙으로 많이 배워야 될 피교육자가 그 분야의 전공 교육자를 제치고 자신이 배울 내용을 그들 스스로 결정해야 한다니 이 무슨 해괴한 교육이론인지 나로서는 이해할 수 없다)이니, 대학원 중심 교육이니, 이중 전공이니, 능력별 졸업이니, 학부 구조조정이니 하여 사실 학부 학생들이 대학을 졸업하기까지 들을 수 있는 전공 학과목이란 10여 년 전에 비해 그 수가 반도 아니 되게 줄어 있는 것이 오늘의 우리 대학 실정이다.

이를 짧은 지면에서 일일이 거론할 수는 없다. 그러나 문학과 관련된 강의 하나만을 예로 들 경우, 요즘 대학의 국문과에서는 '시론'이나 '문학개론'(고전문학이건 현대문학이건 문학 교육의 기본이 되는 강좌들이지만 학생들에게 신선감을 주지 못한다 하여 대부분의 국문과 커리큘럼에서 폐과목이 되었다. 물론 이 같은 학과목들은 본질적으로 고전에 속하니 요즘의 신세대 감각으로 신선감이 없는 것은 당연할 것이나 대학에서의 학문 연구가 시류적 취향에 따라 결정된다는 것이 과연 바람직한 현상인지 알 수 없다.)과 같은 기초과목은 강좌 설강에서 아예 사라진 지 오래다. 혹시 일부 그 목숨을 연명하는 대학이 있다 하더라도 제도상 여러 다른 이유들로 인해 거의 학생들의 수강이 불가능하다. 그러니 학생들로서는 그 자신 독학으로 깨우치지 않는 한 대부분

기초적인 학문 수련의 과정이 없이 대학을 졸업하는 것이 일반적이다.

실제로 내가 봉직하고 있는 대학의 경우도 3분지 2에 해당하는 학생들이 현대문학 분야의 기본 강의 하나 제대로 듣지 않은 채 졸업하는 것이 예사다. 따라서 그들이 유일하게 대학에서 습득한 문학 지식은 귀동냥 눈동냥으로 듣고 본 문학 저널리즘과 또래 집단이나 선후배 사이에서 이루어지는 담론, 혹은 이념 의식화를 위한 운동권 주도의 독서 토론 등에서 배운 것이 대부분이다. 한 마디로 문학이 무엇인지를 알지 못하는 문학 전문인들이 대거 배출되고 있는 것이다.

그러나 어찌되었건 그들은 공식적으로 국문학과를 졸업한 학·석사들이니 어느 누가 그들을 일러 '문학을 모르는 사람'이라 하겠는가. 그러나 사실을 말하자면 그들이야말로 '문학을 모르면서 아는 사람' 혹은 '문학을 모르는 문학 전문인', 아니 보다 정확히 표현하자면 모르면서도 아는 사람, 혹은 아는 체해야 하는 사람이다. 이런 사람들이 졸업 후 우리 사회에서 문학 분야에 종사하는 대학 교수, 신문사 기자, 각종 출판물 편집인, 문화부 관리, 비평가들로 포진해 있다면 무슨 할 말이 있겠는가. 하물며 문학에 대한 어떤 동경도, 사랑도, 감수성도, 의지도 없이 자신의 고등학교 수능시험 성적에 맞추어 우연히 대학의 국문학과를 지망한 학생들이 대부분인 우리 대학들—특히 일류 대학—의 국문학과 현실에서랴.

그러므로 우리 지식인이 지닌 이 같은 문학적 자질 미숙은 이상과 같이 ① 문학의 정치적 이용, ② 문학 권력 집단의 횡포, ③ 문학 상업주의, ④ 일선 중고등학교에서의 문학 교육의 부실, ⑤ 잘못된 대학 입시제도, ⑥ 대학의 제도적인 전공 교육의 왜곡, ⑦ 문학적 감수성이 부족한 사람들의 문학 전공과 교수 활동, ⑧ 문화 관리층이 오도하는 작품의 가치 평가 같은 것들이 한데 맞물려 만들어낸 현상이라 할 수 있다.

참으로 오늘날 한국문학이 안고 있는 문제의 하나는 문학을 모르는 사람이 알고 있는 사람이어야 하고, 문학을 모르는 사람이 잘 알고 있는 것으로 행동할 수밖에 없는 그 희극적 상황에서 기인하는 것이라고 말할 수 있다.

시를 쓰는 마음

　몇 년 전인가 대학에서 정년을 맞이하던 해의 가을이었다. 중국의 산둥(山東)사범대학에 재직 중인 중국인 제자로부터 한 통의 전화가 걸려왔다. 그가 우리 부부를 위해 베이징에서 티베트의 라싸로 가는 천장열차의 특급 침대칸 기차표 두 매를 어렵사리 구해놓았으니 자신과 함께 티베트 여행을 가자는 것이었다. 서울대학교에 유학하던 시절 나의 유별난 티베트에 대한 관심을 그가 그동안 마음에 두었다가 마침내 이를 실천에 옮긴 것이다. 그래서 정년을 맞아 이미 자유스러운 몸이 되어 있던 나는 간단히 배낭 하나를 어깨에 메고 별 준비 없이 아내와 함께 베이징행 비행기에 올랐다.

　베이징에서 특급 열차로 밤낮 꼬박 이틀에 걸쳐 도달한 티베트의 라싸는 평균 고도가 해발 3,600미터라고 했다. 차내에서는 산소 공급 장치가 구비되어 있어 별 이상을 느끼지 못했는데 막 플랫폼에 내리자 온몸이 휘청거렸다. 이어 머리가 횅하게 어지럽고 두통이 오기 시작했다. 그래서 나는 처음 대하는 이국 풍물들을 보는 둥 마는 둥 그날 밤과 이튿날 하루를 온전히 호텔에서 몸을 추스르는 일로 보내야 했다. 그리고 다음 날부터는 일정에 따라 포탈라궁, 조캉 사원 등 라싸 시내의 명승지와 근교의 나무춰 호수, 얄룽창포 협곡, 그리고 티베트 제2의 도시인 시가체, 장체 등을 차례로 답사하였다,

이로써 티베트 관광은 대충 끝났다. 이제는 제자와 헤어져 지프로 히말라야를 넘을 차례다. 원래의 계획이 히말라야 산맥을 넘어 네팔의 카트만두로 가게 되어 있었던 것이다. 일행은 나와 아내, 영어 통역이 가능한 중국인 소녀, 그리고 기사 등 모두 네 명이었다. 그런데 — 인생사 모든 일이 그렇듯 — 바로 이 결정적 순간에 사달이 났다. 그런대로 버텨냈던 나의 고산병(高山病)이 이때 급작스럽게 악화되어 그만 쓰러져버린 것이다. 히말라야 능선 갓솔라 패스(Gyatso-la Pass, 해발 5,520m)를 갓 넘은 해발 5,000미터 지점이었다. 내 건강 상태를 진찰한 현지 보건소의 의사와 내 몸 상태를 지켜본 지프 기사는 더 이상의 이동은 불가능하겠다며 한시바삐 라싸로 돌아가서 고산병 전문 병원의 치료를 받아야 한다고 했다. 그래서 나는 결국 카트만두행을 포기하고 산소 호흡기를 입에 문 채 만 이틀에 걸쳐 다시 라싸로 돌아오게 되었다.

여러 가지 검사와 입원 치료를 받았으나 의료진은, 고산병이란 가능한 한 평지로 내려가는 것 이외에 달리 특별한 비방(秘方)이나 치료술이 없다고 했다. 그러나 그 무렵은 공교롭게도 추석 휴가철, 한국행 비행기표를 구할 수 없었다. 나는 차선책으로 원래

계획했던 네팔의 카트만두를 거쳐 서울로 우회하는 방법을 택하기로 했다. 출발 전 한국에서 이미 카트만두의 우리 교민 집에 숙박을 예약해둔 터였고 마침 라싸에서 카트만두로 가는 항공편에 빈 좌석이 있었던 것이다.

카트만두 방문은 이로써 두 번째였다. 아픈 몸을 이끌고 저녁 늦게 공항에 도착, 청사 밖으로 나오니 민박집 주인이 미리 나와 기다리고 있었다. 그래서 나는 이 카트만두의 교민 민박집에서 3, 4일을 머물게 되었다. 조용하고 깨끗한 집이었다. 오랜만에 한국 음식을 먹고 또 아늑한 한국식 가정 분위기에 젖은 탓인지 그날 밤은 깊은 잠에 빠져들 수 있었다.

다음 날 깨어보니 햇빛이 창문으로 화사하게 쏟아지는 오전 10시 전후, 집 안은 고요했다. 다른 손님도 주인도 없는 것 같았다. 나는 일어나 두리번거리며 방 안을 살펴보았다. 방의 한쪽 벽면엔 민박집답지 않게 조촐한 서가가 놓여 있었고 한국 도서들이 나름대로 잘 정리되어 꽂혀 있었다. 아, 그런데 순간, 내 눈에 들어온 책 한 권!

내 시집 『꽃들은 별을 우러르며 산다』였다. 15여 년 전 서울에서 발간된 이 책이 어떻게 네팔의 한 가정집 서가에 꽂혀 있을까. 신기하고도 놀라웠다. 잘 팔리지 않는 시집, 그래서 독자들도 많지 않고 교보문고에서조차 제대로 대접을 받지 못하는 도서가 바로 시집 아니던가. 그런데 어찌하여 내 시집이 이곳 네팔까지 굴러와 있다는 말인가. 이 집 주인이 혹시 시인? 아니라면 내가 모르는 독자인 것일까? 그것도 아니라면 — 수십 년을 교직에 몸담

아왔으므로 — 교수 시절의 어떤 제자일까. 이런저런 상념에 사로잡혀 가슴이 설레었다.

그런데 바로 그때, 내 방에서 어떤 인기척을 느꼈던지 방문이 스르르 열리면서 50대 전후로 보이는 이 집 여주인이 모습을 드러냈다. 그녀는 — 어제 나를 마중해주었던 — 자신의 남편이 손님을 받으러 공항에 나갔다며 주방에 아침 식사가 준비되어 있으니 가서 들자고 한다. 그때 나는 그의 남편의 신원을 알고 싶었으나 물어볼 수는 없었다. 그래서 어물쩍 이렇게 말을 건네보았다. "서가에 시집들이 꽂혀 있던데 바깥어른이 혹시 시인인가요?" 그녀는 피식 웃더니 "아니요. 그저 시를 좋아하는 분이에요"라고만 한다.

어느덧 낮이 가고 밤이 되었다. 그녀의 남편과 대면한 자리에 서였다. 나는 똑같은 질문을 그녀의 남편에게 던져보았다. 그 역시 대답은 같았다. 그러면서 그는 자신의 전력에 대해 다음과 같은 이야기를 들려주었다. 원래 그는 한국에서 나름으로 인정을 받던 알피니스트였다. 히말라야 등반도 몇 차례 한 적이 있었다. 그런 인연으로 히말라야를 등반하기 위해 네팔을 여러 번 방문했고 그러자 네팔에 점점 정이 들기 시작해서 종내에는 한국보다 네팔에서 사는 것이 더 좋을 것 같다는 생각이 들었다. 그리하여 카트만두에 정착, 지금은 한국 산악인들이나 관광객들을 상대로 민박집을 경영하며 곁들여서 등반 안내하는 일을 직업 삼아 살고 있다는 것이다.

출생지와 성장지는 서울의 원효로, 어릴 때 같은 골목에 '박동규'라는 '형'이 살고 있었다. 그래서 그를 골목대장 삼아 같이 놀고 그의 집을 무시로 들락거렸는데 후에 그가 유명한 시인, 박목월 선생의 아들이라는 사실을 알게 되어 시를 접하게 되었다고 한다. 한때 자신도 시인이 되고 싶은 생각이 없진 않았지만 지금은 모든 것을 포기하고 그저 시를 즐기는 일개 독자로 만족하면서 지낸다고도 했다.

이야기가 여기에 미치자 나는 도저히 인내심을 감당할 수 없었다. 내가 누구인가. 박목월 선생의 문하생이요 당신의 아들 '박동규 형'과는 출신학교로는 선후배 사이이고 직장에서는 같은 동료가 아니었던가. 그리하여 나는 불쑥 이렇게 말해버렸다. 저도 박목월 선생님의 제자인데 서가에 꽂힌 바로 저 시집의 저자이기도 합니다. 순간 그는 놀라는 눈빛으로 서가의 시집과 나를 번갈아 쳐다보더니 세상에 이런 일도 있느냐면서 반갑다고 새삼 내 손목을 꼭 쥐는 것이었다. 자신이 좋아하는 시인을 한국도 아닌 네팔에서 이렇게 만나게 될 줄은 몰랐다면서…….

마침내 서울로 떠나는 날, 나는 그동안의 숙박비를 계산하고자 했다. 하지만 그가 극구 손사래를 쳤다. "무슨 말씀이시냐. 더 편안하게 모시지 못한 것이 오히려 죄송하다"면서 한사코 받기를 거절하였다. 그래서 나는 속절없이 그가 선물로 건네준 네팔의 목각 부처상 하나를 가슴에 안고 헤어질 수밖에 없었다. 무언가 미안하고, 뿌듯하고, 안타깝고, 섭섭하고, 황홀한 감정이 하나되어 마음을 종잡을 수 없었다. 그런데 막 출국장으로 들어가는 내 등 뒤로 나즉히 던지는 그의 말이 귀를 울렸다. "언제든 네팔에 다시 오시게 되면 꼭 연락 주세요. 우리는 시를 좋아하는 사람들이잖아요."

　그렇다. 우리는 인생의 그 수많은 일들 가운데 하필 시를 쓰고 시를 좋아하는 사람들이다. 그런데 왜 시를 쓰는가? 우리들의 본성에 어떤 이해관계를 떠나, 주종(主從) 혹은 교환(交換) 관계를 떠나 자신도 모르게 타자를 사랑하는 마음이 살아 숨 쉬어서가 아닐까? 또 그것을 언어로 표현하여 시라 부르는 것이 아닐까. 돈이나 권력이 아닌 그것만으로도 충분히 인생의 행복을 누릴 수 있기 때문은 아닐까?

인터넷 유감

다 아는 바와 같이 오늘날은 그 누구든 공적으로나 사적으로나 컴퓨터 없이는 생활을 영위할 수 없는 시대에 살고 있다. 전 세계인들이 IT강국이라 부르는 우리나라가 특히 그러하다.

하지만 컴퓨터 사용에는 부작용 또한 만만치가 않다. 인터넷의 경우, 각종 악플과 거짓 정보의 범람, 금융 사기, 포퓰리즘의 횡행과 여론의 대중 조작 등…… 그뿐만이 아니다. 아직도 완전치 못한 기기이기에 인식의 오류에서 빚어지는 여러 가지 착오도 무시할 수 없다. 가령 내 이름 '오세영'을 워딩하면 검색란에 ― 동명이인의 등장이야 어쩔 수 없다 하더라도 ― 인명(사람 이름) 아닌 '오세영'도 부지기수로 떠오른다. 나와 상관없는 인터넷 편지글이나 댓글들 예를 들어 "……크리스마스날 정오에는 잊지 말고 교회에 오세영", "날씨가 추우니 꼭 스웨터를 준비해가지고 오세영" 등이다. 요즘 젊은이들 사이에서 유행하는, 가령 '하십시오'를 '하삼'이라 한다든지 '네'(호명의 대답)를 '넵'으로 바꾸어 말하는 것과 같은 용법이다. 이 같은 어법들 가운데 '오십시오'를 '오세영'이라고 한다는 것도 인터넷상에서는 이미 하나의 관용어로 자리 잡은 지 이미 오래되었다는 사실을 나는 최근에 와서야 비로소 알았다.

물론 그때마다 기분이 언짢은 것은 두말할 필요 없다. 그러나 한 가지 위안이 없는 것도 아니다. 문장의 관용어와 이름 하나를 정확히 판별해낼 수 없는 바보 컴퓨터! 아무리 최첨단을 걷는 과학기술이라 하더라도 인간의 지능까지 뛰어넘을 수는 없다는 바로 인간 자존(自尊)의 확인이다. 인간 만세다.

인터넷상의 나, 즉 '오세영'에 관한 정보함에는 많은 내 시들이 저장되어 있다. 모두 내 시를 좋아하는 독자들이 자신들의 블로그나 카페에 올려놓은 것들이다. 그런데 그중에는 원작과 다르게 워딩되어 있는 것들도 적지 않다. 아마 타이핑을 할 때 오타를 냈거나 인터넷상에 굴러다니는 것들을 무책임하게 퍼나른 결과이리라. "산다는 것은/가슴에 새 한 마리를 기르는 일일지/모른다"(「산다는 것은」)를 "산다는 것은/가슴에 개 한 마리를 기르는 일일지/모른다"로, "흩날리는 목련꽃 그늘 아래서/봄은/피곤에 지친 청춘이/낮잠을 든 사이에 온다"(「봄」)를 "흩날리는 목련꽃 그늘 아래서/봄은/피곤에 지친 춘향이/낮잠을 든 사이에 온다"로, "언제 우레 소리 그쳤던가/4월이 거기 있어라"(「4월」)를 "언제 우리 소리 그쳤던가/4월이 거기 있어라"로 오기된 것들도 그런 예들 중 하나이다.

동명(同名)인 다른 '오세영'이 올린 그 자신의 글들과 내 작품이(이름이 같아) 서로 혼동되는 예도 적지 않다. 가령 인터넷상에서

'오세영'의 작품으로 올라 있는 「사랑하는 이에게」, 「이별이 가슴 아픈 까닭」, 「비가 내리는 날에는」 등은 모두 내 작품이 아니다. 「1월」은 분명 내 작품이지만 아예 작고한 오규원 씨의 작품으로 되어 있기도 하다.

이런 혼란을 더 이상 방치할 수 없었던 나는 어느 날, 이분들의 블로그 주소를 나름대로 열심히 찾아 한번은 이렇게 호소해본 적이 있었다. 각자 같은 이름으로 작품을 발표하니 독자들에게 여러 가지 혼란을 야기시키고 문단에서도 오해가 자주 발생한다는 것, 이 같은 혼란을 피하기 위해 동명일 경우 우리 문단에서는 일찍부터 후배 시인이 본명 대신 필명을 만들어 사용하는 관례가 보편화되어 있다는 것, 그러니 앞으로는 후배 시인인 당신들이 필명을 하나 만들어 사용하시면 좋겠다는 것 등이다.

그런데 그 반응이 다양했다. 첫째, 완전 무시형이다. 내 글을 읽었는지 읽지 않았는지 마이동풍(馬耳東風). 아무런 언급 없이 평소대로 오세영의 이름을 천연덕스럽게 고집해 사용하는 부류다. 둘째, 막가파형이다. 막말과 욕설을 퍼부어대며 자신의 이름, '오세영'에 왜 트집을 잡느냐고 협박을 하는 사람들이다. 4·4조 가사 형식의 운문으로 박정희, 박근혜의 2대 박씨 가문을 찬양한 어떤 인터넷 신문사의 발행인이 대표적이다(설마 내가 박정희, 박근혜에 대한 찬가를 그것도 4·4조 가사로 썼다고 생각하는 독자들은 없을 것이다). 셋째, 정중히 사과한 뒤 다시는 '오세영'의 이름으로 작품을 올리지 않은 신사형이다. 경기도 화성(華城)시의 어느 시골 교회에서 시무하시는 목사님의 경우이다.

나의 산책로

천성이 게을러서인지, 에너지 소모에 대한 저항감이 남달라서인지 나는 별로 운동이라는 것을 해본 적이 없다. 운동에 대한 취미도 없다. 물론 나도 주위의 권유에 따라 이를 시도해보지 않았던 것은 아니다. 그러나 초반의 결심이 1년 이상 지속되는 경우는 없었다. 젊은 시절의 테니스, 중년 들어서의 자전거 타기 같은 것들이다.

그러니 운동을 열심히 하는 분, 아니 운동선수가 존경스럽기는 예나 제나 마찬가지이다. 어쩌면 저렇게 부지런할까. 어쩌면 저렇게 극기심이 강할까. 어쩌면 저렇게 의지가 굳고 남성다울까. 나로서는 도저히 그들의 경지를 따라가지 못하는 것이다. 그래서 나는 운동을 대체할 다른 어떤 육체적 활동이 없을까 찾아보았고 고심 끝에 발견한 것이 산책이었다. 내가 방배동에 주거하면서부터의 일이다.

사실 나는 사는 동안 지금까지 별로 이사를 해본 적이 없는 사람이다. 결혼 생활 50여 년에 꼭 두 번 이사를 했다. 1981년 대전 소재의 충남대학교를 그만두고 직장을 서울의 단국대학교로 전직했을 때 대전의 오류동에서 서울의 봉천동으로, 다시 직장을 단국대학교에서 서울대학교로 옮긴 몇 년 뒤인 1989년 봉천동에서 방배동으로 이사한 것. 그러니 나의 산책 습관 역시 어언 30여 년이 넘었나 보다.

방배동은 타 지역과 달리 산과 물을 쉽게 접할 수 있는 요지다. 코앞에 우면산(牛眠山)과 서리풀공원이 있고 걸어서 30분 내외면 한강 둔치에 다다를 수 있다. 그래서 나는 현직에 있을 때 논문을 쓰거나 책을 읽다가 정신이 어지러우면 불쑥 이런 곳들을 찾아 머리를 식히곤 했는데 그런 일들이 자주 반복되면서 자연스럽게 산책을 생활화하기 시작한 것이다. 정년으로 대학을 은퇴한 요즈음은 시간이 비교적 한가해져서 전보다 더 규칙적으로 산책에 공을 들이고 있다.

내가 즐겨 걷는 산책로는 집 근처의 우면산 둘레길, 그중에서도 관음사(觀音寺) 입구에서부터 예술의전당 뒤편의 대성사(大聖寺)를 거쳐 남태령으로 이어지는 구간의 일부 코스이다. 우리 집에서 출발할 경우 방배로가 남부순환로와 만나는 우면산 초입에서 계곡을 따라 200여 미터쯤 오르면 이 둘레길을 만난다. 길은 대체로 평탄하지만 간간이 오르내리는 계단, 계곡을 건너는 목교(木橋)도 가설되어 심심치가 않다. 걷다가 지치면 앉아 쉴 수 있는 벤치도 곳곳에 마련되어 있다.

이 산책로를 걷자면 세상의 아름다움은 온통 이곳에 숨어 있는 것 같다. 사시사철 다양한 모습을 보여주는 나무들, 교목은 교목대로, 관목은 관목대로 그 빼어남을 자랑한다. 봄철의 신록, 여름철의 짙은 녹음. 가을철의 단풍, 겨울철의 설경, 그 어느 하나 놓칠 수 없는 풍경들이다. 수줍은 듯 피어나는 길섶 들꽃들의 아름다움은 또 어떤가. 나이가 들어서인지 요즘 나는 정원의 화려한 관상용 꽃들보다 산속의 이 이름 없는 작은 풀꽃들의 매력에 푹 빠져 살고 있다. 벤치에 앉아서 듣는 산새들의 울음소리 또한 나를 황홀케 한다.

언제부터인지 나는 이 길을 나름대로 '농산(聾山)길'이라 작명해두고 특별한 일이 없는 한 대개 오전 11시쯤 이 산책로에 들어선다. 한 시간 반 정도가 소요되는 산책의 시작이다. '농산'이란 어떤 큰 스님이 내게 주신 법명(法名)인데 문자 그대로 '벙어리 같은 산'처럼 살라는 뜻을 지니고 있다. 일시적이나마 자연에 안겨 속세의 추문들과 담을 쌓으니 농산이요, 더불어 대화를 나눌 사람 없이 홀로 고독을 즐기며 걷는 포행(布行)이니 농산이요, 산책하는 동안 마음속의 끓어오르는 잡념들을 안으로 삭이니 또한 농산 아닌가. 실로 내게 있어 이 농산길의 산책은 이제 하나의 수양이며 명상이며 자기 성찰의 수련이 되어버렸다.

그러나 이 중에서도 내가 특히 행복해하는 것은 이 산책로를 한가하게 걸으면서 시를 생각하는 일이다. 좋아하는 시인들의 시를 나름대로 읊조리기도 하고 벤치에 편한 자세로 걸터앉아 최근 내게 우편으로 부쳐온 젊은 시인들의 시집을 펼쳐 드는 것도 누리는 즐거움의 하나이다. 한 편의 시를 쓰려고 나름대로 명상에 잠겨 있다가 문득 신선한 발상을 얻는 것은 또 얼마나 은혜로운 축복인가. 내가 지금까지 쓴 거의 천여 편 넘는 시들 가운데 그 상당수가 사실은 산사(山寺) 혹은 이 산책길 같은 데서 얻은 발상이었음을 고백한다.

산책이란 본질적으로 발걸음을 떼는 행위, 즉 걷는 일이다. 그런데 '발걸음을 떼는 행위'에는 보행이 아닌 춤도 있으니 물론 항상 같은 뜻은 아니다. 그렇다면 보행과 춤은 어떻게 다른가. 내 생각으로 전자는 어떤 정해진 목적지를 향해 일관성 있게 걸어간다는 점에서, 후자는 아무리 발걸음을 떼도 한 군데 이상 머물지 못한다는 점에서 근본적으로 다르다. 보행은 부단히 어떤 목적지를 향해 장소를 이동하지만 춤은 아무리 신나게 발걸음(스텝)을 옮겨도 항상 제자리만을 맴돌기 마련이다.

이에 착안해서 일찍이 프랑스의 시인 발레리(Paul Valéry)는 시와 산문의 본질을 비유적으로 이렇게 설명한 적이 있었다. 산문이 보행(la marche)이라면 시는 춤(la danse)이다. 즉 산문은 어떤 사상이나 정보를 상대방에게 전달하는 언어이나, 시는 — 마치 스텝 그 자체를 즐기는 춤처럼 — 아무런 목적 없이 언어 행위 그 자체를 즐기는 언어라는 뜻이다. 『시론(詩論)』의 용어로 말하자면 산문은 '도구의 언어'요 시는 '존재의 언어'인 것이다.

그러나 나는 이 같은 발레리의 견해에 약간의 수정을 가하고 싶다. 발레리의 지적처럼 비유적으로 산문이 보행인 것은 맞다. 그러나 시가 항상 춤에 해당되는 것은 아니다. 왜냐하면 시는 본질적으로 여타의 예술과 달리 언어를 매체로 한 예술이니 언어가 지닌 의미적 요소를 춤처럼 완전히 배제시킬 수 없기 때문이다. 춤을 출 때 우리는 아무런 의식의 도움 없이 무아지경에 빠져 단지 황홀감만을 느낀다. 그러나 시를 쓸 때도 그 같은 무의식적 황홀감에 도취된다고 말할 수는 없다. 그 안에 내재한 철학이나 사상 혹은 인생관의 도움 없이 어떻게 훌륭한 시가 탄생할 수 있을 것인가.

그러므로 만일 누군가가 내게 산문과 시의 차이를 발레리식의 비유를 들어 설명해보라고 한다면 이렇게 말할 것이다. 산문은 물론 보행에 해당한다. 그러나 시는 춤이라기보다는 차라리 '산책(la promenade)'에 가깝다. 산책 역시 어떤 정해진 목적지가 없는 것은 춤과 유사하지만 나름대로 공간 이동을 통해서 어떤 의미를 탐구하는 행위라는 것만큼은 시와 동일하기 때문이다.

내가 일개 시인으로 매일 정해진 시간, 농산길을 찾아 산책을 즐기는 이유도 여기에 있다.

내 사춘기의 하늘을 수놓았던 무지개
— 이태준의 『청춘무성』

텔레비전은 말할 것이 없고 심지어 라디오조차 제대로 보급되어 있지 않았던 나의 청소년기, 그러니까 50년대 초반의 우리 사회는 한국전쟁의 상흔으로 인해 삭막하기 그지 없었다. 따라서 이 시기의 청소년들은 대개 야외 혹은 길거리로 쏟아져 나와 서로 장난을 치거나 어울려 배회하는 것이 고작이었다. 돌이켜 보면 항상 잿빛으로 흐려 있던 하늘과 땅뿐이었다.

그럼에도 마음을 쏟을 수 있는 한 가지 일은 있었다. 바로 독서. 그래서 그랬겠지만 당시 『학원(學園)』지 같은 학생 문예지에 글을 싣곤 했던 소위 '학생 문사'들은 또래 집단에서 요즘의 스타와 같은 대접을 받기도 했다. 다행히 나는 성격 탓인지 혹은 가정 분위기 탓인지 중학교에 입학하면서부터 독서에 취미를 붙일 수 있었는데 비록 소규모이기는 했지만 다니던 중학교에 그나마 작은 도서관이 있었던 것도 행운이었다.

그 무렵에 읽었던 책들 가운데서 내가 가장 감동을 받았던 소설은, 누가 무어라 해도, 플라토닉한 사랑을 주제로 삼아 삶의 완전성 혹은 영원성 같은 것들을 탐구한, 이태준(李泰俊)의『청춘무성(靑春茂盛)』과 앙드레 지드의『좁은 문』이었다. 그러나 이 중에서 굳이 한 작품만을 고르라 한다면 나는 주저하지 않고 전자를 들 것이다.『좁은 문』이 사랑을 지나치게 관념적·형이상학적으로 끌어올린 반면『청춘무성』은 일상 현실에서 감각적, 혹은 감상적으로 처리하는 방식을 택해 후자가 당시 사춘기 소년이었던 내 정서의 금선(琴線)을 보다 예민하게 건드렸기 때문이 아니었나 싶다.

누구나 성장하면서 겪게 되는 일이지만 일반적으로 사춘기라는 것은 이성(異性)에 대한 막연한 그리움, 존재의 유한성에 대한 자각과 허무의식, 그리고 거기서 비롯된 어떤 불안감 같은 것이 지배하는 시기이다. 아직 심성 자체가 순수한 까닭에 일상의 부조리를 벗어나 관념적 이상세계를 꿈꾸는 것도 그 한 특성이라 할 수 있다.

어찌 되었건 당시 나는 그 같은 정신적 방황 속에서 한 여자 기독교대학의 미혼 교목(校牧)이 실천하는 이타적 휴머니즘과 순결한 신념, 그리고 그를 둘러싼 두 여학생, 은심의 플라토닉한 사랑과 득주의 현실적 애정을 그린『청춘무성』을 읽으며 나름으로 삶의 어떤 해답 같은 것을 찾을 수 있었다. 내가 지금까지 현실보다는 이상을, 물질보다는 정신을 더 소중히 여기는 가치관을 갖게된 것 역시『좁은 문』의 두 주인공 알리사와 제롬이 추구했던 영원성, 그리고『청춘무성』에서 받았던 이 같은 감동 때문이 아닐까 생각한다. 말하자면 이 두 소설은 내 사춘기를 학습시킨 낭만적 문학 교과서였던 셈이다.

당시는 알지 못했다. 그 시절 이태준의 『청춘무성』이 그의 다른 작품들과 함께 금서(禁書)로 묶여 있었다는 사실을, 그가 어찌해서 월북작가로 지목되었고, 북에서 어떤 고난의 삶을 살았는지를……. 그런데도 이 소설이 그 시절 우리 집 서가 한 켠에 꽂혀 있었다는 것은 아직도 수수께끼이다. 이제는 그동안 금서로 묶여 있던 납·월북 작가의 작품들도 출판이 가능해졌고 자유스럽게 읽을 수 있는 세상이 되었으니 얼마나 다행스러운 일이랴.

이런 분위기에 편승해서 어느 날 나는 소설을 전공하는 같은 대학의 후배 교수에게 이 소설에 대한 이야기를 넌지시 꺼내본 적이 있었다. 그런데 그의 반응이 의외였다. 피식 웃더니 "선생님 그 작품은 대중소설이에요"라며 일축해버렸기 때문이다. 딴은 맞는 말이기도 하다. 1940년 전후 『동아일보』라는 신문에 연재된 '신문 연재 소설'이었으니까…….

그러나 대중소설이면 또 어떠랴. 어쨌든 내 가난한 사춘기의 영혼에 어둠을 밝혀주었던 한 줄기 밝은 불빛이었던 것만큼은 사실 아닌가.

정기간행물엔 시 한 편을
— 이 땅의 대한민국 국회의원들에게

　자본주의 사회는 그 무엇보다 물질적 가치를 최우선시한다. 인간조차 그가 얼마나 착하고 인간다운 사람인가 하는 것보다는 그가 얼마나 많은 돈을 가지고 있고 또 얼마만큼의 재화(돈)를 벌어들일 수 있는 능력의 소유자인가 하는 것으로 평가한다. 인간도 하나의 재물이나 상품 이상이 아닌 사회, 물질이 모든 가치의 척도가 되는 사회이다. 우리가 소위 삶의 '물신화(物神化)' 혹은 '물화(物化)'라고 부르는 현상들이다.

　그러니 천민자본주의가 득세하는 우리 사회의 경우 순수학문이나 순수예술이 타기되거나 폄하되는 것은 오히려 당연한 결과일지도 모른다. 그래서 시, 소설 같은 순수문학이나 철학, 수학 같은 순수과학은 영화나 드라마 같은 대중예술이나, 법학, 경제학, 혹은 컴퓨터 사이언스 같은 응용과학에 밀려 그 설 자리를 잃은 지 이미 오래이다, 이 모두 경제 생산, 산업기술의 활용과 같은 분야와 거리가 멀기 때문이다.

그러나 경제 생산, 산업기술에 직접 혹은 도구적으로 도움이 되지 않는다고 해서 순수과학이나 순수예술이 우리 삶에 결코 무익한 것은 아니다. 순수과학이나 순수예술은 응용과학이나 응용예술의 기초, 순수과학 없는 응용과학, 순수예술 없는 응용예술이란 있을 수 없기 때문이다. 그러니 그것은 단기적으로 비록 경제 생산에 별 기여를 하지 못한다 하더라도 궁극적으로는 응용과학이나 대중예술을 발전시키는 원동력이 된다는 점에서 결코 경시할 분야가 아니다. 가령 경제 활동과 아무 상관없어 보이는 한 편의 그림이나 시도 그 상상력이라는 차원에서 보자면 새로운 과학기술이나 경제 이론의 발전에 창조적 깨우침을 줄 수 있다. 역사적으로 르네상스 시대가 그렇지 않았던가.

물론 보다 중요한 다른 이유가 없지는 않다. 굳이 거론하는 것 자체가 새삼스러운 일이지만 순수예술이나 순수과학이 바로 인간을 인간답게 만드는 최선의 가치라는 사실이다. 인간을 물신의 도구가 아닌 존재 그 자체로 상승시키는 것. 그것이 순수예술이며 인문과학인 까닭이다. 『성서』의 가르침과 같이 인간은 빵이 아니라 말씀으로 산다. 그래서 우리는 비록 돈이 되는 일은 아니지만 한 편의 시를 읽고 철학을 공부하고 역사를 체험하려 하는 것이다. 이 세계의 품격 있고 고상한 사회가 — 천민자본주의 사회와는 달리 — 돈이 되지 않는다는 사실을 잘 알면서도 순수예술이나 순수학문에 막대한 재정을 투자하는 이유이다.

그러니 우리로서는 최소한 경제 발전이나 산업 개발을 위해서라도 순수과학과 순수예술의 진흥에 부단한 노력을 기울이지 않으면 안 된다. 한 가지 예를 들어보자. 우리나라에서 발간되는 모든 정기간행물들의 서두에 의무적으로 시 한 편은 꼭 게재해야 한다는 법령을 제정한다면 어떨까. 시 한 편의 지면이란 수백 페이지가 넘는 도서 한 권에서 단 한두 면 정도를 차지할 뿐이니 편집이나 제작상 별 부담을 주지는 않을 것이고, 그에 반해 ─ 특히 사보(社報) 등과 같은 기업 홍보 잡지 같은 경우 ─ 이로써 얻는 이득은 적지 않다. 기업 친화적인 소비자의 확보, 기업 내 정서적 유대감의 증진, 새로운 아이디어 창출 등이다.

물론 세계 최초로 ─ 그 어느 나라에서도 유례를 찾아볼 수 없는 ─ 이 같은 일을 시도하자면 '왜 우리나라에서만이 유독 이 같은 엉뚱한(?) 짓을 하느냐' 하는 논란이 제기될 수도 있을 것이다. 그러나 역설적으로 이 세계가 그런 미망 속에 빠져 있으니 오히려 우리나라가 보다 독창적으로 그 상투적 일상성을 깨뜨려 새로운 시야의 선두를 열어보자는 것 아닌가.

더욱이 역사적으로도 우리나라는 이 세상 그 어디에도 없었던 시작(詩作) 시험, 즉 과거제도로 국가의 동량들을 선발했던 경험을 지닌 나라이기도 하다. 가령 오늘날에도 도시 환경의 미화를 위해 빌딩을 건축할 때는 의무적으로 그 경내에 조각을 설치하도록 법제화한 나라가 아닌가. 그러니 필자는 이 같은 전례에 비추어 보아서라도 이는 충분히 가능하면서도 생산적인 일이 될 수 있을 것이라고 믿는다.

시인의 명함

본인이 타인에게 자청해서 자신을 누구라고 알리는 것은 좀 쑥 스럽다. 그래서 웬만한 사람들은 평소에 명함이라는 것을 소지하고 다닌다. 그렇다고 만나는 사람마다 명함부터 꺼내든다는 것은 보기에 좀 그렇다. 꼭 필요한 사람에게만, 그것도 상대방이 내밀 때 답례로 건네는 정도가 무난하지 않을까.

특별히 명함을 많이 돌려 자신의 이름을 널리 알리려는 사람들이 있다. 한 부류는 국회의원, 지방자치단체 의원들 같은 현역 정치가들이나 앞으로 정치가가 되려는 정치 지망생들이고 다른 부류는 유달리 자신의 명예를 과시하고 싶은 사람들이다. 선거철을 한 번 보라. 어떤 시인의 시구절처럼 "낙엽은 폴랜드 망명정부의 지폐"가 아니라 "명함은 폴랜드 망명정부의 지폐"이다.

전자에게는 그럴 만한 나름의 이유가 있다. 정치계에 나서려면 무엇보다 우선 유권자들에게 자신의 이름 석 자부터 알려야 하지 않겠는가. 그러나 후자는 경우가 좀 다르다. 헛된 공명심에서 비롯되는 바 적지 않기 때문이다. 따라서 이런 사람들의 명함일수록 거기에 알쏭달쏭한 직책 혹은 직함들이 수십 개씩 나열되어 있는 것이 보통이다. 그러나 그들은 이런 행위로 인해 그 명함 돌리기가 애초에 의도했던 기대와 달리 오히려 자신들의 인격을 깎아내리고 있다는 사실을 모르고 있는 것 같다.

그중에는 직함이 시인으로 되어 있는 명함도 적지 않다. 그래서 나는 가끔 시 쓰는 일도 직업인가, 시인이란 대체 어떤 자인가 하는 생각에 빠져들기도 한다. 물론 시인이란 당연히 시를 쓰는 자이다. 그러나 시란 누구나 쓸 수 있으니 이 세상의 그 수많은 사람들 가운데서 유독 자신만이 시인이라고 우겨대는 것은 좀 민망한 일이 아닐까. 훌륭한 시를 쓰면 우선 그 작품이 자신을 대변하는 명함이 되어줄 터인즉, 본인이 스스로 직접 나서 ─ 마치 국회의원이나 지방의회 의원들이 하는 짓처럼 ─ 자신을 선전하고 다니는 모습은 아무래도 눈에 거슬린다. 이런 사람들일수록 그가 썼다는 시들을 굳이 찾아 읽어보면 별 볼 일이 없다.

며칠 전이다. 우연한 기회로 좋아하는 사람들과 함께 서해 영종도 연안의 장봉도(長峰島)라는 한 작은 섬에 가본 적이 있었다. 특별히 아름답거나 개성 있는 섬은 아니었지만 해안선을 따라 펼쳐지는 여러 가지 형상의 바위들과 나무화석 같은 적층 단애(斷崖)가 나름으로 시선을 끄는 섬이었다.

아, 그런데 그때 나는 보았다. 해안가 벼랑의 바위에 피어 있는 한 떨기 노오란 원추리꽃을…… 그 꽃은 발 아래 부서지는 푸른 파도와 맑은 하늘의 흰 구름과 뒤 언덕에 서 있는 몇 그루의 싱싱

한 소나무들과 한가지로 어울려 환하게 빛을 발하고 있었다. 그래서 나는 생각했다. 숨어 있어도 저절로 그 아름다움이 드러나는 꽃, 그것이 시가 아닐까. 그렇게 사는 삶이 아름다운 삶이 아닐까.

시인이란 자신을 스스로 알리는 사람이 아니라 누군가에 의해서 자신이 알려지는 사람이다. 정치가처럼 누군가에게 자신을 선전하는 자가 아니라 아름다운 꽃처럼 누군가에 의해서 발견되는 자이다. 그러니 그에게 무슨 명함이 필요하랴. 시인에게 있어 명함이란 바람에 흩날리는 낙엽과도 같은 것, 시인이라면 장봉도의 벼랑에 홀로 핀 원추리꽃처럼 그저 그렇게 숨어 살아야 할 일이다.

나의 대표 저서

지금까지 나는 시집 25권, 학술 및 비평서 23권, 수필집 5권(자서전 포함), 시선집 10권, 외국어 번역시집 15권(8개 외국어), 시 전집 1권 등을 간행한 바 있다(2020년 기준). 그러나 그 어느 하나도 집필에 소홀한 적이 없다. 결과야 어찌 되었건 항상 최선의 마음가짐으로 작업에 임해왔다. 내용 역시 각각 그들만의 특성과 개성을 지니기는 마찬가지이다. 그러므로 내게 있어 이 중 어느 하나를 대표작으로 고른다는 것은 쉬운 일이 아니다. 제외된 다른 책들에게 얼마나 미안한 행위가 되겠는가.

가끔 독자들로부터 받는 질문이 하나 있다. 대표시가 무엇이냐고 묻는 것이다. 그럴 때마다 나는 어느 하나를 선택할 수가 없어 내 문학적 스승인 박목월 선생이 생전에 하셨다는 말씀을 빌어 이렇게 답하곤 한다. "어젯 밤에 쓴 작품이다." 사실이 그렇지 아니한가. 시인이라면 누구나 경험하는 일이지만 시 한 편을 쓰고 나서 그 즉시 얻는 마음의 충족감이란 그 어디에도 비할 바가 없다. 시간이 지나 객관화해서 볼 수 있는 눈이 생기기 이전까지는 정말 그 작품이 내 생애 최고의 것이라는 환상 속에 빠져 사는 자가 시인인 것이다.

그러한 관점에서 나의 대표작이라 할 수 있는 저서는 아마도 지난해 12월 말에 간행된 평론집 『진실과 사실 사이』(푸른사상사, 2020)가 아니면 시조집 『춘설(春雪)』(책 만드는 집, 2017)일 것이다. 누가 무어라 하든 실제로 나는 아직까지 — 비록 몇 개월 지나긴 했지만 — 이 책들을 간행할 때 느낀 감동의 여운으로부터 쿨하게 헤어 빠져나오지를 못하고 있다. 물론 언제인가 그 환상도 여지없이 깨지는 날이 오겠지만…….

그럼에도 나는 이들 저서를 감히 나의 대표 저서라고 주장하지는 않겠다. 아무리 감성적으로 끌린다 하더라도 첫째, 나름의 객관성을 확보해야 할 것 같고 둘째, 학술서라기보다는 창작시집, 그것도 가능한 한 나의 본업이라 할 자유시 창작시집이어야 할 것 같기 때문이다.

그렇다. 이 같은 조건이라면 나의 대표 저서란 아마도 2016년 미국 로스앤젤레스에서 간행된 시집 *Night-Sky Checkerboard*(『밤하늘의 바둑판』)라고 해야 할 것 같다. 이 책은 2011년 한국의 서정시학사에서 출간한 내 19번째 시집 『밤하늘의 바둑판』을 서강대학교 명예교수인 앤서니 수사(Brother Anthony of Taizé, 한국명 안선재)가 번역해 2016년 미국의 포넘 미디어(Phoneme Media)사에서 출판한 영어 번역시집이다. 그런데 운이 좋았던지 나는 그해 말 이 시집으로 세계적 공인을 받게 된 적이 있었다. 이 시집이 그해 미국의 비평지 *Chicago Review of Books*(『시카고 서평』)지가 매년 말 창작시집, 번역시집을 포함해서 전 미국의 모든 시집들을 대상으로 뽑은 '최고시집(*The Best Poetry Books of*) 2016' 12권 중의 하나로 선정되었기 때문이다.

2016년 12월 19일, 이 비평지의 '최고시집' 선정 사유서에서 주간 애덤 모건(Adam Morgan)은 내 시집에 대하여 이렇게 평했다.

> 만일 그 어떤 것이 도널드 트럼프(Donald Trump, 당시의 미국 대통령 — 역자 주)로부터 이 세상을 구할 수 있다면, 그것은 아마 시일 것이다. 그가 시를 읽을 것이란(혹은 설령 그가 시 읽기를 시도한다 하더라도 그것을 이해할 수 있을 것이란) 기대 때문이 아니라 그것이 지닌 힘이 우리들을 자극시키거나 촉발시키거나 통합시킬 수 있다는 점 때문이다. …(중략)… 시카고 지역의 시인 4명과 11개의 독립 인쇄 매체(출판사)들을 포함, 올해 출판된 시집들 중 최고의 시집 12권을 선정해 다음과 같이(그 하나를) 제시한다.
>
> 오세영 저 『밤하늘의 바둑판(*Night-Sky Checkerboard*)』
> 번역 : 브라더 앤서니(Brother Anthony of Taizé)
> 포넴 미디어, 로스앤젤레스, 2016.4.

한편 미국의 비평가 마크 매군(Mark Magoon)은 이 비평지에 실린 심사평에서 다음과 같이 말했다.

> 『밤하늘의 바둑판』은 처음부터 끝까지 깊은 사색(탐색하기)

과 우수와 아름다움으로 가득 차 있다. 독자들은 처음(첫 지면)에 오세영의 원어인 한국어, 다음에 영어로 번역된 각 작품의 예술적 출발에서 즐거움을 만끽할 것이다. 그리고 비록 많은 오세영의 시편들은 처음은 느슨하게 출발하지만 어떻게 결말 지을지에 대한 예리한 이해와 기법을 지니고 있다. 결말은 모든 것들이 오직 자연스럽게 한가지로 화합할 때 만족스러워지며 훌륭하게 끝난다. 「파도는」에서, 오세영은 자연을 통해 충족을, 물을 통해 갈망의 억제를 제시하고 있다. 그는 폭력과 아름다움 그리고 그 화해와 융합에 대하여 기술한다. 그는 (세상의) 모든 것들이 그렇게 끔찍하게 끝나서는 안 된다는 것에 대하여 기술한다. '선(善)'에 대한 그의 되풀이되는 반복은 확고하고 자연스러운 느낌을 준다. 어떻든 이 시집은 그 시속에 내면화된 정서의 그것처럼 또한 훌륭하다.*

---

* Chiago Review of Books The Best Poetry Books of 2016, Posted on December 19, 2016 by Adam Morgan(한국문학번역원 역)

안데스에서 보내는 엽서

제1신

김형,

드디어 안데스를 너머 칠레로 들어왔습니다. 페루의 리마에 도착한 지 어언 2주가 지나서요. 앞뒤로 배낭을 멘 채 그간 때로는 야간 버스를 타기도 하고, 때로는 대절한 지프에 몸을 싣기도 하고, 때로는 걷기도 하면서 해발 4,000미터에서 5,000미터를 넘나드는 안데스 고원, 알티플라노(Altiplano)를 달려왔습니다. 볼리비아의 초원과 사막지대에는 길도 없었습니다. 지프는 다만 출입국 관리사무소가 있는 칠레 국경 방향을 향해 무작정 달리더군요.

인생이 그러하듯 길은 나타났다 사라졌다를 되풀이했습니다. 고산병이 엄습해 와 한 열흘은 제대로 먹지도, 자지도 못하는 고통을 겪기도 했습니다. 심한 두통과 가쁜 숨으로 의식이 몽롱해져서 현실이 환상처럼 느껴지기도 했습니다. 실제로 화가 살바도르 달리(Salvador Dali)가 와서 보고 영감을 받았다는 우유니(Uyuni)의 아르볼 드 피에더(Arbol de Pieder, 돌나무) 지역은 우리가 그의 그림에서 자주 접한 바, 초현실(超現實)의 풍경 그대로였습니다. 달리가 탐색했던 그 문명사적 미학의 대변혁이라 할 무의식의 세계 역시 엄밀한 의미에서는 대상(의식 대상)을 전적으로 무시한, 그러니까 그 자신만의 내적 상상력이 아니었다는 사실을 확인하는 것 같아 언뜻 씁쓸해지더군요.

문득 "인생은 나그네길"이라는 어떤 유행가 구절을 떠올려봅니다. 그러나 그것이 어찌 속된 감상에 그치는 말이겠습니까? 문학작품의 본질도 본래는 그 원형이 나그네(여행자, 항해자)가 겪는 삶의 아키타이프(voyage archetype)를 굴절 변형해서 기술하는 데 있다 하지 않습니까? 우리가 서사시『오디세이』에서 확인할 수 있듯 인생을 나그네의 한 도정으로 유추하여 그 삶을 그리는 것, 그것을 문학작품의 원형으로 본다는 뜻입니다. 그러니 '시'란 어디 별 것이겠습니까. 그 역시 정신의 여행에서 보고 느끼는 것 이상이 아니라는 생각이 듭니다. 여행은 몸으로 쓰는 시인 셈이지요.

페루는 내가 미국의 아이오아대학교 '국제 창작 프로그램(International Writing Program)에 참여했던 1980년대에 이미 한 번 찾았던 곳입니다. 그러니 30년도 지난 옛날이지요. 그런데도 페루 민중은 빈부 격차에 오히려 더 시달리고 자본의 달콤함에 보다 심취해 있다는 것 이외에 별로 달라진 것이 없어 보였습니다. 그것은 볼리비아에서도 마찬가지였습니다. 국민 대부분이 아메리카 원주민이거나 아니면, 백인들과의 혼혈, 메스티조로 구성된 이들 나라는 백인만의 국가라 할 칠레나 아르헨티나와는 경제적으로

나 정치적으로 사정이 사뭇 달랐습니다.

15세기 전후, 찬란했던 잉카 제국이, 말을 타고 총을 든 180여 명의 스페인 해적 집단에 의해 멸망당한 지 500여 년, 이미 기원전 1500년경부터 중남미 각지에 위대한 문명을 일궜던 아메리카 원주민들은 그 유럽의 기독교인들에 의해서 얼마나 많은 희생을 치러야 했고 또 얼마나 비참한 생활을 영위해야 했는지는 현재 그들이 처한 궁핍한 삶, 체구까지도 기형으로 변해버린 인종적 훼손, 아직도 외부인들, 특히 백인들을 똑바로 쳐다보지 못하는 그들의 불구화된 인격이 잘 증언해주고 있습니다. 기원전 600년경에 융성했던 볼리비아의 장엄한 띠와나꾸(Tiwanaku) 문명 유적을 살펴보면서 나는 문득 진정한 중남미의 인간 해방이란 바로 이런 점에 초점을 맞추지 않으면 안 될 것이라는 생각을 해보았습니다.

김형, 나는 지금 칠레의 유명한 휴양도시 발파라이소(Valparaiso)에서 이 글을 씁니다. 오전에는 파블로 네루다(Pablo Neruda)가 살았다는 그의 생애 두 번째 고택 세바스티아나(Case Museo la Sebastiana)를 다녀왔습니다. 아름다운 발파라이소의 시가지와 푸른 태평양이 한눈에 들어오는 언덕 위의 대저택이었습니다. 시인이 살기에는 너무 호사스러운 곳이 아닌가 하는 생각도 들었습니다. 그가, 나중에 세 번째 부인이 된 그의 비서이자 연인 마틸다와 밀회를 즐긴 곳이라고도 하는군요.

외국어로 쓰인 시가 대개 그렇지만 나는 사실 네루다의 시에서 별 감동을 받은 적이 없습니다. 그러나 오늘 문득 이런 생각을 해

시와 시편

봅니다. 국제정치의 역학으로 노벨상까지 받은 그라면 분명 세계의 지도자급 지식인임이 분명해 보이는데 왜 그의 민중시에 중남미 원주민에 대한 속죄의식이나 인디오들의 인간 해방 의식이 별로 반영되지 못했는가 하는 것입니다. 남미 원주민의 눈에는 아옌데(Salvador Allende) 사회주의 정권이나 피노체트(Ramón Pinochet) 파시즘이나 모두 — 정치적으로든 경제적으로든 — 유럽 제국주의자들의 꽃놀이가 아니겠습니까?

이만 글을 마칩니다. 아직도 남미의 돌아보아야 할 나라들이 많이 남아 있군요. 나의 여행은 앞으로도 2, 3주 더 걸릴 듯합니다. 안녕히 계십시오.

제2신

김형,

여행을 다 마치고 리우데자네이루의 한 호텔 방구석에 앉아 마지막 엽서를 씁니다. 내일은 아마 서울로 가는 비행기의 좁은 이코노미석에 쭈그려 앉아 스물댓 시간을 허공중에서 보내겠군요. 몇 개의 비행기를 갈아타면서……. 막상 고국으로 돌아가자니 이 세상에서 그래도 살 만하고 아름다운 곳은 우리 한국밖에 없다는 생각이 듭니다.

40일에 걸친 여행이었습니다. 앞뒤에 배낭을 메고 꼭 가야 할 길이 아닌 길을, 굳이 가야 할 목적도 없이 그저 타성처럼 헤매고 다녔습니다. 야간 버스를 타기도 하고, 지프를 대절하기도 하고,

걷기도 하면서……

70대 중반에 들어선 사내가 무엇 때문에 철없이 굳이 그런 고생을 사서 했느냐고요? 나도 잘 모르겠습니다. 그저 훌쩍 어딘가 멀리 떠나고 싶었습니다. 산이 옆에 있으니까 산에 오른다는 어느 유명한 등반가의 말처럼 길이 앞에 있으니까 걸어본 것이지요. 한국의 어떤 시인은 인생을 소풍에 비유한 적이 있었습니다 (천상병). 다른 어떤 시인은 어머니의 심부름이라고도 하셨습니다 (조병화), 나는 언제인가 인생이란 학교에 다니는 일(시 「무엇을 쓸까」, 『어리석은 헤겔』, 고려원, 1994)이라고 말한 적이 있었습니다.

그렇습니다. 이제 졸업이 가까이 다가왔으니 기념 삼아 수학여행이라도 한번 다녀오자는 마음이 아니겠습니까? 내내 건강하시기 바랍니다.

역사는 가도 삶은 남는 것
— 트로이에서

호메로스는 그의 서사시『일리아드』에서 이렇게 썼다. 제3장에
나오는 말이다.

트로이인과 아카이아인(고대 그리스인)이 이처럼 오랫동안
많은 고난을 겪으면서 싸운 것도 저 여자를 위해서라면 아깝지
가 않겠구나. 정말이지 하늘의 여신같이 잘생겼다.

트로이 전쟁의 원인이 된 헬레네가 스카이아성의 문루(門樓)에
모습을 드러내자 그 순간 지금까지 원성을 늘어놓던 트로이 성내
의 노인과 장로들이 일시에 찬탄하는 장면이다. 그리스와 트로
이 쌍방 간에 벌어진 살육 전쟁 9년, 처참해질 대로 처참해진 성
안에서 사랑하던 아들까지 잃은 노인들이 그 원한의 대상이 되는
헬레네를 처음보고 토로한 심정치고는 언뜻 이해할 수 있는 말이
아니다. 헬레네는 부도덕한 여자, 트로이에 재난을 불러온, 어찌
보면 요녀(妖女)였기 때문이다. 아름다움이란 그처럼 절대의 고통

도 초월시키는 것일까.

유럽 문학의 효시, 『일리아드』에서 호메로스는 세속적 행복의 조건이라 할 권력과 부와 사랑이 기실 얼마나 덧없고 허망한 것인가를 통렬하게 그려 보여준다. 특히 이 서사시의 배경이 된 트로이 전쟁의 비극적인 결말에서 그러하다. 그러나 필자로서는 — 시인이어서 그런지 — 고래로 전해지는 인간 정신의 삼대 가치, 즉 진(眞) · 선(善) · 미(美) 가운데서도 유독 아름다움만을 강조한 이 명언이 보다 인상적이었다. 시, 즉 예술(미)이 진과 선의 모든 가치들을 초월한 그 어떤 것보다도 절대적이라는 바로 그 선언이다.

사실 트로이 전쟁은 자신이 이 세상에서 가장 아름답다고 생각했던 세 여신 헤라, 아테나, 아프로디테 간에 일어난 상호 질투에서 발단이 된다. 이들이 각자 뇌물로 바친 권력과 부와 사랑(아름다움) 가운데서 심판자 파리스(트로이의 왕자)가 모든 것을 제치고 하필 아름다움을 제일의 것으로 받아들였기 때문이다. 이로 인해 파리스는 당대의 미녀이자 스파르타의 왕비였던 헬레네를 아내로 얻는 기쁨을 누리게 되지만 그로 인해서 또한 그녀의 남편 메넬라우스 왕으로부터 복수를 당하고 그것이 기원전 1200년에 일어났던 트로이 전쟁의 시작이었던 것이다.

필자는 지금 폐허가 된 트로이성의 서쪽 성벽에 서 있다. 1870년 독일의 사업가 슐리만(Schliemann, Heinrich)이 '트로이의 헥토르(트로이 왕자로 파리스의 형 — 필자 주)'라는 명문(銘文)의 동전을 발굴하여 이곳이 바로 트로이의 유적지라는 사실을 세상 처음 밝혀낸 그 유서 깊은 장소이다. 멀리 동남쪽으로 아스라하게 보이는 카

즈닥산(『일리아드』에 나오는 이다산으로 추정됨)을 제외하고 사방이 광활하게 트인 트로드 평야에 유독 우뚝 솟은 한 언덕이다. 그러나 자세히 살펴보면 언덕이라기보다는, 동쪽에서 시작된 평야가 단층을 이루어 남북쪽과 서쪽이 수십 길 아래서 다시 낮은 평야로 가라앉아 시작되는 그 끝자락이라 할 수 있다.

서쪽 성문을 통해서 이 폐허에 오르면 성(城)의 높이와 동일한 표고(標高)의 동쪽 들은 온통 올리브 과수원이다. 마치 평탄한 반도처럼 생긴 지형이다. 겨울철인데도 대추 모양의 까만 열매가 우리나라 산야의 머루알처럼 닥지닥지 붙어 있다. 동쪽을 제외한 삼면의 들은 제법 파랗게 새싹이 돋아오른 밀밭과 초지가 끝없이 펼쳐져 있고 어림잡아 수백 마리를 넘는 양 떼가 한가롭게 풀을 뜯고 있다. 역사는 가도 삶은 남는 것인지 양들의 목에 멘 방울 소리가 휘파람 같은 목동의 피리 소리와 한데 어울려 나그네의 심회를 처량케 한다.

지금은 히사리크 언덕이라고 불리는 트로이성의 폐허는 지중해에서 흑해로 들어가는 다르다넬스(Dardanelles) 해협의 입구로부터 동쪽 10여 킬로미터, 터키 제3의 도시 차나칼레 남쪽에서 30킬로미터, 그리고 호메로스의 고향으로 알려진 현재의 이즈미르 시에서 북쪽으로 약 300킬로미터 떨어진 지점에 있다.

발굴된 유적으로 보아 당시 성의 규모는 대단한 것이 아닌 듯, 사방 500미터 남짓되는 이 작은 성에서 벌어진 전쟁이 대서사시의 배경이 되었다는 사실 자체가 믿기지 않는다. 아마도 민족의 영광을 과장하고 싶었던 한 시인의 애국심 때문은 아니었을까.

그러면서 필자는 문득 '안시성대첩'과 같은 영웅적 전쟁을 민족의 대서사시로 승화시킬 시인 하나 갖지 못한 우리의 현실이 부끄럽게만 느껴졌다.

유적을 둘러보고 나오자 출구에 관광용의 '거대한 목마' 하나가 서 있다. 일단의 일본 여행객들이 그 앞에서 사진을 찍는다. 필자도 한번 그 앞에 서 본다. 인간의 역사는 항상 현상과 실제가 다르게 전개된다는 교훈을 생각하면서…….

● 1996년 『동아일보』 게재. 일민재단 일민펠로우쉽 지원의 세계 여행 중에

시와 사람

인간과 운명
— 델포이에서

델포이는 과연 신들이 사는 세계 같았다. 우리가 백두산을 그렇게 대하듯 일찍이 그리스인들 역시 성산(聖山)으로 믿어왔던 해발 3,000미터의, 파르나소스 연봉, 깎아지른 산봉우리의 벼랑에 안겨 다시 수천 길 낭떠러지 아래로 굽이굽이 펼쳐지는 계곡과, 멀리 코린토스만의 푸른 바다를 굽어보는 곳, 그것은 흡사 대자연의 추녀 끝에 아슬아슬 걸려 있는 제비집 같았다. 그러나 지금 그 집에는 제비도 인간도 살지 않는다. 오직 신들만이 사는 공간이다.

인간이 자신의 의지로 통제할 수 없는 어떤 외적인 힘을 우리는 막연히 운명이라고 부른다. 그렇다면 그 운명의 실체란 무엇일까. 이 추상적인 명제를 고대 그리스인들은 '신'이라는 말로 구체화시켰다. 그리고 그들은 그 누구든, 인간이란 이 절대의 운명 즉 신의 명령에 불복해서는 안 된다는 것을, 자신의 분수에서 벗어나 삶의 보편적인 원리를 위배하면 누구나 커다란 재난에 직면

하게 된다는 것을 엄숙하게 가르쳤다. 아마도 소포클레스의 비극 「오이디푸스 왕」은 이 같은 그리스인들의 세계관을 가장 극명하게 형상화시킨 고전일지도 모른다.

일찍이 철학자 야스퍼스에 의해서 셰익스피어의 「햄릿」과 더불어 세계 문학사상 가장 위대한 비극작품의 하나로 평가된 「오이디푸스 왕」은 주어진 운명, 즉 신의 섭리에 도전하다가 파멸당한 한 영웅의 일생을 그리고 있다. 델포이의 신탁에 의하면 테베 왕국의 왕자 오이디푸스는 후에 성인이 되면 자신이 아버지를 죽이고 어머니와 결혼을 하게 된다는 것이었다. 그래서 태어나자마자 부모로부터 버림을 받은 그는 외지로 흘러들어 간신히 생명을 구하기는 했지만 성장하는 동안 이 저주를 피하기 위해 나름으로 부단한 노력을 기울이지 않을 수 없었다. 그러나 자신의 의도와 상관없이 나라의 큰 재앙이었던 스핑크스를 물리치고 왕으로 추대되어 권력과 부와 사랑을 한몸에 누리게 되자 그 역시 인간으로서 지켜야 할 분별심을 그만 잃어버리게 된다. 결과는 패륜이었다.

신들은 신탁이나 운명조차도 무시하는 오이디푸스의 이 오만을 그대로 방관할 리 없었다. 테베 왕국은 신의 저주를 받았고 오이디푸스 역시 자신도 모르는 사이에 파멸의 길을 걸을 걷게 된다. 친아버지를 살해하고 친어머니와 근친상간을 저지른 바로 그 패륜이다. 그러나 이 같은 사실이 곧 만천하에 드러나게 되자 오이디푸스는 더 이상 자신에게 주어진 운명을 피할 수 없었다. 어머니이면서 아내였던 이오카스테는 목을 매 자살하고 오이디푸스 자신도 스스로 두 눈을 뽑아버린 채 전국을 방랑하다가 결국 쓸쓸하게 죽음을 맞는다. 딸 안티고네의 손에 이끌려……

필자는 앞서, 고대 그리스인들은 인간의 의지를 뛰어넘는 힘, 즉 '운명'을 '신'이라는 이름으로 구체화시켰다고 말한 바 있다. 그렇다면 '신'이란 또 무엇인가. 한국적인 세계관으로 천(天)·지 (地)·인(人) 삼재(三才)가 하나이고 그래서 인간이 바로 하늘인, '인내천(人乃天)'을 가리키는 말이라면 인간으로서 마땅히 지켜야 할 어떤 보편적이고도 근원적인 원리라 할 수 있지 않을까. 오이 디푸스의 비극적 파멸은 아마도 그가 이 인간의 보편적이고도 근 원적인 원리를 위배한 데 있었으리라고 생각한다.

그럼에도 불구하고 그는 여전히 2,500여 년이 지난 오늘의 우 리에게도 위대한 인간의 한 전형으로 기억되고 있다. 무엇 때문 일까. 그것은 그가 제왕이었다거나 괴물 스핑크스를 물리친 영웅 이었기 때문이 아니라 자신에게 해(害)가 될 수 있는 진실조차도 스스로 밝혀 이를 당당히 책임질 수 있는 인물이었다는 것, 운명 을 회피하지 않고 이와 의연히 맞서 이를 정면으로 받아들일 수 있는 사람이었다는 것 때문은 아니었을까.

이 비극의 에피그램이 그렇지만 줄거리에서도 스토리의 극적 전환을 가져온 주인공의 진실 발견은 델포이의 아폴론 신탁에 의 해서 이루어진다. 작가 소포클레스가 기원전 468년에 개최된 디 오니소스 축제 때 전 그리스 비극 경연상을 받고 그 극을 처음 공 연한 장소 역시 — 아테네의 아크로폴리스와 더불어 — 바로 이곳 이었다. 그러나 델포이 신전의 그 거대한 석조 기둥에 서서 노을에 물든 파르나소스의 만년설을 바라보고 있는 필자의 감회는 그 저 착잡하기만 했다. 보편적 가치와 일반 상식의 위배가 이미 일 상화된 우리의 정치 현실에 과연 오이디푸스와 같은 영웅은 나타 날 수 없다는 것인가. 고대 그리스인이 그랬던 것처럼 우리에겐 백두산과 같은 성산에 우리의 델포이 신전을 지을 신관(神官)이 아직 도래하기가 이르다는 것인가.

● 1996년 『동아일보』 게재. 일민재단 일민펠로우쉽 지원의 세계 여행 중에

시와 사람

오직 자유를 위해서
— 포세이돈 신전에서

누가, 그리고 왜 쓴 것일까. 바다 쪽을 바라보는 신전의 네 번째 하얀 대리석 기둥의 좌대에 단정하게 새겨진 영문 인쇄체, 'Byron'. 영국 낭만주의를 대표하는 시인 바이런은 영국이 아니라 오히려 그리스에 살고 있었다.

아티카 반도의 최남단 수니온곶의 절벽에 세워진 포세이돈 신전에는 고대 그리스인들이 '바다의 수호신'이라고 믿었던 포세이돈 신과 함께 시인 바이런(Baron Byron, 1788~1824)의 이름이 살아 숨 쉬고 있다. 그리스를 노래한 그의 아름다운 시편들 때문이었을까. 그리스에서 마감한 36년의 그 파란만장한 생애 때문이었을까. 그렇지는 않을 것이다. 그렇기 위해서는 문학이 민족보다 훨씬 더 고귀한 이름이어야 하기 때문이다.

사실 바이런의 문학은 그리스와 매우 깊은 인연을 맺고 있다. 당대 영국의 다른 많은 낭만주의 시인들이 그랬던 것처럼 그의 문학 역시 직 · 간접적으로 고대 그리스의 고전과 신화가 배경을 이루고 있다. 그는 「아나크레온의 슬픈 사랑」을 노래했고, 아테네의 소녀에게 사랑을 바쳤으며(「아테네의 소녀여 우리 사랑하기 전에」), 그리스와 터키(유럽과 아시아)를 가로지르는 오늘날의 다르다넬스 해협을 헤엄쳐 건넌 후 그것을 시로 쓰기도 했다(「세스토스에서 아비도스까지 헤엄쳐 건너간 후의 시」). 아침에 깨어 일어나 신문을 보니 자신이 하룻밤 사이에 유명인사가 되어 있더라는 그의 대표작 「차일드 해롤드의 편력(Childe Harold 's Pilgrimage)」에서도 그는 그 많은 이국 순례에도 불구하고 그 가운데서도 특히 그리스를 중요하게 다루고 있다. 이 연작시의 첫 행은 "오오 그대, 헬라스(그리스)에서 신의 후손으로 태어났다는/뮤즈여, …(중략)… 오랫동안 인적 끊긴 델포이 신전에서 한숨도 쉬었노라"로 시작된다.

그러나 바이런이 그리스를 울렸던 것은 무엇보다도 시와 행동으로 보여준 그의 그리스인에 대한 사랑과 헌신이었다. 그는 오스만 투르크의 압제 아래 신음하던 그리스인들에게 애국심을 고취하는 시들(연작시 「돈주안」 제3부의 「그리스의 섬들」, 1821)을 많이 썼다. 그러나 그것만으로는 부족했던지 이를 행동으로 옮기고자 당시 살고 있던 이탈리아의 제노아 항을 출발, 그리스의 마솔롱기에 상륙한 것이 1823년, 곧바로 터키에 항전하는 그리스 민중 대열의 앞장에 서지만 불행히도 입국한 지 채 1년도 되지 못한 시기에 그만 병사하고 만다. 그가 임종하면서 남긴 마지막 말은 이랬다. "전진! 전진! 나를 따르라. 겁내지 말라." 이후 그리스 민중의 바이런에 대한 존경심은 앞으로 독립될 그리스의 왕위는 그에게 주자는 여론까지 있을 정도였다고 한다.

사실 '바이런'이라는 이름이 포세이돈 신전의 기둥에 새겨진 것은 결코 우연이라고 할 수 없다. 호메로스의 서사시『일리아드』에서 우리가 익히 보았듯 포세이돈 신은 그리스군이 고난에 처할 때마다 항상 바람처럼 나타나 그리스인들에게 승리를 안겨주곤 했다. 그러므로 당시 발칸 반도를 지배하던 강국, 오스만 투르크와 이에 대항해서 힘겹게 독립을 쟁취하고자 했던 그리스인들의 고단한 투쟁 역시 신화적으로는 포세이돈의 도움을 필요로 했던 트로이 전쟁의 그것과 비유될 수 있었을지 모른다. 즉 그 같은 절박한 상황에서 멀리 바다 건너로부터 표연히 달려온 바이런은 마치 포세이돈이 보네준 사자(使者) 같은 존재로 비쳐지지는 않았을까.

바이런 역시 같은 심정이었던 듯, 그는 그리스인의 애국심을 고취한 시「그리스의 섬들」에서 이렇게 읊었다. "수니온의 대리석 (포세이돈 신전 — 필자 주) 절벽 위로 나를 데려가다오/거기서는 파도와 나뿐/어느 누구도 우리 서로 속삭이는 소리를 듣지 못한다./거기서 백조처럼 노래 부르고 죽게 해다오./노예들의 나라는 결코 내 나라가 될 수 없으리니……."

포세이돈 신전에 새겨진 그 이름 '바이런', 그것은 결국 그의 유언이자 자유에 대한 인류의 보편적 믿음을 상징하는 것이었다. 신전은 허물어져 덜렁 열몇 개의 하얀 대리석 기둥만을 남겼으나 그의 그와 같은 신념은 에게해의 푸른 파도 소리처럼 영원히 우리의 가슴을 울릴 것이다.

• 1996년『동아일보』게재. 일민재단 일민펠로우쉽 지원의 세계 여행 중에

사랑을 위한 순교
— 레스보스에서

오랜 터키의 지배 때문이었을까, 아니라면 지리적으로 터키에 훨씬 더 가깝기 때문일까. 터키와는 페리의 왕래가 빈번하지만 오히려 그리스에서는 아테네 인근의 피레우스 항에서 주 두 번씩 출항하는 선박편으로 일단 히오스섬에 가서 다시 갈아타야만 하는 교통의 불편함 때문인지 레스보스는 그만큼 그 풍기는 분위기가 그리스적이라기보다는 터키적이다. 섬의 중심지라 할 조그마한 미티릴니읍의 귀금속점이나 보석세공점, 가구점이 그렇고, 가게에 나른하게 앉아 홍차를 즐기는 섬 주민들의 모습이 그렇고, 조금만 교외에 나가면 듬성듬성한 올리브 숲 아래서 한가하게 풀을 뜯는 양 떼의 모습이 그러하다.

레스보스, 고대 그리스 신화에 의하면 음란한 여인들이 사는 에게해의 한 작은 섬, 여성 동성애자로 알려진 그리스의 대서정 시인 사포가 태어나서 자라고 이로부터 레즈비언이라는 말이 생겨났다는 이 섬을 보들레르는 그의 시 「레스보스」에서 미(美)와 사랑의 성지(聖地)로 그린 바 있다. 그러나 한겨울철이라서 그런지 레스보스에서는 그 어떤 낭만도, 들뜬 분위기도 찾아보기 힘들었다. 오히려 한가롭고 차분한 전원적 정서가 물씬 풍기는 곳이었다. 사포의 탄생지라고 하나 그에 대한 유적은 더더구나 아무것도 없었다. 사포를 느끼기 위해서라면 차라리 파온으로부터 실연을 당한 그녀가 바다에 투신 자살을 했다고 전해지는 이오니아해의 로이카스섬으로나 가보아야 할까.

대서정시인 사포(Sappho, B.C. 612~557?)가 묻힌 그의 고향 레스보스섬에 — 디오니소스 신의 여자 추종자들에게 붙잡혀 죽임을 당한 — 오르페우스의 무덤도 함께 있다는 사실은 매우 시사적(示唆的)이다. 인간 가운데 최초의 가장 빼어난 음악가, 혼을 울리는 십현금(十絃琴)의 연주로 명부의 신 하데스를 감동시켜 독사에게 물려죽은 자신의 아내 에우리디케를 살려내는 데 성공했던 생의 구원자, 신의 명령을 어김으로써 아내를 다시 잃게 되자 비탄에 빠진 채 세상을 버리고 마침내 생명조차 덧없이 포기해버린 사랑의 순교자 오르페우스는 사실 음악과 사랑과 죽음을 한몸으로 실천한 현실의 인간, 사포의 신화적 반영이라고 해도 별로 틀리지는 않을 것이기 때문이다.

고대 그리스에서 음악은 곧 서정시를 가리키는 말이었다. 시는 노래의 가사였으며 그것은 대개 십현금의 반주로 불려졌다. 따라서 사랑을 주제로 쓴 시편들을 현금에 맞추어 노래하고 바로 그 사랑 때문에 스스로 죽음을 선택했던 것이 그의 삶의 전부였다면 사실 사포의 일생은 오르페우스의 그것과 무엇이 다르겠는가.

서정시인으로서 사포의 위대성은, 일찍이 시인이란 아무짝에도 쓸모없고 오히려 인류에게 해를 끼치기만 하는 존재이므로 마땅히 이 세상에서 추방해야 된다고 주장했던 플라톤이 아이러니하게 다음과 같이 사포를 찬양한 시를 썼다는 데서도 잘 나타나 있다. 그는 "아홉 명의 뮤즈(음악의 신. 그리스 신화에는 아홉 명의 뮤즈가 있었음 — 필자 주)가 있다고 전해지네/그러나 그들은 레스보스의 사포를 잊고 있네/그 열번 째의 뮤즈를……"이라고 읊지 않았던가.

그러나 사포는 — 후에 보들레르도 찬양한 바 있듯 — 그 자신이 실천하고 또 그것을 시로 쓴 사랑의 시들로 플라톤이 지고하게 떠받들던, 바로 그 이성과 도덕이라는 위선을 가차 없이 깨부쉈다. 그녀는 플라톤과 달리 생의 본성을 사랑과 본능이라는 측면에서 있는 그대로 관찰했던 것이다. 이와 같은 삶의 태도는 그녀가 자신의 동성애의 상대자라 여겨지는 여제자 아티스에게 "부드러운 침대 위에서/팔과 다리에 향기로운 향유를 발라주었을 때/섬세한 너의 욕망은 만족했었지//우리가 함께 불러보지 않은 춤(노래)도 없었고//가보지 않은 신성한 사원도 없었지"라고 노래하면서 바친 「떠나는 아티스에게」나, 자신의 연인을 "가장 높은 나뭇가지 끝에서 익어가는/달콤한 사과처럼/과일을 따는 사람에게서 잊혀진/아니, 잊혀진 게 아니라/감히 팔이 닿을 수 없는 존재"라고 비유했던 그의 대표시 「처녀」 같은 시편들에서 잘 드러난다.

따라서 이성 중심적 근대 자본주의 삶의 가식과 허구를 미학적으로 깨뜨리고자 했던 보들레르가 사포의 이 같은 문학과 인생으로부터 심대한 영향을 받지 않았다면 그것이야말로 이상한 일이라 하지 않을 수 없다. 예상했던 것과 같이 그의 시는 당시 부도덕하다는 죄목으로 프랑스 법정에 회부되어 그 출판과 발표가 금지되었지만 보들레르는 시 「레스보스」에서 다음과 같이 읊었다. "옳고 그름을 가리는 율법들이 우리를 어쩌겠다는 건가?/다도해의 자랑인, 숭고한 마음씨의 처녀들아/너희 종교도 다른 종교 못지않게 거룩하나니/사랑이 지옥과 천국을 다 비웃겠지!"

● 1996년 『동아일보』 게재. 일민재단 일민펠로우쉽 지원의 세계 여행 중에

제2부

문학이란 무엇인가

비평 학술서 서문

한국 낭만주의 시 연구

초판 서문

필자가 최근 2, 3년 동안 몰두해왔던 것은 1920대의 한국 근대
시 연구였다. 이제 그 첫 성과로 본서를 엮으면서 다시 한번 옷깃
을 여미게 되는 것은 학문의 준엄함이 새삼 두렵기 때문이다.

작가나 작품이 아닌 시대별 연구는 일종의 문학사 연구에 해당
할 것이다. 그러한 의미에서 본서는 1920년대 시사(詩史)를 정리
하는데 있어 조그마한 시금석의 하나가 될지 모른다. 시금석이란
불의 단련에 의해 보다 강인해지는 법이다. 육신을 떠난 이 필자
의 말들 역시 끝없이 해체되고 소멸되면서 타버린 숯덩이로 화하
기를 바란다.

1920년대 시의 연구는 적어도 세 가지 전제 아래서 진행되어야
온당하다. 그것은 첫째, 문학사 연구라는 점, 둘째, 문예사조사적
연구라는 점, 셋째, 식민지 문학의 연구라는 점 등이다. 문학사에
포괄되는 한, 20년대 시 연구는 필연적으로 역사주의 방법을 택할

수밖에 없는데 여기서 역사란 물론 문학적 관습, 양식까지도 포함하여 20년대 시가 위치하는 내외적 관계 의미를 총칭하는 말이다.

다음으로 20년대 시 연구는 또한 낭만주의의 해명으로부터 시작되어야 할 것이다. 낭만주의라는 말은 매우 다양한 뜻을 지니고 있어 간단하게 사용하기는 어려운 용어이다. 그러나 몇 가지 단서를 붙인다면 1920년대 시를 이해하는 데 이보다 적절한 문예사조는 없을 듯싶다. 그것은 첫째, 서구적 개념과 다른 한국적 낭만주의라는 점, 둘째, 좁은 의미로서가 아니라 넓은 의미로서의 낭만주의라는 점, 셋째, 계급문학파나 특별한 몇 사람을 제외할 때 20년대 시인들이 대체로 낭만적 경향에서 벗어나지 못했다는 점 따위이다. 이처럼 20년대 시인들을 넓은 의미의 낭만주의에 포함시킬 경우 그들은 몇 개의 경향으로 분류될 수 있다. 필자는 본서를 통해 그중 민요시파(民謠詩派)가 지닌 낭만적 본길을 밝히고자 했다.

마지막으로 20년대 시 연구는 사회학적 비평 태도에서 출발하지 않을 수 없다. 그것은 인간이 '사회적 동물'이라는 너무도 당연한 조건을 확인하기 위해서가 아니라 1920년대가 식민지 상황 아래 놓여 있었다는, 그 엄숙한 역사적 현실을 확인하기 위해서이다. 또한 그것은 문학 연구의 본질이 사회학적 비평에 있다는 신념 때문이 아니라 식민지 상황의 문학은 필연적으로 정치적일 수밖에 없다는 신념 때문이기도 하다. 20년대 문학은 직접적이든 간접적이든 개인과 공동체라는 삶의 이 같은 변증법을 반영하고 있었다.

이제 새삼스럽게 필자는 '인문과학' 특히 문학의 연구는 가능한가'라는 질문을 던진다. 그것은 미숙한 사람에겐 용기를, 자만한 사람에겐 겸손을 가르치고자 함이다. 과학은 부분적 진실을 본질로 하며 문학은 총체적 진리를 본질로 하는 까닭에 인문과학의 하나인 문학 연구는 문학의 위대함을 결코 능가할 수 없다는 논리가 성립될 수 있다. 이러한 비극적 가설이 지금 필자의 입장으로선 오히려 위안의 말로 받아들여진다. 위안은 겸손을 낳고 겸손은 각성과 새로운 출발을 기약할 것이다.

원래 필자는 1920년대 한국시 — 낭만주의 시 연구서로서 3부작을 펴낼 생각이었다. 이로써 그 일부는 이루어진 셈이니 추후 나머지 일들이 완결되도록 꾸준히 노력하겠다.

• 『한국 낭만주의 시 연구』 초판, 일지사, 1980

4판 서문

어느덧 4판을 간행하게 되었다. 초판이 1980년 3월에 나왔으니 초판 간행 이후 매년 판을 거듭한 셈이다. 학술서적으로 여러 가지 미흡한 점도 많고 돌이켜보면 학문적으로도 만용을 부린 점 없지 않으나 그런대로 학계에 일조한 것 같아 다행스럽다.

원래 본서는 나의 학위 취득 논문에 몇 편의 글들을 보완한 것이었다. 따라서 뒷부분의 시인론들은 나의 이 같은 취지에 맞도록 주로 '민요시론'에 초점을 맞추어 쓰여진 것들이다. 가령 소월론의 「식민지 상황과 불연속적 삶」에서 민요시의 문제가 그 글의 보편적 논지보다 강조되었던 것도 그 때문이다.

한편 본서는 학위 심사의 일정에 조급히 맞추어 조판되었던 탓에 약간의 오식도 있었다. 그럼에도 3판까지는 이의 정정에 신경을 쓰지 못했으나 4판에서는 가능한 한 바로잡고자 노력하였다. 예컨대 한국 전통민요의 율격에 관한 내용 중 잘못 기술된 부분이다. 즉 3판에서 필자는 한국 전통민요의 음보격을 3음보와 2음보로 나누고 3음보가 안정된 리듬, 2음보가 동적인 리듬을 반영한 것이라고 했지만, 이는 잘못 기술한 것으로 본서에서는 3음보가 동적인 운율(변동기의 시대 반영), 2음보가 정적인 운율(안정기의 시대 반영)인 것으로 바로잡았다. 3판 이전에서 이 부분에 대한 조동일(趙東一)의 견해를 인용한 것 역시 마찬가지이다. 3음보가 변동기의 운율, 4음보가 안정기의 운율이라는 주장이 그의 견해인 것이다.

나는 1920년대가 우리 시사(詩史)에서 매우 중요한 에포크메이킹의 시대라고 생각한다. 그것은 이 시기에 이르러 비로소 우리의 현대시가 자율성을 획득하여, 자유시나 산문시 같은 실험시형과 근대적인 시론을 확립시켰다고 생각하기 때문이다. 한편 우리는 1920년대에 이르러 시의 이념에 대해서도 심도 깊은 자기 성찰을 갖게 되었다. 따라서 1920년대 시 연구는 새로운 방법론의 차용과 보다 세분화된 협동 노력이 절실하게 요구된다. 본서는 그러한 작업의 한 조그마한 시점(視點)을 제시하는 것으로 만족할 따름이다.

● 『한국 낭만주의 시 연구』 제4판, 일지사, 1983

서정적 진실

무엇인가 많은 말을 하고자 하는 사람이 산문가라면 시인은 가능한 한 말을 하지 않으려고 노력하는 사람들이다. 그들은 될 수 있는 대로 말을 숨기고 내포하고 드디어 소멸시키고자 한다. 불에 타서 숯덩이가 된 언어, 죽어야 비로소 다시 살아나는 흙, 저 반짝이는 언어의 금강석. 시인은 암흑의 지층 속에 홀로 침잠해서 외롭게 언어의 불을 캐내는 한 사람의 광부라 할 것이다.

시인이 자신의 내적 세계를 공개한다는 것은 시인론을 쓰려는 비평가들에게는 도움이 될지 모르겠지만 그의 문학을 위해서는 아무 쓸모없는 일이다. 시의 본분은 독자들을 설득하는데 있는 것이 아니라 감동시키는데 있기 때문이다. 그런 줄 알면서도 나는 꾸준히 산문들을 써왔다. 왜 그랬던 것일까. 언어와의 싸움에서 만나는 저 무시무시한 고독이 두려웠기 때문일지도, 암흑의 지층 속에 홀로 남겨져 있기가 두려웠기 때문일지도 모른다. 그러나 나는 다시 돌아가리라. 등불과 괭이를 들고 저 눈 내리는 지평의 끝, 어두운 세계의 지층 속으로……

● 『서정적 진실』, 민족문화사, 1983

현대시와 실천 비평

나는 원래 문단에서는 시인이지만 학교에서는 교수인 까닭에 직업의 필요상 틈틈이 산문들을 써왔다. 그런 전자로 이 책은 내가 대학에 몸을 담으면서부터(1974) 발표한 그 같은 산문들 중 비교적 비평적인 글들만을 추려 모은 것이다.

'비평적(critical)'이라는 말은 물론 '문학이론(Literature Wissenschaft, theory of literature)'이나 '문학사(literary history) 연구'라는 말과는 다르다. 따라서 나는 우선 이 용어를 일단 르네 웰렉(R. Wellek)이 규정한 바 '문학 이론의 토대 위에서 구체적 작품의 가치 평가에 관계되는 작업'을 뜻하는 것으로 한정해두고 논의를 전개시키고자 한다. 이 책의 내용 대부분이 실제 작품을 분석한 글들임도 그 같은 이유에서이다.

우리 문학사에서 60, 70년대의 의의는 매우 크다. 그것은, 진정한 의미의 한국 현대문학은 이 시기에 꽃피기 시작했다고 생각하기 때문이다. 사실 식민지 문학 36년이란 유구한 우리 문학사

의 시야에서 볼 때 거의 무시될 수도 있을 기간일지 모른다. 그런
즉 순수한 한글세대에 의해 주체적으로 민족 이념이 추구된 60,
70년대의 우리 문학은 그만큼 한국 문학사에 새 기틀을 마련한
것이라고도 할 수 있다.

본서에서 논의된 작품들은 대체로 해방 이후, 그중에서도 특히
70년대 소작들이다. 세대별로는 박목월이나 서정주처럼 40년대
이전에 데뷔한 시인도 있고, 박성룡(朴成龍)이나 박희진(朴喜璡)처
럼 50년대에 데뷔한 시인, 기타 60, 70년대에 등단한 시인들도 있
다. 그러나 내가 주로 관심을 기울인 것은 이들의 해방 이후의 정
신적 편력과 70년대에 거둔 성과물들이다. 본서를 접한 독자들은
오늘의 한국시가 지향하는 세계와 그 정신사를 조금은 이해할 수
있으리라고 믿는다.

현대시는 일반적으로 난해하다. 때문에 소설과 같은 대중 독
자들을 가지지 못한 것이 사실이다. 그 난해성은 시 자체가 갖는
본질적 특성에서 기인하는 것이지만 시에 대한 독자들의 무관심
에서 오는 요인 또한 적지 않다. 그러므로 우리는 이제 시와 독자
사이에 놓인 이 같은 괴리를 좁히는데 노력하지 않으면 아니 될
것이다. 인류의 위대성은 문화의 창조에 있고, 문화의 핵은 언어
예술에 있으며, 그 언어예술의 정수에 시가 놓여 있는 까닭이다.
아무리 강대한 군사력도 문화의 위대성 앞에서는 무력하며 아무
리 거대한 경제력도 시의 위대성 앞에서는 허약하다. 본서에서
70년대의 대표시들을 분석해 독립된 한 장(章)으로 설정한 이유이
다.

한 권의 책을 묶고 보니 수록된 글들에 여러 가지 미흡한 점이 없지 않다. 그러나 자신의 무지를 깨닫는 것도 앎(知)에 이르는 길의 하나가 될 수 있다고 자위하면서 다시 한번 이 자기성찰의 체험이 학문적 성숙의 보탬이 되도록 다짐해본다.

● 『현대시와 실천비평』, 이우(二友), 1983

한국 현대시의 행방

　80년대 들어 쓴 글들 가운데서 특히 시집과 시작품에 관해 언급한 것들만을 모아 '한국 현대시의 행방'이란 제목의 사화집으로 묶어 보았다. 모두 80년대에 발표 혹은 간행된 시작품, 시집들에 대한 언급이다. 따라서 이 글을 읽은 독자들은 80년대의 우리 시가 어떤 경향성을 띠고 어느 곳으로 향해 나아가고 있는지 그 행방을 다소 이해할 수 있으리라 믿는다.

　그동안 나는 여러 문학지와 일간지들의 지면을 빌려 이 시기의 우리 시에 대해 격의 없이 이야기할 수 있는 기회를 가졌다. 그리고 그때마다 — 내가 생각하는 시와 시론에 사로잡히지 않고 — 한국시를 다원적 시각으로 살피고자 나름의 성찰을 게을리하지 않았다. 그래서 그런지 한 권의 책으로 묶고 보니 내용이 다소 산만하다는 느낌도 든다. 그러나 할 수 없는 일이다. 나는 무엇보다 문학의 자율성과 다양성을 신봉하는 사람이니까…….

　내가 가장 싫어하는 시 혹은 시인은 아류(亞流)이다. 시대를 반영한다는 미명으로 추세에 편승하거나, 시대적 프리미엄을 염두에 두고 작품을 쓰는 사람들이다. 그러한 의미에서 비평가란 기본적으로 실재와 아류를 구분해내는 사람일지도 모른다. 그래서 나는 월평을 쓰면서 의식적으로 추세에 부응하는 작품들을 배제하고자 애썼다. 70년대의 뭇 비평가들에 의해서 자못 우상화되었던 몇몇 시인들의 시가 내 월평에서 만큼은 제외된 이유이다.

70년대 시단의 중요한 특징은 우리 시의 이중구조화 현상이라 할 수 있다. 거기에는 평론가, 매스컴 관계의 문학 담당자, 문학 정기간행물이나 출판사의 편집자, 문학 교수 등 이른바 문학 관리층(해석학에서는 이를 '정통한 독자'라 일컫는다)들이 주도한 문학의 공개시장이 있었는가 하면 이와는 별도로 — 비록 문학 관리층으로부터 외면당하기는 했으나 — 순수 독자들에게 사랑을 받았던 문학의 암시장도 있었다.

물론 모든 경제 현상이 그렇듯 문학의 공개시장에 기생하는 이 같은 암시장은 때에 따라 공개시장의 유통구조를 보완하는 기능을 지닐 수도 있다. 그러나 바람직한 경제 운용이라면 누구나 생각하듯 공정거래를 통한 공개시장의 활성화에 있을 것이다. 그럼에도 불구하고 어찌해서 70년대 우리 문학의 수용은 이처럼 암시장과 공개시장으로 양분되는 현상을 초래했을까? 말할 것도 없이 문학의 공개시장이 불신되었기 때문이다. 상품의 정가를 그 자체로 매기지 않고 상품을 만든 사람이나, 상품을 만든 동기나, 그 목적에 값을 쳐주었기 때문이다.

그러나 그 어디서든 공개시장의 유통구조가 불신되면 새로운 경제 질서가 태동되지 않을 수 없는 법, 예컨대 80년대에 들어 70년대의 공개시장에서 값비싸게 매겨진 상품들이 평가 절하되고 그 대신 70년대의 암시장에서 거래된 상품들이 오히려 평가 절상 내지 공개시장화 되고 있다는 것 등이다. 깨어 있는 비평가들이라면 아마 이 같은 우리의 문단 흐름을 충분히 감지할 수 있을 것이라고 생각한다.

나로서는 이 작은 결실이 다만 한국 현대시사를 정리하는 데 한 장의 작은 벽돌 역할을 해내는 것으로 만족할 뿐이다.

● 『한국현대시의 행방』, 종로서적, 1988

말의 시선

등단한 지 어언 20여 년, 그동안 나는 몇권의 학술서와 시집들을 간행하면서 학문과 창작이라는 두 갈림길에서 나름으로 위태로운 줄타기를 해왔다. 하지만 아직 나의 시론이라 불릴 만한 저서를 가지지는 못했다. 이유는 두 가지, 능력 부족과 부끄러움 때문이다.

직업상 타인이 쓴 다른 많은 논저들을 읽을 기회가 있었다. 그렇지만 그때마다 나는 내가 진작 문학에 대하여 품었던 단견들이 오래전 선학들에 의해서 이미 체계적으로 개진된 것을 알고 낭패감에 빠진 경우가 한두 번이 아니었다. 훌륭하지 못한 시를 쓰면서 자신의 시에 왈가왈부하는 일도 일종의 자기합리화 내지 자기변명이라는 생각이 들었다.

시인은 무엇보다 시로써 말해야 하는 법, 훌륭하지도 않은 시인의 시론을 경멸에 찬 시선으로 읽고 있을 독자들을 한번 상상해보라. 그러한 의미에서 시인은 우선 자신에게, 독자에게, 나아가 이 세계에 먼저 부끄러움을 자각할 줄 아는 사람이어야 할지도 모른다.

나는 이미 수년 전(1983) 본서와 비슷한 내용의 저서를 '서정적 진실'이라는 제명의 책으로 간행한 적이 있다. 이번에 그 이후 쓴 글들 가운데서 비교적 주관적인 견해를 피력한 것들만 모아 다시 한 권의 책으로 묶는다. 짧고 단편적이며 때로는 단상(斷想)에 머문 것도 적지 않지만 나의 다른 학술 저서들에 비해 그만큼 내 목소리가 담겨져 있는 것도 사실이다.

나로서는 남의 작품을 분석 연구 평가하는 나의 다른 저작들보다도 — 비록 치졸하기는 하나 — 내 자신의 문학관을 언급한 본서의 글들이 보다 사랑스럽다. 한 시인의 시와 문학적 지향을 이해하는 데 이 조그마한 노력이 다소라도 보탬이 될 수 있기를 바랄 뿐이다.

● 『말의 시선』, 혜진서관, 1989

20세기 한국시 연구

시사(詩史)에서 제기되는 몇 가지 시대별 이슈를 정리하여 한 권의 책으로 묶어보았다. 우리 근대시사는 이 책에서 논의된 문제점들의 검토 없이 완성되기는 아마 힘들 것이다. 그러한 관점에서 본서는 필자가 시도코자 하는 시사기술(詩史記述)의 예비 단계이자 그 정지 작업을 위해 기울인 노력의 한 결실이라 할 수 있다.

시사의 기술을 위해서는 우선 시대 구분, 용어의 개념 정립, 과거 유산과의 연계성 파악 등이 이루어지지 않으면 안 될 것이다. 예컨대 '현대시' 혹은 '근대시'란 어떻게 다르며 그 시작은 언제부터인가. 고전 시가에서 근대시 혹은 현대시로 이행되어 온 과정은 어떠했으며 그 과도기에 등장한 장르들의 문학사적 의의는 무엇인가 하는 것 등인데, 이는 대개 이 책의 제Ⅰ장과 제Ⅱ장에서 논의된 주제들이다.

한편 우리의 근대시가 고전문학의 전통을 계승한 것이라면 사

상적인 흐름에 있어서도 어떤 동질성이 발견되어야 한다. 필자가
제XI장에서 우리의 근·현대시에 나타난 외래사상과 전통사상을
고찰해보았던 것도 그 때문이다. 나머지 제III장에서 X장까지의
내용들은 각 시대에 문제시되었던 시운동을 문학사적으로 자리
매김한 것들인데, 이를테면 그 발생 과정과 사회사적 관계, 이념
과 내용, 전기적 사실과 범주, 시사적 의의 등이다.

　오늘날 우리 시의 연구는 시류적 취향에 흔들리고 있는 듯한
감이 없지 않다. 이 시대의 정치의식에 맞지 않는 시인들이나 문
학적 이슈가 일방적으로 타기되는 것, 서구의 유행적 문학이론으
로 우리 문학을 일방적으로 단정 짓는 것 등이다. 그러나 문학은
정치보다 진실하며 역사는 현실보다 영원하다. 우리가 문학사를
기술하려고 노력하는 것도 바로 이 같은 문학의 영원성을 드러내
현실의 귀감을 삼고자 함이 아니겠는가.

● 『20세기 한국시 연구』, 새문사, 1989

상상력과 논리

문학은 인간적이어야 한다. 이 말은 문학이 인간의 이성적 사유나 이념적 규제를 존중하되 그 안이 아니라 그 위에 있어야 한다는 뜻이다. 우리는 원리 원칙에 기계적으로 충실한 사람, 예컨대 축어적인 법 해석으로 형을 집행하는 판사나 검사를 비인간적이라고 한다. '법에도 온정이 있다'고들 하는데 이 역시 인간의 삶에 법보다 더 중요한 그 무엇이 있음을 은연중 암시하는 말이라 할 수 있다.

이순신 장군이나 안중근 의사는 우리 민족사의 구원한 인간적 표상이다. 따라서 그들에게는 어떤 허점도, 오점도 없어 보인다. 사실 정치 이념적으로 형상화된 이순신 장군이나 안중근 의사는 우리에게 완전무결한 인간으로 비쳐져 있다. 그러나 그분들이라 해서 어찌 한 번쯤 여자를 사랑하지 않았을 것이며, 어찌 거짓말 한 번 해본 적이 없었을 것인가. 우리는 거짓말을 한 번 해본 이순신, 여자와 밀애를 한 번 즐긴 안중근에게서 보다 인간적인 체취를 느낀다.

사물들도 마찬가지이다. 거기에는 과학의 법칙이 지배하는 영역이 있는가 하면 그렇지 않은 부분도 있다. 가령 어두운 황야에서 벼락을 만나 공포에 시달린 사람이 그로 인해 과거에 저지른 자신의 숨겨진 어떤 죄과를 뉘우치고 새 삶을 시작하게 되었다면 이때의 벼락은 더 이상 음전기와 양전기가 대기 중에서 방전한 자연현상에 그치는 것이 아니라 이에서 더 나아가 신의 형벌이라고 말해야 한다. 그럴 경우 우리는 전자, 즉 음전기와 양전기의 방전은 사물에 대한 과학의 합법칙적 해석, 후자는 인간적 해석이라고 말할 수 있다. 그러므로 벼락을, 황야에서 폭풍을 만난한 인간의 심리적 변화로 이야기하는 것은 시가 될 수 있을지 몰라도 음전기와 양전기의 방출 현상으로 기술하는 것은 결코 시가될 수 없다. 달리 과학이라는 영역이 있는 까닭이다.

자연법이든 사회법이든 법이란 물론 인간에게 매우 소중하다. 그럼에도 불구하고 인간은 이를 넘어서, 이 같은 법들로는 규제될 수 없는, 보다 숭고한 어떤 초월적 세계를 지향한다. 이성(理性)은 물론 고귀하다. 그러나 인간에게는 이를 넘어서는 세계의 어떤 신성한 가치도 있다. 나는 그 실체를 확실히 드러내 밝힐 수없어 소박하게 그것을 그저 '인간적 세계'라고 부르고자 한다. 그러나 여기에는 분명 간과해선 아니 될 명제가 하나 있다. 그 '인간적인 세계'는 ― 정치든 과학이든 이데올로기든 ― 항상 이성에토대한 가치들의 상위에 있으며, 항상 이들을 감시하며, 항상 이들을 성찰시켜 인간으로 하여금 보다 바람직한 '인간의 길'로 나아가게 만든다는 바로 그 사실이다. 따라서 이 세상에는 자연현상이나 사회현상을 통어(統御)하는 이성적 질서로서의 과학적 법칙이나 정치 혹은 사회적인 일반 법이 있는 것처럼 이 '인간적인 것'의 세계에도 이를 통제하는 모종의 법이 있을 수밖에 없는데 나는 이 '인간의 법'을 입법하고 집행하는 행위를 문학이라고 생각한다. 그러한 의미에서 시인은 참으로 법 위의 법에 서 있는 자라고 말할 수도 있을 것이다.

　문학은 정치나 이데올로기를 전적으로 배제할 수 없다. 그러므로 한 시인이 자신의 신념에 따라 특정한 정치적 혹은 이데올로기적 입장에 동조하든 혹은 이를 거부하든 문제될 것은 없다. 다만 나는 그가 그 주어진 상황에 대해 어떤 입장을 취하든 문학이 정치나 이념에 종속될 수는 없다는 사실만큼은 분명히 밝혀두고자 한다. 만일 그렇지 않다면 정치나 이데올로기가 저지른 과오, 정치나 이데올로기가 간과한 인간의 삶, 정치나 이데올로기가 저지르는 횡포는 누가 감시한다는 말인가.

　그러한 관점에서 나는, 비평이란 이데올로기에 종속되는 일에 기여할 것이 아니라 그 이데올로기가 어떻게 인간의 길에서 벗어나지 않을 수 있을까를 성찰하는 일에 기여해야 하리라고 생각한다.

● 『상상력과 논리』, 민음사, 1991

변혁기의 한국 현대시

그동안 틈틈이 여러 지면에 발표했던 시 월평과 시집 해설 등 비교적 짤막한 글들을 모아 한 권의 책으로 묶어본다. 대체로 80년대 후반에서 90년대 초의 우리 시들에 관해 쓴 것들이다. 이 무렵은 정치적으로 군부독재가 몰락하고 의회민주주의가 회복되기 시작했으므로 시 역시 이에 깊이 영향을 받지 않을 수 없었다. 예를 들어 정치적 도구화로부터 자율성이 점차 살아나고 사회성 대신에 서정성이 싹튼 것 등이다. 말하자면 문화혁명이 끝나고 문화건설이 예고된, 한마디로 변혁의 시대였다. 따라서 이 짤막한 글들은 이 변혁기에 쓰인 우리 시의 얼굴들이라 할 수 있다.

아는 분은 아시겠지만 나는 본래 시인이며 시학 교수이다. 비평에까지 손을 댈 만한 재능, 그리 할 시간도 부족한 사람이다. 비평에 관여한 까닭에 시인으로서 내 자신의 위상이 흐려졌다는 사실도 잘 알고 있다. 그럼에도 불구하고 내가 자의 반 타의 반으로 지금까지 이 분야에서 손을 떼지 못했던 것은 한국 평단에 관한 내 나름의 어떤 불신감 때문인지도 모르겠다. 아니 시인으로서 내 자신이 겪고 있는 바를 다른 훌륭한 시인들은 겪지 않도록 미력이나마 도움을 주기 위해서인지도 모르겠다. 그리하여 — 이 책의 월평에 국한해서 말한다면 — 나는 가능한 한 우리 시를 두루 보고, 많이 보고, 정직하게 보고, 내 자신의 눈으로 보고자 노력하였다. 대부분의 비평가들이 훌륭하다고 말하는 시인들을 의심의 눈초리로 바라보고자 했다. 모든 예술의 본질이 그렇듯 자유로운 자의 개성, 고독한 자의 몽상, 깨어 있는 자의 의식을 사랑하고자 했다. 좋은 작품을 좋다고 말하고자 했다.

훌륭한 비평가란 어떤 사람인가. 그 학식이 어떠하든, 그의 문체가 어떠하든, 그의 작품 분석 능력이 어떠하든, 그의 사상이나 이념이 어떠하든 상관없다. '훌륭한 작품을 훌륭하다'고 말할 수 있는 비평가가 훌륭한 비평가인 것이다. 검은 고양이든 흰 고양이든 쥐를 잘 잡는 고양이를 쥐를 잘 잡는 고양이라고 말하는 사람, 다른 사람들이 이구동성으로 쥐를 잘 잡는다고 말하니까 이에 동조해서 그 고양이를 쥐를 잘 잡는 고양이라고 말하는 것이 아니라 자기가 보아서 쥐를 잘 잡는 고양이이니까 쥐를 잘 잡는 고양이라고 말하는 사람, 남의 집 고양이가 아니라 우리 집 고양이라서 쥐를 잘 잡는다고 말하는 것이 아니라 남의 집 고양이든 우리 집 고양이든 상관없이 쥐를 잘 잡는 고양이이니까 쥐를 잘 잡는 고양이라고 말하는 사람 그런 사람이 훌륭한 고양이 감별사인 것이다.

나는 지금 미국에 체류하고 있는 중이지만 미국에 대해서 특별히 어떤 호감을 가진 사람은 아니다. 오히려 미국에 몇 번 다녀와서 정신이 홀랑 나간 속된 한국인들을 혐오하는 편에 속한다. 그러나 미국이 위대한 국가인 것만큼은 누가 부정하겠는가. 나는 오늘의 이 같은 미국을 만든 힘이 어디에 있는 것인가를 생각해 본 적이 있다. 어디에 있을까.

그 해답은 아마도 엉뚱하게도 전 세계를 석권하고 있는 미국의 영화에서 찾아 볼 수 있을지 모른다. 그 기발한 착상, 자유분방한 사고, 과감한 자기혁신. 끝없는 창조정신, 바로 그것이 아닐까. 한국문학도 사람이든, 이념이든, 정치든 그 무엇이든 간에 이에 매여 있어 진정한 자유를 누리지 못한다면 별 발전을 기대할 수 없을 것이다.

1995년 초 가을

버클리대(U.C. Berkeley)의 듀란트 홀(Durant Hall)에서

● 『변혁기의 한국 현대시』, 새미, 1996

한국 근대문학론과 근대시

 지금까지 필자의 저술에는 비평서 계열에 드는 것과 학술서 계열에 드는 것의 두 유형이 있었다. 그러므로 문학사적 문제만을 다룬 본서는 성격상 후자의 계열에 속하는 단행본의 하나가 될 것이다.

 다 아는 바와 같이 비평이란 작품을 가치 평가(evaluation)하는 행위요 문학의 학(Literature Wissenschaft)은 사실(fact)을 탐구하는 행위이다. 따라서 비평은 그 어떤 작품이든 논의의 대상으로 올리는 것 자체가 이미 가치 평가에 든 행위가 되지만 학문은 그것을 연구 대상을 삼았다고 해서 그 곧 가치를 부여하는 행위가 되는 것은 아니다. 학문이란 작품이 지닌 수준과 상관없이 거기에 아직 어떤 모르는 부분이 있으니까 다만 사실을 드러내 밝히는 행위일 뿐이기 때문이다. 그러므로 이 책에서 다루어진 작품 역시 문학적으로 꼭 훌륭해서 연구 대상으로 삼은 것이 아님은 물론이다.

 2년 전 필자는 어떤 출판사로부터 고등학교 문학 교과서를 하나 집필해달라는 부탁을 받고 원고를 작성해서 넘긴 적이 있었다. 그러나 그 직후 마침 미국의 어떤 대학에서 강의를 맡게 되었으므로 국내에서의 진행 사정을 잘 모르고 있었는데, 금년 초에 귀국해서 보니 내용의 상당 부분이 애초의 원고와 다르게 출판되어 있음을 보고 놀랐다. 예컨대 원래의 원고에서 필자는 현대시의 종류를 서사시, 서정시, 극시로 구분할 수 없음을 분명히 밝혔었는데 간행된 책에서는 버젓이 — 다른 기존의 문학 교과서에서와 동일하게 — 서사시, 서정시, 극시로 나누어놓은 것 등이다.

다 알다시피 문학사 최초로 시를 서사시, 서정시, 극시로 나눈 논저는 아리스토텔레스의 『시학』이며 이때의 '시'라는 명칭은 오늘날 통용되고 있는 것과 같은 의미의 시를 가리키는 것이 아닌, 문학 일반을 뜻하는 용어였다. 즉 아리스토텔레스가 구분했던 '서사시', '서정시', '극시'란 서사문학, 서정문학, 극문학과 같은 뜻이다. 그리고 그 후 몇천 년이 지나면서 서사시는 오늘의 소설로, 서정시는 오늘의 시로, 극시는 오늘의 드라마로 발전해온 까닭에 오늘의 시를 다시 서사시, 서정시, 극시로 나눈다는 것은 있을 수 없는 일이다.

그래서 필자는 당연히 이 출판사의 책임자에게 왜 필자와 상의 없이 원고의 내용을 자의로 고쳐 출판했는지를 따져 물었다. 그런데 그의 대답이 가관이었다. '교과서 검정 심의 위원회'에서 지시가 오기를, '왜 지금까지 일선 학교에서 가르치는 내용과 관행(시를 서정시, 서사시, 극시로 나누는 것으로 가르쳐 왔기 때문에)을 따르지 않았느냐. 관행대로 고쳐 수정하지 않으면 교과서 심사 과정에서 탈락시키겠다'고 엄포를 놓아 할 수 없이 그들의 요구대로 고쳤다는 것이다. 참으로 어이없는 우리 지식계의 현황이라 하지 않을 수 없다

비평이건, 학문이건 나는 가끔 한국의 지식인들이 그들의 두뇌에 채워진 지식의 내용은 비록 현대적인 것, 혹은 서구적인 것일지는 몰라도 그것을 받아들이고 또 사용하는 태도에 있어서만큼은 여전히 조선조 유생(儒生)들의 그것과 크게 다를 바 없는 것이 아닌가 생각하곤 한다. 모든 문제를 이데올로기적 차원에서 접근하려는 행위, 모든 가치를 정치적 입장에서 논하려는 의식, 붕당처럼 파벌을 짓고 상대방을 사문난적으로 모는 태도, 사문난적으로 몰릴까 두려워 자청해 세력 있는 파벌에 열을 서고 독창적인 관점 그 자체를 금기시하는 풍조, 서구에 맹목적으로 사대하려는 자세 등이 그것이다. 사태가 만일 그렇다면 이는 우리 학문의 발전을 위해서 실로 심각한 문제라 하지 않을 수 없다. 창조적이고 자유스러운 사고와 상상력의 발현이 그 어느 때보다도 절실한 우리 학계와 비평계의 오늘이다.

학문은 이념이나 이데올로기로 하는 것이 아니라 사실로 하는 것이다.

●『한국 근대문학론과 근대시』, 민음사, 1996

한국 현대시의 분석적 읽기

한국의 근·현대문학이 일반 대학에서 강좌로 개설된 지도 어언 반세기, 초기에 문단비평의 수준을 벗어나지 못했던 우리 근·현대문학의 연구 역시 그동안 선학들의 꾸준한 노력에 힘입어 이제는 어엿이 하나의 학문으로 자리를 잡게 되었다. 특히 최근 들어 많은 연구서와 비평서들이 간행되고 있는 것은 이와 같은 우리 학계의 진면목을 그대로 보여주는 예의 하나가 아닐까 생각한다.

그러나 반성해야 할 점도 한두 가지가 아닌 듯, 그중의 하나가 상대적으로 작품 연구를 소홀히 해왔다는 사실이다. 단행본 수준의 작품론을 찾아보기 힘들다는 것, 강의 텍스트용 저작들이 거의 없다는 것 등이 대표적이다. 이는 우리 학계가 작품론보다는 작가론이나 문학사 혹은 전기 연구에 몰두해왔음을 반증하는 예일 것이다.

그러나 다 알다시피 문학 연구의 핵심은 작품 연구에 있다. 작품의 해독 없이 문학사나 사상사, 작가 연구란 불가능하기 때문이다. 아니 문학 연구는 그 시작도 끝도 결국은 작품에 대한 연구밖에 없다. 아리스토텔레스의 『시학』이 있고 『일리아드』가 있는 것이 아니라 『일리아드』가 있으므로 『시학』이 있는 것이다. 그럼에도 우리 학계나 비평계에서 그간 구체적인 작품 분석은 뒷전으로 하고 추상적이고도 관념적인, 그래서 자못 거창해 보이는 사상이나 역사나 이념 따위같은 것들의 연구에 집착해온 것은 분명 본말이 전도된 처사라 하지 않을 수 없다.

실로 한 세기에 가까운 우리 문학비평의 과오는 비평을 실제 작품과 동떨어진 관념들의 유희로 착각한 데서 비롯한 것이라고 말할 수도 있다. 예컨대 식민지 시대를 주도했던 그 폭력적 프롤레타리아 비평이 구체적으로 우리 문학에 기여했던 것은 무엇인가. 그들의 교시에 따라 쓰여진 것들 가운데서 문학사에 남을 만한 작품이 과연 있기나 했던가 반성해볼 일이다. 문학논설가나, 문화비평가나, 출판사 홍보원들이나, 전기 작가나, 문학 감상가나, 문학 지사(志士)들이 비평가라는 탈을 쓰고 진정한 평론을 대신하고 있는 저간 우리 비평계의 사정도 실은 여기서 연유했는지도 모른다. 다른 많은 이유들이 있겠으나 나는 그것이 — 자각적이건 무자각적이건 — 조선조 유학 엘리트들이 숭상했던 공리공론의 명분론과 학문의 정치주의를 추수한 결과가 아닐까 생각한다. 문학연구의 실사구시(實事求是)란 구체적인 작품 연구 이외 다른 무엇이 있을 수 없는 것이다.

근대시 성립 이후부터 50년대에 이르기까지의 시인들의 작품 27편을 꼼꼼히 분석해서 단행본으로 묶어보았다. 한정된 숫자 안에 들 수 있는 이 시기의 대표 시인들은 대부분 망라되어 있지 않나 생각한다. 물론 이 중 수준 미달의 주요한(朱耀翰)이나 임화(林和) 같은 시인들의 작품은 본서의 연구 대상으로 제외되어 마땅할 일이다. 그러나 그것이 지닌 문학사적 위상 때문에 추가하였고 비록 통속적인 평가가 있다 하더라도(가령 김수영[金洙暎]) 내 개인적 비평의식으로 보아 인정할 수 없는 시인은 과감하게 배제하였다. 분석의 방법론 역시 어느 한 경향을 추수하지 않고 작품의 적합성에 따라 자유롭게 선택하였다. 흰 고양이든 검은 고양이든 쥐를 잘 잡는 고양이가 훌륭한 고양이인 것이다.

이 조그마한 저작이 우리 시의 작품 연구를 보다 활성화시키는 데 다소나마 기여할 수 있기를 바란다.

• 『한국 현대시의 분석적 읽기』, 고려대학교 출판부, 1998

유치환

흔히 문학은 인간 삶의 반영이라고 한다. 그렇다면 역으로 우리가 한 시인의 문학을 접한다는 것도 그것을 쓴 시인의 삶을 이해한다는 뜻이 될 수 있지 않을까. 그러나 이 세상의 그 수많은 사물들 가운데서 인간만큼 복잡 난해한 존재, 인간만큼 모순에 가득 차 있는 존재는 없다. 그런 까닭에 본질적으로, 논리에 바탕을 둔 비평은 그 어떤 완전한 것이라 해도 그가 대상으로 한 작품의 전체성을 뛰어넘기가 힘들다.

출판사의 요청에 따라 처음에 가벼운 마음으로 쓰기 시작한 글이 그 후 원래의 취지가 바뀌면서 결국 무거운 글이 되어버렸다. 행여 청마(青馬) 선생의 문학에 누를 끼치는 결과를 가져오지는 않았을까 걱정이다. 그러나 한편으로는 이 변변치 않은 글이, 청마 선생의 문학이 지닌 다양한 면모의 일부라도 해명이 될 수 있다면 하는 기대를 가져보는 마음 또한 없지 않다.

우리의 삶이 갈수록 경박해지는 것 같다. 감성 역시 감각적, 물질적인 것으로 퇴화하고 있지 않나 하는 느낌이다. 시가 이미 독자들의 손으로부터 떠났다는 사람들도 있다. 삶의 모든 것들이 희극적이라고도 한다. 그러나 시대를 책임진 사람들이라면 결코 시를 외면할 수 없는 것, 어느 시대나 정신의 고결은 시를 통해 이루어져왔던 까닭이다. 하물며 청마의 그것처럼 깊은 사색과 통렬한 자기 성찰로 쓰여진 시임에랴.

● 『유치환』, 건국대학교 출판부, 2000

김소월, 그 삶과 문학

필자가 소월(素月)의 시를 처음 접한 것은 중학교 2학년 수학 시간이었다. 마침 담당 선생님이 결근을 하셨으므로 다른 학과목을 가르치시던 양영옥 선생님(후에 교장 선생님이 되셨지만 당시는 사회 과목을 가르치시던 평교사)께서 대신 들어오셨는데 별달리 하실 말씀이 없으셨던지 시간 내내 어떤 시집 한 권을 읽어주셨다. 슬프고, 애달프고, 아름답고, 꿈같은 그런 시들이었다. 그것이 인연이 되어 나도 저런 시들을 쓸 수 있다면 얼마나 좋을까 하는 생각으로 그 시집을 구해 한동안 외우고 다녔다. 시 비슷한 것을 끄적거려 보기도 했다. 그것이 바로 소월의 시였다.

성장해서 필자는 시인, 그리고 시를 공부하고 가르치는 교수가 되었다. 그러나 지금까지 그 중학교 2학년, 처음으로 소월의 시를 접했을 때의 감동을 잊을 수 없다. 어린 시절이나 이순(耳順)을 바라보는 노년에 들어서나 한결같이 변함없는 감동이었다. 그렇게 쉽게, 그렇게 단순하게, 그렇게 소박하게 쓰여진 시들이 왜 이처럼 영원성을 가기고 있는 것일까. 시인으로서 내겐 이런 우문이 하나의 화두였다. 시학자로서 내겐, 그 어떤 호사스러운 시론도 문제성도 갖지 못했던 소월이 어떻게 이처럼 위대한 민족 서정시인의 반열에 오를 수 있을까 하는 의문이 하나 더 첨가되었다. 아마 이와 같은 이유에서 나는 소월을 연구하게 되었는지도 모른다.

기왕에 썼던 논문들을 모으고 새로 쓴 몇 편의 글들을 추가해서 소월에 대한 단행본 연구서 한 권을 묶어본다. 미진하기는 하나 무언가 꼭 풀어야 할 숙제의 하나를 마친 것 같은 기분이다. 인연이었던가 『문학사상사』가 제정한 제1회 '소월 시문학상'을 받던 때(1986)의 감회가 새롭다.

● 『김소월, 그 삶과 문학』, 서울대학교 출판부, 2000

20세기 한국시의 표정

10여 년 동안 쓴 비평적인 글들 중에서 비교적 작품론에 해당하는 것들만을 모아 단행본으로 출간한다. 이 중 제2장은 최근에 쓴 월평들이며 제3장은 어떤 월간 교양지에 일 년 가까이 연재했던 글들이다. 물론 예외적인 것들도 있다. 제1장의 「어데 닭 우는 소리 들렸으랴」와 제3장에 실린 글들인데 전자는 80년대, 후자는 70년대 초반에 발표된 것들을―그간 비평집에서 누락되어 산실(散失)될 뻔한 것들을―이번에 챙기게 되었다.

가끔 오늘의 한국문학 비평이 문학작품의 자리매김에 있어 그 몫을 과연 제대로 감당해왔는지 하는 의문을 가져보는 때가 있다. 물론 문학 권력의 시녀로 전락해버렸다는 저간의 지적도 없지는 않으나 그에 앞서 본질적인 문제 또한 무시할 수 없을 듯하다. 어느 한 가지만의 지적(知的) 호기심에 지나치게 추수한 나머지 그에 적합하지 않은 다른 작품들은 아예 논의의 대상에서 제외해버렸다든가, 현학적인 것을 지나치게 탐했다든가 하는 것 등이다.

학문은 일반적으로 '지적 호기심'을 충족시키는 행위로 정의된다. 그런데 모든 호기심은 새로운 것, 모르는 것, 난해한 것, 즉시적으로 대면되는 것 — 따라서 시류적인 것 — 으로부터 기인하는 까닭에 그렇지 못한 대상은 대개 관심 밖으로 밀려나가기 마련이다. 문제는 우리의 비평 현실도 이와 비슷하다는 사실인데 물론 이 모두가 바람직하지 않다는 것은 두말할 필요가 없다. 새롭고, 난해하고, 불가해적이고, 시류적인 것, 즉 호기심을 자극하는 작품이라 해서 항상 훌륭하지는 않기 때문이다. 아니 명작일수록 오히려 보편적이고, 쉽고, 항구적이다. 그러한 맥락에서 장르적으로 — 본래 특별한 문제성을 지닐 수 없는 — 서정시들이 비평적 대상 밖으로 자주 밀린다는 것은 비정상적인 우리 비평계의 현실에서 자연스러운 현상일지도 모른다.

그러나 학문과 비평은 다르다. 전자는 사실 탐구에, 후자는 가치 평가에 그 목적을 두고 있기 때문이다. 즉 비평이란 하나의 작품이 그 자체로 혹은 다른 작품들과의 비교에서 왜 훌륭한지를 밝히는 데 본질이 있다. 그러므로 비평은 무엇보다 혹시 논의에서 소외된 문학작품이 없지는 않나 항상 주의 깊게 성찰하는 일에서부터 시작하지 않으면 아니 될 것이다. 필자가 가능한 한 서정적인 작품들과 — 비평가들이 간과한 — 신인(新人)들의 작품을 관심의 대상으로 삼은 이유가 여기에 있다.

● 『20세기 한국시의 표정』, 새미, 2002

시의 길 시인의 길

그 어떤 시인이라도 40여 년이라는 긴 세월을 외길 작품을 쓰는 데만 매달려왔다면 시에 대한 그 자신만의 생각이 없을 수 없을 것이다. 그것을 일컬어 '단상'이라 부르든, '시론'이라 부르든 마찬가지이다. 나 역시 그동안 이와 비슷한 글들을 틈틈이 발표한 바 있었는데 생의 한 계기를 맞아 이를 묶어 한 권의 단행본으로 상재해 본다. 여기에는 내 시에 대한 독자들의 이해를 돕는다는 뜻도 있고 자신을 성찰해 시안(詩眼)을 청결히 닦겠다는 결의도 있다.

'시는 보편적인 것을 말하고 역사는 개별적인 것을 말하는 까닭에 시가 역사보다 더 철학적'이라고 말한 아리스토텔레스의 견해는 옳은 것 같다. 그의 이 같은 진술에는 다른 많은 명제들이 포함되어 있겠으나 최소한 나는 문학이 인간 정신의 중심에 서서 '역사'와 '철학'을 양 날개로 거느린다는 뜻으로 해석하고자 한다. 그럴 수밖에 없을 것이다. 역사가 인간에 대한 시간적 이해이고 철학이 공간적인 이해라 할 때 이 양자의 모순을 종합한 문학

문학이란 무엇인가

이 인간에 대한 어떤 총체적 이해의 중심에 선다는 것은 너무나도 당연한 생각이기 때문이다. 그러므로 그 말은 또한 문학이 철학과 역사를 포괄한다는 뜻이 될 수도 있을 것이다.

그러나 그런 까닭에 이 세 가지 정신 영역들의 상호관계는 확실하게 정립되어야 한다. 그렇지 못할 경우, 우리는 문학을 철학 혹은 역사와 혼동하는 오류를 범할 수 있기 때문이다. 가령 문학을 이념이나 사실 혹은 체험으로 이해하는 것과 같은 경우이다. 물론 문학에 이념이나 사실, 혹은 체험이 없을 수는 없다. 그러나 본질적인 것은 사랑이나 진실이나 상상력과 같은 문제들이지 최소한 체험은 아니다. 우리가 우리의 근대 문학사를 기술함에 있어 항용 범해온 오류 역시 이 세 가지 정신 영역을 혼동한 데서 빚어진 오류는 아닐까.

지난 반세기에 걸쳐 내가 이야기하고 싶었던 화두는 문학이 그 내면에 역사와 철학을 포함하면서도 어떻게 역사와 철학으로부터 구별되어야 하는가 하는 점이었다. 그러나 유감스럽게도 그것은 그동안 우리 문단을 지배해온 역사주의자 혹은 철학주의자(이념주의자)—아마도 그 대부분은 한국의 근대화 과정에서 빚어진 정치적 시류성에서 기인한 것이겠으나—들의 반감을 사기에 충분한 것이었다. 나는 한국 문학사에서 이와 같은 오류의 시대가 가고 머지않아 문학이 문학 그 자체로 평가받는 날이 도래하기를 기대해본다.

상업적 가치가 없는 이 책을 오직 순수한 문화의식만으로 출판해준 시와시학사의 최명애 사장에게 고마움을 표한다.

● 『시의 길 시인의 길』, 시와시학사, 2002

한국 현대시인 연구

　해방 이전에 등단한 한국 현대시인 13인을 골라 그들의 시세
계를 살펴보았다. 대부분 한국 문학사를 대표하는 시인들이지만
그중 몇 분은 부득이 필자의 지적 호기심 때문에 선택된 경우도
없지는 않다. 가령 김석송이라든가 오장환, 설정식 같은 사람들
이다.

　원래 대학의 국문학과에서 현대문학 분야의 전공 이수는 대체
로 '강독', '이론 습득', '시인 연구', '연습' 등 네 강좌에 의해서 완
수된다. 구체적으로는 '작품론', '시론', '시인론'과 '시사(詩史)',
'현대시 연습' 등이다. 이 중에서 '현대시 연습'은 졸업반에 든 학
생들 자신이 스스로 연구하고 토론하는 강좌이니 그 외 정해진
텍스트가 요구되는 강좌들로는 작품론, 시론, 시인론 등 세 과목
이 있다. 필자는 이미 작품론(『한국 현대시 분석적 읽기』, 1998)과 시론
(『문학과 그 이해』, 2003), 시사(詩史)(『20세기 한국시 연구』, 1989)를 저술
한 바 있어 시인론인 본서의 집필로 교과서적인 텍스트 간행은

미흡하나마 일단락된 셈이다.

　요즘 대학에서는 소위 수요자 중심의 교육이라 하여(나로서는 학과목의 설강을 어찌 학생들의 요구에 따라 개설해야 되는지 그 이유를 모르겠다. 학생들이라 하는 것이 기피한다 하더라도 그 전공 분야에서 필수적으로 배워야 할 학과목이면 당연히 가르쳐야 되지 않겠는가. 지적으로 교수보다 뒤져있기 때문에 학생이라 하는 것이 아니겠는가.) 전공 학점을 대폭 줄이고 설상가상 필수 과목도 없애버림으로써 국문학 전공 학생들이 시(詩)에 관한 단 한 강좌를 듣지 않고서도 졸업하는 경우가 허다하게 되었다. 이런 학생들이 명색은 국문학과 졸업생이라 하여 마치 한국 현대시를 잘 알고 있는 것처럼 신문사의 문화부 기자나, 중고등학교 선생님이나, 출판사 편집인 등 문화 관리인 행세를 하고 있으니 그것이 과연 학생들의 잘못인지 교육제도의 잘못인지 알 수가 없다.

　상식적으로 판단할 수 있는 진실을 복잡하고도 허황된 논리로 왜곡을 일삼는 우리 교육계 혹은 일부 교육학자들의 허상을 보는 것도 같아 씁쓸하다. 그러한 관점에서 본서는 대학의 전공학생들만이 아닌 한국 현대시에 관심을 갖는 다른 많은 분들도 염두에 두면서 집필하였다.

　한 시인의 시를 이야기함에 있어서는 단순히 겉으로 드러난 현상만을 사실적으로 열거하는 수준에서 끝나서는 아니 될 것이다. 보다 중요한 것은 그것이 그렇게 된 내적 필연성과 그것을 구조적으로 통합하는 유기적 질서가 무엇인지를 밝혀내는 일이다. 여기에는 통시적(通時的) 관점과 공시적(空時的) 관점을 적절하게 상

호 융합시키는 지혜와 이를 통어할 수 있는 총체적 패러다임이
필요함도 물론이다.

● 『한국 현대시인 연구』, 월인, 2003

20세기 한국 시인론

필자는 수년 전 각각 『20세기 한국시 연구』, 『한국 현대시인 연구』라는 제명의 저서들을 간행한 적이 있었다. 전자는 20세기 한국의 현대시를 사적(史的)으로 살펴본 일종의 문학사 연구서요, 후자는 이 시기의 한국 대표 시인들을 작품 중심으로 살펴본 일종의 시인 연구서였다. 그러나 후자의 경우, 필자 그때 논의의 분량상 대상을 광복 이전의 시인들로 한정지을 수밖에 없었다. 그래서 이번에 별도로 20세기 후반에 활동한 시인들을 대상으로 본서를 묶게 되니 그 미진했던 부분이 다소 가시는 것 같다.

한국 근·현대시의 역사는 대개 백 년이라고들 한다. 서력(西曆)으로 칠 경우 한마디로 20세기 그 자체라고 말할 수 있다. 필자로서는 20세기 상반기의 시인들을 『한국 현대시인 연구』, 후반기의 시인들을 이제 『20세기 한국 시인론』으로 묶게 되니 어찌 되었건 20세기 100년의 우리 근·현대시사의 대표 시인들은 나름으로 일단 정리한 셈이다. 그럼에도 양해를 구할 사항이 없지는 않다. 이 '대표 시인'이라는 용어가 본서의 경우 정확하게 들어맞는 표현이 아니라는 점이다. 물리적인 조건 때문에 부득이 누락된 분들도 있고 수록 시인이라 하더라도 대부분 생존해 있어 그들의 미래 활동이 불확실할 뿐만 아니라 사후 평가가 아직 남아 있기 때문이다. 지금 우리 문단에서 한 목소리로 높이 거론되고 있는 몇몇 시인들의 경우도 그 객관적 평가는 지금의 과장된 문학 저널리즘의 열기가 다소 가시는 때를 기다려야 할 것이다.

통상적으로 '현대시' 혹은 '근대시'라는 명칭이 보편화되어 있는 우리의 학계에서 '20세기 한국시', '20세기 한국소설', '20세기 한국문학' 등 '20세기'라는 용어의 사용은 어쩐지 생경하다. 그래서인지 우리 학계의 경우 이 시기를 연구하는 저서들의 제목에 이 용어를 사용한 경우는 흔치 않다. 과문한 탓인지는 모르겠지만 아마도 그 첫 번째의 용례는 1989년에 간행된 필자의 『20세기 한국시 연구』(새문사, 1989)가 아닐까 한다.

그러나 앞으로는 이 '20세기'라는 용어를 널리 보급해 써야 할 것 같다. 시간은 자꾸 흘러가는데 언제까지 '근대시' 혹은 '현대시'로 호칭할 수 있겠는가? 그뿐만 아니다. 이제부터는 대학의 한국문학 전공도 단순히 고전문학, 현대문학으로 나눌 것이 아니라 통시시적으로는 '20세기 한국문학' 전공, '19세기' 혹은 '17세기 한국문학' 전공 따위로. 공시적으로는 '문학 및 문학사 전공', '문학비평 전공', '문학창작 전공', '실용문 전공', '비교문학 및 문화 전공' 따위로 나누는 것이 바람직하지 않을까.

● 『20세기 한국 시인론』, 월인, 2005　　183

우상의 눈물

　몇 년 전인가 교육부의 청탁을 받아 교육부 산하 교육개발원이 편찬한 중등학교 새 국어 국정교과서(15차)를 심의한 적이 있었다. 마침 실무자는 소설을 수록한 「단원의 길잡이」라는 글 가운데 '소설은 픽션이다'라는 지문을 읽고 있었는데 이 대목에 이르자 같은 심의위원 중의 한 사람인 어느 대학 교수 한 분이 갑자기 이에 제동을 걸더니 이렇게 말하는 것이었다. "아니 아직도 소설을 픽션이라고 하는 사람이 있습니까?" 모두가 한순간 침묵하면서 그를 쳐다보고 있노라니 그는 단호히 "소설은 리얼리즘이지요. 이 부분은 그렇게 수정하세요."라고 명령하였다. 나는 학계의 대선배 되시는 분의 이 같은 단정적 주문에 대중 앞에서 감히 맞서 그와 논쟁을 벌일 만한 용기도 없고, 그의 견해에 동조할 수도 없어 화장실에 가는 척 슬그머니 빠져나와 다시는 그 모임에 출석하지 않았다. 따라서 그 결과가 어떻게 되었는지는 아직까지도 잘 모르겠다.

그분이 소설을 '픽션'이 아니라 '리얼리즘'이라고 주장했던 것은 아마도 픽션이라는 말에 대한 오해에서 빚어진 해프닝이었을 터이다. 그분은, 픽션은 허구, 즉 거짓이므로 소설이 거짓을 쓴다는 것은 있을 수 없고 따라서 진정한 소설은 리얼리즘, 즉 사실을 쓰는— 리얼리즘은 사실주의(事實主義)가 아니라 사실주의(寫實主義)를 뜻하는 말이지만— 것이라고 생각했던 것 같다.

당시 한국의 평단은 온통 민중문학과 리얼리즘에 경도된 때였다. 그러므로 그분의 그와 같은 견해는 그 무렵의 문단 분위기와 무관치 않았던 듯하다. 그럼에도 그의 그와 같은 언급이 단적으로 문학에 대한 그의 몰이해에서 비롯했다는 것은 두말할 필요가 없다. 그는 문학이 '사실'이 아니라 '진실'에 대한 이야기이며 진실이란 거짓에도 있을 수 있다는 것을 모르고 있었던 것이다. 그러니 그는 또한 진정한 의미의 '픽션'과 '리얼리즘'도 몰랐으리라.

사실(fact)은 대상(객관) 그 자체의 실상이며 진실(truth)은 대상(객관)과 주체의 상호관계가 만들어낸 어떤 의미이다. 그러므로 전자는 어디까지나 객관 그 자체에 국한되지만 후자는 어떤 형식이든 주관을 허용하지 않을 수 없다. 문학의 관심은 대상(객관 혹은 세계)이 우리의 삶에 어떤 의미를 지니며 나아가 그것이 어떻게 우리의 삶을 보다 인간다운 삶으로 질적 상승을 시키느냐 하는 데 있기 때문이다. 그러한 관점에서 과학은 사실의 영역을, 문학은 진실의 영역을 다룬다고 말할 수도 있을 것이다.

진실은— '객관' 혹은 '사실' 그 자체가 아니라는 점에서— 거짓에도 있다. 아니 문학적 진실은 과학적 진실과 달리 오히려 거짓에 토대한다. 거짓이란 진실의 반대말이 아닌 사실의 반대말이기 때문이다. 그럼에도 불구하고 우리가 가끔 이 말을 오해하는 것은 한국어 '거짓'이 '사실'의 반대말이기도 하지만 동시에 '진실'의 반대말이기도 해서, 간혹 사실의 반대말로 쓰는 것을 진실의 반대말로 오해하는 경우가 없지 않기 때문이다. 앞서 소설을 픽션이 아닌 리얼리즘으로 규정한 분 역시 픽션이 뜻하는 바 이 '거짓'을 진실의 반대말로 오해해 그 같은 오류를 범했을 것이다. 그러나 픽션은 사실의 반대말이지 진실의 반대말은 아니다.

문학은 픽션이다. 그것은 사실로부터 자유로운 진실, 즉 거짓의 진실이라는 뜻이다. 리얼리즘 또한 예외일 수 없다. 리얼리즘의 극단이라고 할 소위 사회주의자 리얼리스트들이 핍진한 사실을 추구하면서도 결국 '총체성(totalité)'이라는 개념에 매달릴 수밖에 없었던 이유가 여기에 있었다. 만일 액면 그대로 사실을 추구하는 것이 리얼리즘이라고 한다면 문학은 과학(혹은 역사)과 어떻게 다를 것인가. 그럼에도 불구하고 오늘날 한국의 많은 비평가들이 문학을, 사실과 현실과 체험에 그 본질이 있다고 주장하고 이를 기준으로 작품을 평가하려는 태도는 매우 의아스럽다.

소위 '민중문학'이라는 시류적 득세에 편승한 것이겠지만 요즘 우리 비평계나 학계에서는 '분단 체험'이니 '노동 체험'이니 혹은 '도시 체험'이니 하는 따위의 용어가 크게 유행하여 문학을 마치 '체험'의 기술인 것처럼 오도하는 자 적지 않다. 그리고 또 그렇게 주장해야만 평단의 한 자리를 차지할 수 있다는 것도 잘 알려진 현하 우리 지식계의 코미디이다. 실험, 즉 체험에 의해 증명

되지 현하 않는 과학이란 있을 수 없다는 사실이 말해주듯 체험은 원래 과학의 영역에 속하는 것이지 문학의 본질에 속하는 영역이 아니기 때문이다. 그러니 문학을 체험으로 이야기하는 것은 곧 문학을 과학으로 이해하려는 태도와 별 다름이 없다.

문학은 ― 체험 역시 불필요하다고 말할 수는 없으나 ― 본질적으로 상상력이 그 토대를 이룬다. 과학은 사실과 체험의 영역에, 문학은 진실과 상상력의 영역에 주거하는 것이다. 그러한 의미에서 ― 상식적인 정의를 재확인하는 것이지만 ― 문학이란 '사실로 있는 이야기'가 아니라 '있을 수 있는 것에 대한 이야기'이다.

물론 과학이라고 해서 진실을 제쳐두고 오로지 사실만을 추구하는 것은 아니다. 특히 인문과학이나 사회과학이 그러하다. 그러나 과학이 추구하는 진실과 문학이 추구하는 진실은 근본적으로 다르다. 전자가 이성적·논리적인 것이라면 후자는 감성적·비논리적이기 때문이다. 문학적 진실은 그 깊이가 어떠하든 본질이 모순에 있다. 서로 모순되는 관계에 있으면서도 단지 모순으로 끝나지 않고 그 자체가 하나의 진실이 될 수 있는 그 오묘한 이치는 아마 이성적 사고에만 갇혀 있는 사람들에겐 잘 이해되지 않을 것이다.

서로 모순되면서도 어떻게 진실이 될 수 있는가. 그것은 한마디로 상상력에 의해서 가능하다. 인간이란 ― 한편으로 이성을, 다른 한편으로 감성을 가졌다는 사실에서 알 수 있듯 ― 본질적으로 모순의 존재이며 상상력이란 이 모순되는 사고를 하나로 통합

혹은 조화시키는 힘을 가리키는 말이기 때문이다. 문학은 이처럼 인간을 모순의 존재로 인식하는 바로 그 지점에서 시작하는 정신 활동인 것이다.

1990년부터 2004년까지 발표한 글들 가운데 학술 논문을 제외한 일반 비평문들을 모아 한 권의 책으로 엮어보았다. '문학이란 무엇인가?', '문학적 진실이란 무엇인가?' 끊임없이 고민하는 이들에게 본서가 나름으로 그 지향하는 좌표가 되길 바란다.

• 『우상의 눈물』, 문학동네, 2005

시 쓰기의 발견

초판 서문

오랫동안 시를 쓰고 가르쳐왔지만 필자는 일찍부터 시 창작 지도서 같은 것을 집필하는 일에는 별 관심이 없었다. 시작(詩作)에 정도(正道)가 있을 수 없으므로 창작의 문턱에서 향방을 몰라 헤매는 분들께 오히려 미로 하나를 더 만들어주는 일이 되지 않을까 하는 염려 때문이었다.

그러나 필자는 요즘 우연히 시중에 나도는 시 창작 지도서들을 접하면서 마음을 고쳐먹게 되었다. 그 내용들을 살펴보니 대부분 시론(詩論, poetics)의 그것과 별다를 바 없고 어떤 것들은 ― 심지어 무엇이든 일단 쓰면 모든 것이 시가 된다는 식의 ― 무책임하고도 그릇된 지식을 가르치고 있어 이를 바로잡지 않으면 우리 시단이 큰 혼란에 빠질 것 같다는 생각이 들었기 때문이다. 그러므로 본서 집필의 주안점은 무엇보다 이 두 가지 사항의 시정에 있다는 것을 미리 밝힌다.

우리가 일반적으로 '시'라고 부르는 것은 고대의 서정시가 현대화되어 굳어진 문학의 한 양식을 가리키는 말이다. 그러나 그 안에는 또 예전부터 '서정시(lyric)'라 일컬어지는 동명(同名)의 하위양식을 포함한, 여러 다른 하위양식들이 있어왔다. 그런데 — 이유야 어떻든 — 오늘날 우리는 그 많은 하위양식의 시들 가운데서도 유독 서정시라 불리는 동명의 이 특정한 하위양식의 시만을 고집해 쓰는 것이 일반적이다. 그 결과 이 하위양식의 '서정시'는, 논리적으로는 시의 하위양식에 속하지만, 실질적으로는 오늘의 시를 대표하는 '시'가 되어버렸다. 시의 한 하위양식인 이 좁은 의미의 서정시가 바로 오늘날 우리가 일반적으로 쓰고 또 그것을 '시'라 일컫는 시인 것이다. 따라서 오늘날 우리가 시를 쓴다는 말은 곧 고대 서정시의 현대판인 '시', 그것도 이 '시'의 하위양식들 중 하나인 이 동명의 좁은 의미의 서정시를 쓴다는 말에 다름 아니다.

시는 물론 여러 관점에서 접근할 수 있다. 여러 가지 방식의, 여러 가지 유형, 여러 가지 형태의 시가 있을 수도 있다. 그러나 시인이 썼다고 모두 시가 되는 것은 물론 아니다. 독자가 그것을 시라고 인정해서 시가 되는 것도 아니다. 어떤 시 창작 지도서가 당당하게 궤변으로 늘어놓는 것처럼 무엇이나 쓰고 싶은 것을 마음대로 쓴다고 해서 시가 되는 것은 더더욱 아니다. 시에는 일종의 '규범 체계(system of norm)'가 있어 이 규범 체계를 무시하면 시가 될 수 없기 때문이다. 따라서 시작(詩作)이란 무엇보다 바로 시의 이 같은 규범 체계를 이해하는 데서부터 출발해야 한다.

본서의 집필에는 필자 자신의 시작 경험이 많은 도움을 주었다. 그 내용 역시 다른 저서들을 인용하기보다는 필자 자신의 아이디어를 개발해 쓴 것이 많다. 그러므로 만일 필자의 동의 없이 본서의 내용을 차용해 편집, 출판할 경우 저작권의 침해가 될 수 있음도 미리 밝혀둔다.

● 『시 쓰기의 발견』 초판, 서정시학, 2013

개정판 서문

본서가 서점에서 자취를 감춘 뒤 많은 분들로부터 아쉽다는 이야기를 전해 들었다. 그러나 필자로서는 그간 재출판을 미룰 수밖에 없었던 몇 가지 사정이 있었다. 이제 모든 여건들이 성숙되어 다시 개정증보판을 내게 되니 감회가 새롭다. 2012년 초판이므로 무려 7년 만의 일이다. 긴 세월인데도 잊지 않고 본서에 관심을 보여주신 독자 여러분들께 먼저 감사의 말씀을 드린다.

초판본에 대해서는 그동안 애정 어린 평들이 있었다. 일일이 밝힐 필요는 없으나 정리하자면 대개 두 가지로 요약되지 않을까 싶다. 하나는 이 분야의 다른 저서들에 비해 비교적 참신하다는 것이었고 다른 하나는 내용이 좀 어렵다는 것이었다. 그때 필자로서는 그 같은 평에 대해 ― 초판 당시의 흥분으로 ― 어리둥절했었으나 세월이 지나면서 모두 옳은 지적들이었다고 생각한다. 자랑 같지만 본서는 동종(同種)의 다른 저서들과 확실히 다른 패러다임으로 쓰여졌기 때문이다. 그러므로 독자의 입장에서는 그 내용이 다소 낯설었을 것이다.

본서가 난해해 보였던 것은 그 외에도 몇 가지 이유가 더 있다. 우선 대중적이라기보다는 학술적이었다. 오랜 교수 생활로 체질화된 필자 자신의 글쓰기 습관 때문이기도 하겠지만 그 수준이 대학원 문학 전공 학생들의 텍스트 차원이었다. 거기다가 본서에서 인용한, 생경한 외국 문학 이론과 전문 학술 용어들도 이에 한몫 거들었을 것이다.

부끄러운 측면 또한 없지 않다. 후에 차분히 읽어보니 대부분 문장이 거칠고 난삽했다. 심지어 비문(非文)에 가까운 것도 적지 않았다. 필자로서는 그간 자신의 문장력에 다소의 자만심이 없지도 않았는데 참으로 낭패스러웠다. 왜 그리 되었을까, 굳이 변명하자면 당시 필자는 본서 이외에도 다른 두 권의 학술 저서(『문학이란 무엇인가』, 『시론』)를 간행 중이었는데 그 와중에 아마 정신적으로 지나친 스트레스를 받았던 것 같다. 어떻든 이상 고백한 제 문제들을 가능한 한 충실히 교정하여 이번에 거의 새로 집필하다시피 한 개정증보판을 내게 되었다. 독자 여러분들의 변함없는 사랑과 관심을 기대해본다.

요즘 한국 시단은 참으로 혼란스러운 국면에 처해 있는 것 같다. 우선 시를 읽는 독자들을 찾아보기가 어렵다. 시인이 곧 독자들일 뿐이다. 대학에서도 시의 영역은 점점 위축되어 가고 있다. 그러니 어떻게 시로써 우리 시대의 인문 정신을 구현할 수 있다는 말인가. 문명사적인 문제가 전혀 없다고 말할 수는 없겠으나 시인 자신들의 책임 또한 적지 않으리라고 생각한다. 혹시 시가 무엇인지 모르고 아무렇게나 시를 쓰는 시인, 시적(詩的) 자살(自殺)을 감행함으로써 문단의 주목을 한번 끌어보겠다는 시인, 상업적 목적으로 독자들을 속여 한바탕 바람몰이를 하고자 하는 시인, 거기다가 그릇된 시 창작 지도서들이 끼친 나쁜 영향 때문은 아닐까?

이런 시대에 시가 무엇이냐를 이야기한다는 것이 좀 슬프다. 그러나 어찌하랴. 우리 시단의 죽어가는 시부터 우선 살려놓고 보아야 하지 않겠는가?

●『시 쓰기의 발견』 개정판, 서정시학, 2020

시론

　필자는 그동안 몇몇 출판사들로부터 가끔 '시론서'를 집필해 달라는 요청을 권유받은 적이 있었다. 그러나 그때마다 여러 가지 변명을 들어 이를 회피해왔던 것은 기출간된 시론서와 같은 수준의 내용을 자못 자랑스럽게 펼쳐 보이는 것이 부끄럽다는 생각과 나 자신의 학문적 자세가 확고하게 다지지 못했다는 성찰이 있었기 때문이다.

　그런데 세월은 어언 무상하게 흘렀다. 필자 역시 봉직하던 대학에서 정년을 맞이하여 이제 이 기회를 놓치면 다시는 붓을 들기 어려운 나이에 접어들었다. 그래서 초조한 마음에 이렇듯 일을 저지르고 만다. 어떤 외국의 문인이 임종을 맞아 고백했다 하지 않던가. "우물쭈물하다가 내 이리 될 줄 알았다"고……

　대학에서 수십 년 시론(詩論)을 가르치는 동안 필자는 기존의 시론서에 많은 오류들이 있음을 발견하였다. 그럼에도 그 잘못된 지식, 왜곡된 이론들이 마치 정론(正論)인 것처럼 전수되고 그것이 또한 일반 문단으로까지 확산되는 현상은 마치 악화(惡貨)가 양화(良貨)를 구축하는 격이었다. 그리하여 이는 심지어 필자 자신이 집필한 문학 교과서에서조차 — 소위 교과서 검정 심의위원이라는 분들의 지시에 따라 — 고스란히 강제 반영되어 학생들의 텍스트로 활용되기에까지 이르렀으니 어이 통탄치 않을 수 있으랴. 필자가 아직 성숙한 학문적 입지에 서 있지 못하면서도 이렇듯 시론서 출간을 서두르는 이유의 일단이 여기에 있다.

본서의 내용에 대해서는 나 스스로 왈가왈부하지 않겠다. 백문이 불여일견이라 하지 않던가. 다만 한 가지 부연할 사실이 있다면 본서에 '서사시'에 관한 내용을 한 독립된 장(章)으로 다루었다는 점이다.

고대의 서정시가 오늘의 시로, 고대의 서사시가 오늘의 소설로 정착한 것이라면 서사시에 대한 논의는 의당 소설론에서 취급되어야 마땅하다. 그럼에도 불구하고 필자가 시론서에 이처럼 서사시에 대한 내용을 예외적으로 포함시킨 것은 우리 학계나 문단에서 일반화된 바, 서사시를 시의 하위양식으로 보는 기존의 오해를 불식시키고 이를 바로잡고자 함 때문이다. 서사시는 결코 시의 하위양식이 아닌 것이다.

제사 때 우리 선조들이 고인을 가리켜 '학생'이라 지칭했던 것은 참으로 삶에 대한 당신들의 예리한 통찰이라 생각된다. 모든 것이 허망한 이 세상에서 그래도 유일하게 지키고 추구해야 할 가치, 즐겁고 유익한 일이 있다면 배우고 익히는 것 이외 달리 또 무엇이 있겠는가. 그래서 옛 동양의 성인도 '학이시습지 불역낙호

(學而時習之 不亦樂乎)'라 하지 않았던가. 그가 대통령이든, 재벌이든 또는 누항(陋巷)의 장삼이사(張三李四)이든 누구나 인간은 태어나 한 세상을 일개 '학생'으로 살다 죽는다. 그러나 죽어도 다 배우지 못하는 것이 삶의 이치이니 돌이켜보면 일생을 배우고, 쓰고, 가르치는 일로 한 생을 보낸 내 삶에 후회는 없다. 이 행복한 생을 영위할 수 있도록 허락하고 밀어준 이 사회와 학교와 모든 분들께 오직 감사를 드릴 따름이다.

● 「시론」, 서정시학, 2013

문학이란 무엇인가

2003년에 상재했던 『문학과 그 이해』를 재편집해 다시 출판한다. 돌이켜보면 1988년 『문학연구방법론』이라는 제명으로 처음 이우출판사에서 선을 보인 본서의 운명은 참으로 다난했던 것 같다. 그간 출판사의 혹은 도산, 혹은 매도(賣渡), 혹은 폐업 등으로 여러 곳을 전전하며 지금까지 겨우 명맥만을 간신히 유지해왔기 때문이다. 그럼에도 불구하고 이렇듯 간행이 거듭될 수 있었던 것은 그래도 독자들의 수요가 끊이지 않은 덕택이라고 생각한다.

본서 즉 『문학이란 무엇인가』는 국학자료원판 『문학과 이해』를 개정해서 이 책 제2부에 수록되었던 글들은 별도의 저서 『시론』으로 독립시키고 그 빈자리를 몇 개의 다른 글들 — 한국시의 리듬에 관한 논의와 현대 시론에 있어서의 불교존재론에 관한 논문 등 — 로 보완해서 편한 것이다.

널리 알려져 있다시피 서구의 현대시론은 불교 철학에서도 깊은 영향을 받았다. 그것은 서구인들이, 자신들의 문명사를 비판적으로 성찰한 결과, 불교를 가능성 있는 새 시대의 이념으로 바라보기 시작한 데서 연유한 것이라 할 수 있다. 그러므로 이 기회에 서구 지성의 한 화두가 된 불교철학을 문학적 측면에서도 한번 살펴본다는 것은 의미 있는 일이라 하지 않을 수 없다.

본서의 저술을 위해서 필자는 그동안 나름의 노력을 기울여왔다. 어떤 문제들의 해결은 필자 자신의 창작 경험이 도움이 되기도 했다. 다만 국내의 논저들 가운데서는 거의 참고할 만한 서적들을 구하기 어려워 대부분 외국 원서들에 의존한 것이 흠이라 하면 흠이다. 그럼에도 불구하고 ― 우리 학계의 잘못된 관행을 빙자해 ― 몇몇 학자들이 본서의 내용을 부분부분 베껴 자신들의 교재에 임의로 차용해 쓴 것은 유감스럽다.

요즘 우리 학계에는 편의주의가 만연해 있는 듯하다. 피상적, 화제적(話題的), 개연적인 이론만을 그럴듯하게 파편적으로 응용해서 대중적 이슈를 만드는 것도 그 하나의 시류일 것이다. 학문적인 것보다는 비평적인 것이, 본격적인 것보다는 과시적인 것이, 본질적인 것보다는 감각적인 것이 자주 매스컴을 타고 대학에서조차 이를 묵시적으로 동조하고 있는 현상은 이제 바로잡을 때도 되지 않았나 싶다. 진실하게, 정직하게, 꾸준하게, 학문의 토대를 지키는 학자적 소명이 아쉽기만 한 오늘이다.

세월의 빠르기를 붙잡을 수는 없다. 학문의 발전 역시 마찬가지이다. 그러나 우직하다면 우직한 이 책이 문학을 공부하는 분들에게 다소나마 어떤 도움이 될 수 있다면 더 이상 바랄 것이 없겠다.

● 『문학이란 무엇인가』, 서정시학, 2013

버릴 것과 지킬 것

오랜만에 평론집을 상재하자니 그때 그 시절이 생각납니다.

내가 1985년, 단국대를 그만두고 서울대에 처음 부임했을 때는 전두환 권위주의 정권 시절이었습니다. 당시 대학은 학문의 전당이라기보다 이데올로기적, 민중주의적 정치운동 혹은 정치투쟁의 장(場)이었지요. 학생들은 대부분 순수문학의 강의를 배척하고 마르크스주의, 주체사상, '민중문학'이라는 것을 배우는 데 열을 올렸습니다.

그러니까 강의실에서의 강의가 제대로 될 리 없었지요. 학생들은 문학을 — 강의실 밖에서 — 선배 운동권들의 '학회'와 독서 토론을 통해 배우고 실천했습니다. 교수들도 이 같은 추세에 부응하여 학생들의 환심을 사거나 인기와 지명도를 얻는 일에 급급한 경우가 적지 않았지요. '미제국주의……' 운운하면서 모두들 마르크시즘이나 소셜리스트 리얼리즘을 브랜드로 달고 다녔습니다. 그러자니 본격문학 혹은 순수문학은 그 설 자리를 잃게 되고 그 같은 강의에 매달리는 교수는 시대적 소명과 역사의식이 결여된, 어용 교수로 몰리기 십상이었습니다. 한국판 문화혁명의 시기라 해도 과언이 아니었습니다. 지나놓고 보니 참 우울한 시대였지요.

저는 이 시기를 감당하기가 참으로 어려웠습니다. 그것은 내가 친여적이었거나 당대 정권의 지지자였기 때문이 아니라 적어도 대학, 그러니까 문학의 기초를 배우는 학부에서만큼은 이념과 거리를 두고 문학의 본연을 강의해야 한다는 학자적 소신 혹은 양심을 지키고 싶었기 때문이었지요. 그러나 보다 중요한 이유가 하나 더 있었습니다. 제 전공이 바로 '시'였다는 사실입니다.

시는 현실 참여나 정치의 도구화가 어려운 문학 장르입니다. 이에 대해서는 심오한 학문적 논의가 필요하겠으나 상식적인 차원에서 말하자면 시는 존재의 언어를 본질로 하므로 도구의 언어(전달의 언어 혹은 일상의 언어)를 본질로 하는 소설과는 근본적으로 차원이 다른 문학 장르라 할 수 있기 때문입니다. 그런 까닭에 문학의 현실 참여를 처음 부르짖었던 소위 참여문학의 대부, 사르트르 자신도 시만큼은 이에서 제외시켰던 것 아닙니까.

그러므로 제가 강의실에서 시의 본질을 이야기하면 할수록 그것은 당시의 추세와는 거리가 먼 발언일 수밖에 없었고 당연히 학생들에겐 인기 없는 교수 혹은 배척되는 교수가 될 수밖에 없었습니다. 그렇다고 해서 제가 — 다른 일부 동료들처럼 — 학문의 실체를 외면한 채 시의 본질이 정치의 도구화 혹은 현실 참여에 있다고 나팔을 불어 대며 '미제국주의 운운'할 수는 없지 않겠습니까? 물론 나도 그런 시대적 추세에 부응했더라면 인기도 얻고 교수 생활에 득도 많다는 것을 모르지는 않았지만요.

더욱이 시인이기도 했던 나의 경우는 문단에서도 마찬가지였습니다.

그런 관점에선 그 당시 소설이나 평론을 전공했던 교수들은 시를 전공했던 교수들보다 시대를 견디는 일이 훨씬 수월했을지도 모릅니다. 그때 그 시절에 공부했던 학생들 — 이제는 대부분 대학에서 부교수, 정교수 급이 되어 있겠지만 — 그리고 그들을 부추겼던 당시의 그 인기 교수들이 과거를 돌아보면서 지금 어떤 생각들을 하고 있을지 궁금합니다. 학문은 끊임없는 자기 성찰로부터 비롯한다 하지 않습니까?

● 『버릴 것과 지킬 것』, 시작사, 2017

진실과 사실 사이

그동안 필자는 ― 시집을 제외하고 ― 30여 권에 가까운 저서들을 출간한 바 있다. 대개 비평서 계열, 학술서 계열, 수필집 계열 등으로 분류될 수 있는 것들이다. 그런데 이외에도 단행본으로 묶이지 못한 글들 또한 적지 않았다. 가령 내 자신의 문학관이나 문학론을 술회한 것, 시인으로서 내가 내 시에 대해 언급한 것 등 비교적 짧으면서 주관적인 비평문들이다. 이제 나도 여생이 오랠 것 같지 않아 이를 정리해서 『진실과 사실 사이』라는 제명의 책으로 상재한다.

지나놓고 보니 학자로서의 나는 내 자신의 이야기보다 타인에 대한 이야기를, 주관적 통찰과 예지에 관심을 갖기보다 객관적 이론 습득과 지식의 전수에 더 집착해온 것 같다. 그래서 그런지 비록 단편적이고 직관적이기는 하나 나 자신이 깨우친 바를 내 나름의 방식으로 밝혀 쓴 본서의 글들이 더 사랑스럽다. 아니 나의 다른 비평서나 학술서보다 더 중요한 의미를 지닌 것들인지도 모르겠다. 학자가 아닌 시인으로서 내 시론의 중요한 일부를 드러내 보인 것이라 할 수 있기 때문이다.

이를 보완하기 위해 나는 나의 기출간된 저서들 가운데서 편집상 꼭 필요하다고 생각되는 몇 개의 글들도 본서에 추가하였다. 「시란 무엇인가」, 「서정시와 아방가르드」(이상 『시 쓰기의 발견』, 서정시학사, 2013), 「영원과 현실 사이」(『시의 길 시인의 길』, 시와시학사, 2002) 등 3편이다. 한 시인의 창작 시론이라면 모두 핵심적 주제가 될 만한 것들 같기 때문이다. 동일한 취지로 제3부에서는 각각 작품 세계, 직업인으로서의 발자취, 문단 생활, 전기적 사실, 학자로서의 인간상, 문학과 이념 등 내 문학적 삶의 여러 족적들에 대해 다른 문인들과 격의 없이 나눈 대담(對談) 여섯 꼭지를 부연해 싣는다.

인생이란 학생이다. 태어나 죽을 때까지 항상 무언가를 배우고 깨우치며 산다. 그래서 인간을 지적 호기심을 가진 동물이라 하지 않던가. 그러나 배움에는 끝이 없고 인생은 짧다. 이제 조금 무언가를 알 듯싶은데 시간이 허락해주지 않는다. 이제 조금 글이 될 것 같은데……

● 『진실과 사실 사이』, 푸른사상사, 2020

제3부

시는 그저 있는 것이다

시집 서문

반란하는 빛

박목월의 서문

오세영 군은 『현대문학』지의 추천을 통하여 작품을 발표하기 시작한 것이 이제 햇수로 5년이 되었다. 그동안 그는 꾸준한 자기 시론의 확립을 위하여 공부하여왔다. 물론 시인에게 있어서 창작의 이론적인 근거가 학문적인 열정이나 태도로서만 획득되는 것만이 아니다. 창작을 통한 충분한 경험의 토대 위에서도 이루어져야 한다. 하지만 적어도 자기가 추구하려는 세계의 방향에 대한 신념과 자신을 가지기 위해서는 시론의 확립은 필연적인 것이라 할 수 있다. 오 군의 『반란하는 빛』은 이와 같은 자기세계의 구축을 위한 귀중한 시금석이요 그와 같은 노력의 과정에서 얻어진 결정물이다.

이번 시집에서 그의 진면목을 보여주는 것은 역시 1부의 '불'을 다루게 된 연작시일 것이다. 연작시 「불」은 다양스러운 면에서 광채를 뿜어내는 신비스러운 다이아몬드와 같은 것이다. 우선 그 작품의 구조적인 복잡성과 밀도가 다이아몬드의 경도(硬度)를 가지게 되며 시의 조형에 있어 한국시의 새로운 가능성을 발견하게 된다. 「불」의 6편은 역사의식과 자기 내면세계의 조화를 형상화시 킴으로써 1에서는 민족의 근원적인 불을, 2에서는 생명력의 상징 적인 불, 3에서는 서구 문명의 콤플렉스로서 한국인의 불을, 4에 서는 악마적인 불, 5에서는 반항의 불, 6에서는 섹스의 불을 다루 고 있다.

이와 같은 그의 의도가 어느 정도의 성공을 거두었느냐 하는 것은 그 자신의 작품이 웅변해줄 것이다. 다만 나는 그의 정확한 이미지와 치밀한 계산이 보여주는 정밀공학적인 구조를 이야기 할 수 있을 뿐이다.

시가 난삽성을 경원하여 평면적인 소박한 영탄이나 설교적인 넋두리에 머물게 될 수는 없는 일이다. 뛰어난 자는 명석한 두뇌 의 사고 회선 코일만큼 복잡성을 띄울 수도 있는 것이다.

오 군,

충분하게 자신을 가지고 새로운 영역의 개척을 위하여 매진하 기 바란다.

1970.8.9. 박목월

● 처녀시집 『반란하는 빛』, 현대시학사, 1970

복간본 서문

　나의 첫 시집『반란하는 빛』에 수록된 시 전편과 두 번째 시집
『가장 어두운 날 저녁에』에서 선(選)한 것들 몇 편을 모아『반란하
는 빛』이라는 제명으로 다시 펴낸다. 이 복간 시집에 두 번째 시
집의 시들을 일부 수록하게 된 것은 당시의 시집이 종렬 조판이
어서 요즘처럼 횡렬로 조판할 경우 그 수록 양이 한 권의 시집으
로 묶어내기 어려운 까닭이다.

　『반란하는 빛』이 처음으로 햇빛을 본 것은 1970년 8월, 그러니
까 만 27년 전의 일이다. 그때 나는 아직 20대 후반의 미혼 청년
이었고, 문학에의 열정에 불탔던 문과 대학원 학생이었고, 갓 문
단에 등단한 신인 시인이었다. 오늘의 모습과 비교해보면 참으로
금석지감을 느끼게 한다. 다만 그 시절의 문학적 순결과 열정이
그리울 따름이다.

　그동안 나의 시에는 많은 변화가 있어왔다. 처녀시집의 세계와
는 전혀 다른 방향이었는지도 모른다. 그런데도 젊은 비평가들(비
평이 젊다는 뜻이 아니라 나이가 젊다는 뜻이다. 어찌된 셈인지 우리 문단에서
는 나이가 든 비평가들의 활동이 없다)은 이 첫 시집의 세계에 더 매력
을 느끼고 있는 모양이다. 그러나 나는 이 시집에 대하여 내 문학
창작 수업 중 거쳐야 할 습작 과정 이상의 의미를 부여하고 싶지
는 않다. 이 기간을 통해 모더니스트로서의 상상력과 언어 감각
을 충분히 익힐 수 있었기 때문이다. 아마도『반란하는 빛』이라는
이 습작 과정이 없었더라면 오늘의 나도 없었으리라.

포스트모던한 개념이든, 우리 시단의 독특한 시류적 개념이든 나는 '무의미한 시'들을 혐오한다. 그래서 오히려 건강하고 철학적이고 감동적인 시들을 쓰고자 노력해왔다. 그러한 관점에서 나는 문제 시인이 되기보다는 좋은 시인이 되기를 바라는 사람일지도 모른다.

30여 년 가까이 나는 외롭게 시를 써왔다. 시류나 풍조 혹은 문단의 인맥 같은 것들과 담을 쌓고 홀로 나의 길을 걸어왔다. 오늘날까지 '외로움'이란 실로 나의 문학적 스승이었다. 그러한 나의 시에 호감을 갖고 이 시집을 재상재해주신 문학동네 여러분과 해설을 써주신 허혜정 씨에게 이 자리를 빌려 감사의 말씀을 드린다.

불 1

타버린 정신들은 어디 갔는가.
가령 설원(雪原)에 버려진 장미꽃 하나,
혹은 알타이에 떨어지는 햇살,
바람과 소나기, 그리고 유월은
불탄다.

내 살 속에서 희미한 불빛들이
뛰어가고, 알콜이 출렁이는 바닷가에서
이십세기는 불을 지핀다. 물질이 흘린
피. 싸늘한,

실용(實用)의 새는 날 수 있을까.
어두운 내 얼굴을 날아서, 찬 서리 내린 굴뚝과
기계들이 죽은 무덤을 넘어서
어제의 어제를 넘어서
달에 도달할 수 있을 것인가.

전선에 걸린 달, 인간의 숲속에서
전화가 울고 아흔아홉 마리의 이리가 운다.
저것 보라면서
불타는 서울의 술집들을 가리키면서
어디로 갈 것인가, 타버린 정신의 재
죽음, 혹은 창조의 불빛.

● 복간본 『반란하는 빛』, 문학동네, 1997

가장 어두운 날 저녁에

나이가 들수록 시 쓰는 일이 소중해진다. 희망과 신념들이 배신을 가르치고, 사랑하는 사람들도 하나둘 떠나가지만 오직 시만은 나를 시켜주고 있기 때문이다. 나이 마흔에 이런 자각이 들다니, 이제야 비로소 나는 시인이 되는 것일까.

나는 시로써 무엇을 할 수 있다고 생각지 않는다. 시는 그저 있는 것이다. 꽃이 있고 별이 있듯……. 그러나 고단한 시대의 시인들은 꽃밭에 밀알을 뿌릴 수도 있고 별빛으로 독서할 수도 있으리라.

내게 있어서 시는 하나의 존재인식이다. 우주가 바라다 보이는 창문이다. 밤하늘에 이글대는 별들의 눈.

나는 오랫동안 내 목소리를 지키려고 노력해왔다. 지금 문단에서 두루 씌어지는 시들을 하나의 유행(流行)이라 생각하면서……. 그것은 착각일지 모른다. 그러나 그렇다 하더라도 나는 나의 길을 걸어갈 것이다. 군중의 한 사람으로 섞이기보다는 차라리 낙

오자로서 걸어가는 길을 바라는 까닭에……

직업의 필요상 본의 아니게도 평론에 손을 댄 것이 후회스럽다. 평론가는 나를 시인이라 하고, 시인들은 나를 평론가라 하고, 학계에서는 문인(文人)으로, 문단에서는 학자로 간주한다. 그러나 시인보다 더 영광스러운 이름이 어디 있겠는가. 이렇게 생각하는 것을 보니 어쩔 수 없게 나는 시인으로 남을 모양이다.

꿈꾸는 병

소녀는 질병을 앓았다.
기울어진 햇빛 속에서
아프리카를 생각하고 있었다.
뜨거운 열사의 지평을 달리는
한 마리 사자,
소녀는 사랑을 꿈꾸었다.
잠 못 드는 밤엔
세계의 끝에서 숨쉬는
에프 엠을 듣고
병든 지구에 내리는 빗물처럼
울 줄도 알았다.
러브 스토리를 읽으며
인생과 예술이 술잔 속에서
페시미즘에 젖는 것을 보았다.
한 마리 사자가 낮잠을 자는
아프리카 해안의 부서지는

푸른 파도.
소녀는 두려워하지 않았다.
다가오는 죽음을,
다만 하나의 희망이
어떻게 이 지상에 잠드는 것인가를
보고 싶었다.
어둠이 내리는 거리
사람들이 각기 등불을 켜 들 때도
소녀는 꿈을 꾸고 있었다.
꿈속으로 꿈속으로
가라앉고 있었다.

● 제2시집 『가장 어두운 날 저녁에』, 문학사상사, 1982

무명연시

한 시대의 문화는 다양성 속에서 꽃피어야 하리라고 생각한다. 그러한 의미에서 나의 시는 이 시대의 다양한 목소리 가운데 하나일 것이다. 나는 결코 나의 시의 지향이 모든 사람에게 최선의 것이라고 주장할 의도는 없다. 다만 다른 시들과의 조화라는 전제 아래 오직 내게 있어 최선일 따름이다.

시인은 독자가 요구하는 바가 무엇인지를 부단히 성찰해야 한다. 그러나 그것이 곧 독자가 요구하는 바를 시로 써야 된다는 뜻은 아니다. 일부 깨어 있는 독자들을 제외한다면 대부분 허위의식에 빠져 있을 가능성이 많기 때문이다. 그 허위의식을 깨우치기 위해서 시인은 때로 독자와 싸울 수 있는 용기도 지녀야 한다.

한 시인의 시가 어떤 차원에 이르면 결국 철학의 문제가 시의 위대성을 결정짓는 관건이 된다. 훌륭한 철학 없이 훌륭한 시가 씌어질 수 없기 때문이다. 그러나 그 철학은 추상적 개념으로 전달되는 것이 아니라 구체적 사물로 존재하는 것이어야 한다. 그것은, 예컨대 연꽃으로 제시된 부처의 가르침이며 장미꽃으로 표현된 코기토이다.

연작시『무명연시』를 나의 세 번째 창작시집으로 펴낸다. 의미 없는 세계에서 의미를 만들어내려는 이 작업에 아직 좌절하지 않음을 한편으로는 행복스럽게, 다른 한편으로는 부끄럽게 생각한다.

님은 가시고

님은 가시고
꿈은 깨었다.

뿌리치며 뿌리치며 사라진 흰옷,
빈손에 움켜진 옷고름 한 짝,
맺힌 인연 풀 길이 없어
보름달 보듬고 밤새 울었다.

열은 내리고
땀에 젖었다.
휘적휘적 사라지는 님의 발자국,
강가에 벗어논 헌 신발 한 짝,
풀린 인연 맺을 길 없어
초승달 보듬고 밤새 울었다.

베갯머리 놓여진 약탕기 하나,
이승의 봄밤은 열에 끓는데,
님은 가시고
꿈은 깨이고.

● 제3시집 『무명연시(無明戀詩)』, 전예원, 1986

불타는 물

『무명연시』 이후에 쓴 70여 편의 시들을 묶어 시집으로 펴낸다. 내게 있어서는 네 번째가 되는 창작시집이다. 이 기간에 나는 두 가지 경향의 시들을 써왔다. 하나는 연작시 「그릇」 계열의 작품들이요 다른 하나는 서정적인 작품들이다. 그중에서 연작시 「그릇」은 나중에 별도의 시집으로 내기 위해 본 시집에는 일단 수록하지 않기로 한다. 그러나 ― 연작시 「그릇」에 속한 시들은 아니지만 ― 이 경향에 가까운 시들의 상당수도 본 시집에 포함되어 있다. 1, 2부의 시들이다. 3, 4부의 시들은 내 삶의 위안으로 쓴 서정시들인데 이 중 10편은 1985년에 간행된 선시집 『모순의 흙』에 신작시라는 이름으로 선보인 바 있다.

삶이 덧없고 허무하다는 생각이 더욱 자주 마음을 어지럽힌다. 이제 겨우 철이 들어서일까? 나이 탓일까? 세상 돌아가는 풍속 때문일까? 친구가 그리워진다. 사람을 사랑하고 사물과 세계를 따뜻한 가슴으로 안고 싶다. 신뢰할 현실, 영원한 사랑 이런 것들을 꿈꾸며 한 시절 시들을 썼다.

　나의 시가 독자 여러분들께 무언가 하나의 의미가 되기를 바란다.

지상의 양식

너희들의 비상은
추락을 위해 있는 것이다.
새여,
알에서 깨어나
막, 은빛 날개를 퍼덕일 때
너희는 하늘만이 진실이라 믿지만,
하늘만이 자유라고 믿지만
자유가 얼마나 큰 절망인가는
비상을 해보지 않고서는 모른다.
진흙 밭에 딩구는
낱알 몇 톨,
너희가 꿈꾸는 양식은
이 지상에만 있을 뿐이다.
새여,
모순의 새여,

● 제4시집 『불타는 물』, 문학사상사, 1988

사랑의 저쪽

고독을 두려워하는 자는 시를 쓸 수 없을 것이다. 진정한 자기와 만날 수 있는 것은 오직 고독밖에 없는 까닭이다. 나는 항상 홀로 있으려 노력해왔다. 그러나 내게 고독은 아직도 두렵기만 한 존재이다.

깨어 있지 아니한 자는 시를 쓸 수 없을 것이다. 깨어 있는 자만이 어둠의 실체를 볼 수 있는 까닭이다. 허위는 밝음 속에서 자신을 드러내지 않는다. 나는 가능한 한 깨어 있으려 노력해왔다. 그러나 항상 졸면서 맞이했던 나의 새벽이 아니었나 생각한다.

시류에 편승하는 자는 시를 쓸 수 없을 것이다. 시류는 사라지는 물거품과 같기 때문이다. 시류가 대세와 합류할 때 사람들은 쉽게 자기 성찰력을 잃고 그것을 보편으로 오인하는 우를 범한다. 그러나 대세는 — 더군다나 시류는 보편이 아니다. 나는 가능한 한 시류의 물결에 휩쓸리지 않으려고 노력해왔다. 나는 대세보다는 보편으로 가기를 원했다.

시대가 무엇이라고 하든, 다른 사람들이 무엇을 추종하든 나는 나의 시를 써왔다. 나는 나의 시가 호사(豪奢)나 호기(好奇)로 전락하는 것을 경계해왔으며 시에서 대중적인 관심을 끌려는 센세이셔널리즘과 저널리즘을 혐오해왔다. 나는 보다 보편적인 것, 보다 본질적인 것, 보다 중심적인 것을 탐구하고자 했다. 그러한 의미에서 나는 고전주의자이거나 보수주의자일지도 모른다.

나는 어떤 것이든 포즈를 싫어한다. 나에게는 포즈가 없다. 다만 생긴 대로의 내가 있을 뿐이다. 나는 진솔해지기를, 버려져 있기를 원한다. 내가 생리적으로 혐오하는 것 가운데 하나는 어딘가의 계열에 끼어 목청을 가다듬는 일이다.

문학의 정치 참여는 당연하다. 그러나 나는 시가 이념이나 이데올로기 그 위에 있다고 믿는다. 그런 까닭에 나는 또한 지난 두 세대 동안 고독하게도 시가 이데올로기에 종속되는 것을 묵묵히 거부해왔다. 만일 시가 이데올로기 위에 있지 않고 그 아래 종속되어 있다고 한다면 이데올로기가 저지른 과오는 누가 감시할 수 있다는 말인가.

이 시집에 수록된 시들은 지난 1985년부터 모두 「그릇」이라는 제목의 연작시로 발표된 것들이다. 시집으로 묶으면서 — 출판사의 권유에 따라 — 편의상 개개의 작품들에 제목을 붙여보았다. 이 중 「그릇 1」에서 「그릇 10」까지의 10편은 시선집 『모순의 흙』에 '신작시'라는 장명으로 수록되었던 것들이다. 지상에 발표된 연작시들은 모두 70편이었지만 몇 가지 이유들로 이 시집에는 53편만을 뽑아 실었다. 당연히 연작시의 일련번호 역시 재조정되었다.

이 시집은 나의 오랜 외우 박의상 형의 도움으로 간행된 것이다. 이 자리를 빌어 감사의 말씀을 드린다.

그릇

깨진 그릇은
칼날이 된다.

절제와 균형의 중심에서
빗나간 힘,
부서진 원은 모를 세우고
이성의 차가운
눈을 뜨게 한다.

맹목(盲目)의 사랑을 노리는
사금파리여,
지금 나는 맨발이다.
베어지기를 기다리는
살이다.
상처 깊숙이서 성숙하는 혼(魂).

깨진 그릇은
칼날이 된다.
무엇이나 깨진 것은
칼이 된다.

● 제5시집 『사랑의 저쪽』, 미학사, 1990

꽃들은 별을 우러르며 산다

여섯 번째 시집을 낸다. 원고를 정리하여 출판사에 넘길 때마다 매번 느끼는 것이지만 이번에도 늦가을의 벼랑에 서 있는 나목(裸木) 같은 심정이다. 모든 잎들을 떨어뜨리고 앙상한 가지로 우러러 하늘을 바라보는 나무, 이제 그의 빈 손을 채워줄 수 있는 것은 하늘의 은총일 따름이다.

나는 항상 최선을 다하여 시들을 써왔다. 남의 눈에는 대수롭지 않게 보일지 모르는 작품일지라도 내게 있어서는 그것이 나의 전부이며 나의 분신이었다. 그런 까닭에 나는 아직까지 시를 한 번도 놀이로 대한 적이 없다. 그것을 꼭 바람직하다고 생각하지는 않지만 시에 대한 나의 진지함과 엄숙함이 여기 있는 것이다. 따라서 나의 시에 무언가 '활달함'이 부족하다면 아마도 이와 같은 이유에서 비롯하리라. 그러한 의미에서 나는 보수주의자이며 고전주의자이다.

완전한 삶이란 무엇일까. 나는 아직 모른다. 그러나 내게 있어

시는 고여 있는 것이다

시가 그에 가까워지려는 노력의 소산인 것만큼은 분명하다. 나는 또한 그것이 '사랑'과 같은 것의 토대 위에서 이루어지는 어떤 정신적 가치가 아닐까 생각해본다. 참으로 나의 시의 샘물은 목숨의 긍휼함에 있는 것이다.

이 시집의 시들은 지난 3, 4년 동안에 발표한 것들 가운데서 비교적 연가풍의 서정적인 작품들만을 고른 것이다. 마지막 장에 수록된 시들 중 「1월」, 「3월」, 「4월」, 「5월」, 「6월」, 「7월」, 「8월」, 「12월」 등 여덟 작품은 이전의 시집들에 실려 있는 것들을 재수록한 것임도 밝힌다.

이 시집의 간행에는 나의 오랜 외우 김재홍 형의 도움이 컸다. 이 자리를 빌어 감사의 말씀을 드린다.

원시(遠視)

멀리 있는 것은
아름답다.
무지개나 별이나 벼랑에 피는 꽃이나
멀리 있는 것은
손에 닿을 수 없는 까닭에
아름답다.
사랑하는 사람아,
이별을 서러워하지 마라.
내 나이의 이별이란
헤어지는 일이 아니라 단지

멀어지는 일일 뿐이다.
네가 보낸 마지막 편지를 읽기 위해선
이제
돋보기가 필요한 나이,
늙는다는 것은
사랑하는 사람을 멀리 보낸다는
것이다.
머얼리서 바라다볼 줄을
안다는 것이다.

● 제6시집 『꽃들은 별을 우러르며 산다』, 시와시학사, 1992

어리석은 헤겔

나는 참으로 고독하게 시를 써왔다. 아니 고독하게 시를 지켜 왔다고 생각한다. 나는 시류적인 이념주의자들에게 유미주의자 로 비판을 받아왔다. 그러나 나는 그들에게 이렇게 말하고 싶다. 언어는 먼저 그것이 있으므로 그다음에 이용할 수 있는 것이며 여기서 시인이란 전자의 역할을 담당하는 자라고……. 시인은 언 어를 만드는 자이지만 산문가는 언어를 사용하는 자인 것이다.

나는 또한 철없는 유미주의자들에게 모럴리스트로 몰려 공격 을 받아왔다. 그들에게 나는 이렇게 말하고 싶다. 아름다움에도 건강한 아름다움이 있고 병든 아름다움이 있으며 건강한 아름다 움을 추구하는 시가 훌륭한 시라고……. 나는 러시아의 어떤 사상 가처럼 모든 '건강한 것만이 아름답다'고 말하지는 않는다. 그러나 건강한 아름다움이 가치 있다고 믿는 신념에는 아직 변함이 없다.

시인이란 '어떻게 말을 할까'가 아니라 '어떻게 말을 하지 않을 까'를 생각하는 사람이다. 산문은 말로 쓰는 글이지만 시는 침묵으로 쓰는 글인 까닭이다.

눈

순결한 자만이
자신을 낮출 수 있다.
자신을 낮출 수 있다는 것은
남을 받아들인다는 것,
인간은 누구나 가장 낮은 곳에 설 때
사랑을 안다.
살얼음 에는 겨울,
추위에 지친 인간은 제각기 자신만의
귀가 길을 서두르는데
왜 눈은 하얗게 하얗게
내려야만 하는가.
하얗게 하얗게 혼신의 힘을 기울여
바닥을 향해 투신하는
눈,
눈은 낮은 곳에 이르러서야
비로소 녹을 줄을 안다.
나와 남이 한데 어울려
졸졸졸 흐르는 겨울물 소리.
언 마음이 녹은 자만이
사랑을 안다.

● 제7시집 『어리석은 헤겔』, 고려원, 1994

눈물에 어리는 하늘 그림자

나는 가끔 독자들로부터 나의 시가 철학적이라는 말을 들어왔다. 나 역시 좋은 시는 훌륭한 철학을 지녀야 한다고 생각해왔고 아직 그러한 마음가짐에는 변함이 없다. 그러나 그럴수록 아름다운 '사랑의 시'를 한번 써보고 싶은 충동에 빠지는 이유는 무엇일까.

여기서 사랑이란 모순의 진실을 뜻하는 말이다. 그것은 논리로 진실을 추구하는 과학이나 이데올로기보다 그 상위에 있는 개념이다. 따라서 아직도 성리학적 사변으로 시를 이해하는 사람 ― 대부분의 한국 비평가들에게 있어서 '사랑'이라는 말은 천박하게 들릴지도 모르겠다. 그러나 진정한 시의 본질에는 이 사랑의 진실이 자리하고 있다는 것이 나의 믿음이다.

수록 시들은 지난 2년의 겨울과 여름방학 기간 금강산 화암사(禾嚴寺)에서 쓴 것들로『현대문학』지에 연재된 바 있다. 내게 호의를 베풀어주신 신흥사 주지 오현 스님과『현대문학』지의 주간 최동호 교수님 및 임직원께 이 자리를 빌어 감사의 말씀을 드린다.

천년의 잠

강변의 저 수많은 돌들 중에서

당신이 집어 지금

손 안에 든 돌,

어떤 돌은

화암사(禾巖寺) 중창 미타전(彌陀殿)의 셋째 기둥 주춧돌로

놓이기를 바라고,

어떤 돌은

어느 시인의 서재 한 귀퉁이에 나붓이 앉아

시가 씌어지지 않는 밤, 그의 빈 원고지 칸을 지키기를 바라고,

또 어떤 돌은

어느 순결한 죽음 앞에 서서 만대(萬代)의 의(義)를 그의 붉은

가슴에 새기기를 바라지만

아, 나는 다만 당신이

물수제비 뜨듯 또다시 강가에 나를

팽개치지 않기만을……

아무도 깨워주지 않은 천년의 잠은

죽음보다 더 잔인할지니

흙 위에 엎드려 잠들기보다는

급류 속에서 버티고 서 있는 일개

징검다리가 되리라.

그러므로 님이여, 장난삼아 던질 양이면 차라리

거친 물살에 던지시라.

그리하여 먼 후일 당신이 다시 찾아오시는 날,

나는 즐겨 내 몸을 당신 앞에 바치리니

당신은 주저 말고 내 등을

밟고 건너시기를······

● 제8시집 『눈물에 어리는 하늘 그림자』, 현대문학사, 1994

아메리카 시편

이 시집에 수록된 시들은 1995년 10월부터 1996년 12월까지 '아메리카 시편'이라는 제목으로『현대시학』지에 연재한 것들이다. 1995년, 나는 캘리포니아주립대학 버클리 캠퍼스 동아시아어과에서 한국 현대문학을 강의하고 있었다. 이때 미국 사회나 문화에 대해 나름대로 느낀 점들이 많았고, 이를 시로 썼던 것이다. 연재 당시 제목을 '아메리카 시편'이라고 했던 것도 이러한 이유에서였다.

그러나 이들 시가 이야기하고 있는 것은 미국 사회 혹은 미국 문명에 국한된 것만은 아니다. 오히려 오늘의 우리 사회, 우리의 삶에 관한 내용이라 할 수 있다. 그러므로 역설적이지만 나는 우리의 얼굴을 우리나라에서가 아닌 미국에 가서 들여다본 셈이 된다. 아마 두 가지 이유 때문일 것이다. 하나는 미국이라는 이 거대하고 위대한 나라가 오늘날 세계 제국(諸國)에 커다란 그림자를 드리우고 있어서 한국 역시 그 영향으로부터 벗어날 수 없다는 점이고 다른 하나는 한국이 세계의 그 어떤 나라보다도 미국 이상의 '미국'적인 나라가 되어버렸다는 점이다. 여기에는 미국과 관련된 한국 근대화 과정의 특수성과 단기간에 이룩된 자본주의 산업화라는 문제가 개재되어 있을 것이다.

그러므로 나는 물론 이들 시가 미국을 비판하면서 한국적인 것을 옹호한다거나 우리 고유의 삶의 방식과 전통의 우월성을 강조하려는 의도로 쓰여진 것이 아님을 밝혀두고 싶다. 따라서 이 시집의 '아메리카'는 산업사회를, '한국'으로 해석될 수 있는 것은 인간적인 사회를 뜻하는 상징 정도로 이해해주기 바란다. 아마도 전자는 도구적 이성이, 후자는 인간적 혹은 비판적 이성이 지배하는 세계가 될 것이다.

문학의 기능이 무엇인지를 다시 한번 생각해본다. 역시 '인간'으로 돌아가는 데 있는 것이 아닐까. 가령 햄버거의 발명은 많은 여성들로 하여금 가사노동으로부터 해방을 가져오도록 만들었다. 그것은 물론 과학의 힘이고 위대한 업적임이 분명하다. 그러나 그로부터 잃어버린 것은 무엇일까. 건강의 문제는 차치하고서라도 가정의 단란함, 삶의 여유 같은 것은 아닐까.

그러나 설령 그 잃어버린 것의 총화가 얻은 것의 몇십 분지 일에 지나지 않는다 하더라도 시인은 얻은 것보다 잃어버린 것에 관심을 갖는 사람이다. 그렇지 않다면 시는 항상 과학에 대한 찬가에 불과할 것이기 때문이다. ─물론 우리가 경험한 바 지난 비극적인 시대의 어떤 특정한 이데올로기에서는 이 '과학에 대한 찬가'를 당연시한 점도 없지 않았다. ─그러나 『성경』에도 아흔아홉 마리의 양보다도 잃어버린 한 마리 양이 더 소중하다고 하지 않았던가. 과학자는 한 마리의 양보다 아흔아홉 마리의 양을 더 가치 있게 여긴다. 그러나 시인은 그 잃어버린 한 마리 양을 고귀하게 생각한다. 그래서 시인인 것이다.

햄버거를 먹으며

사료와 음식의 차이는
무엇일까.
먹이는 것과 먹는 것 혹은
만들어져 있는 것과 자신이 만드는 것.
사람은
제 입맛에 맞춰 음식을 만들어 먹지만
가축은
싫던 좋던 이미 배합된 재료의 음식만을
먹어야 한다.
김치와 두부와 멸치와 장조림과……
한 상 가득 차려 놓고
이것 저것 골라 자신이 만들어 먹는 음식,
그러나 나는 지금
햄과 치즈와 토막 난 토마도와 빵과 방부제가 일률적으로 배합된
아메리카의 사료를 먹고 있다.
재료를 넣고 뺄 수도,
젓가락을 댈 수도,

마음대로 선택할 수도 없이
맨손으로 한 입 덥썩 물어야 하는 저
음식의 독재,
자본의 길들이기.
자유는 아득한 기억의 입맛으로만
남아 있을 뿐이다.

● 제9시집 『아메리카 시편』, 문학동네, 1997

벼랑의 꿈

이순이 멀지 않은 나이. 이제 생을 저만치 두고 관조할 때도 되지 않았나 싶다. 지금까지도 그래왔듯 홀로 가는 길이 다만 아름답기만을 바랄 뿐이다.

그간 '구룡사시편(龜龍寺詩篇)'이라는 제목으로 발표한 연작시들을 묶어 시집을 낸다. 바쁜 시간 중에도 해설을 써주신 김우창 선생께 감사드린다.

속구룡사시편(續龜龍寺詩篇)

한 철을 치악(雉岳)에서 보냈더니라.
눈 덮인 묏부리를 치어다보며
그리운 이 생각 않고 살았더니라.
빈 가지에 홀로 앉아
하늘 문 엿보는 산까치 같이,

한 철을 구룡(龜龍)*에서 보냈더니라.
대웅전 추녀 끝을 치어다보며
미운 이 생각 않고 살았더니라.
흰 구름 서너 짐 머리에 이고
바람 길 엿보는 풍경(風磬)같이,

그렇게 한 철을 보냈더니라.
이마에 찬 산그늘 품고,
가슴에 찬 산자락 품고
산 두릅 속눈 트는 겨울 한 철을
깨어진 기와처럼 살았더니라.

* 구룡사(龜龍寺) : 치악산에 있는 고찰

● 제10시집 『벼랑의 꿈』, 시와시학사, 1999

적멸의 불빛

말만이 말이 아니고 이 세상 모든 것이 말이다.

그러므로 현명한 사람은 인간의 말만이 아닌, 사물의 말도 들을 줄 알아야 한다.

하늘이 들려주는 말을, 땅이 들려주는 말을, 꽃과 새와 별이 들려주는 말을……. 왜 파도는 밀려왔다 쓸려가는지를, 왜 숲은 잎을 피우고 또 떨어뜨리는지를, 왜 강물은 쉬임없이 어디론가 흘러가는지를…….

보석

그것을 불러 보석이라 이름한다.
햇빛에
눈부신 그 반짝거림.
강변 모래 언덕에

사금파리 하나 반쯤 묻혀 있다.
보석이란 가장 소중한 마음을 이르는 것이려니
우리 어린 날
네게 바친 이 순수한 영혼의 징표보다
더 아름답고 고귀한 것이 이 세상 또
어디에 있으랴.
깨진 것은 모두 보석이 된다.
한때 값진 도자기였을지라도,
한때 투박한 사발이었을지라도
그것은 한낱
장에 갇힌 한 개 그릇일 뿐.
깨지는 것은
완전한 자유에 이른 까닭에
보석이 된다.
그 봄날의 풀꽃 반지도,
그 강변의 모래성도
지금은 모두 강물에 씻겨갔지만
우리들의 강 언덕엔 눈부신
보석 하나
푸른 하늘을 지키고 있다.
영원처럼……

● 제11시집 『적멸의 불빛』, 문학사상사, 2001

봄은 전쟁처럼

도시문명적인 소재들을 중심으로 시집을 엮어본다. 그 결과 문명비판적인 시, 생태보호 시들이 주종을 이루게 되었다. 아직까지 의식적으로 어떤 이념이나 사조를 추종해본 적이 없지만 나역시 이 시대의 승선자(乘船者)임은 어쩔 수 없는 모양이다. 그러나 사실 아무리 좋은 이념이라 해도 우선 작품으로 형상화되어 있지 않다면 그 무슨 의미가 있겠는가. 시인은 다만 작품으로 말하는 것, 나 역시 이 양자를 결합시키기 위하여 최선의 노력을 기울여왔을 뿐이다.

요즘 우리 시단은 두 가지 좋지 못한 경향이 유행하고 있는 것 같다. 하나는 현실에 대한 — 사적이든 공적이든 — 체험이나 사실을 보고하려는 경향이요, 다른 하나는 산문처럼 시에서 사건을 서술하려는 경향이다. 그리하여 마치 짧은 콩트를 압축한 것 같은 시, 짧은 수필을 축약한 것과 같은 시가 평가를 받는 듯하다. 그러나 이 양자는 모두 시의 본질과는 거리가 한참 멀다.

우선, 시는 체험의 기술이 아니라 상상력의 표현이다. 체험이란 과학의 영역에 속하기 때문이다. 그것은 그 어떤 것도 체험에 의해 입증되지 않는 한—대표적인 것이 실험이다. —과학이 될 수 없다는 사실에서도 알 수 있다. 만일 체험이 문학의 본질을 이룬다면 전기(傳記)나, 다큐멘터리나, 역사나, 신문기사가 가장 훌륭한 문학작품이 되지 않겠는가. 그러한 의미에서 훌륭한 시란 한마디로 훌륭한 상상력을 제시한 시라 할 수 있다. 훌륭한 상상력이란 또 무엇인가. 그것은 새롭고, 신선하고, 아름답고, 윤리적인 상상력의 일컬음이다.

반면 모든 사건, 즉 인간 행위에 관한 이야기는 소설이나 드라마 혹은 수필과 같은 산문문학의 양식에 적합한 소재들이다. 따라서 이 같은 내용은 '시'라는 양식보다도 산문문학의 양식에 담는 것이 훨씬 바람직하다. 커피는 물론 접시에 담을 수도 있지만 접시보다 컵에 담는 것이 보기에도 좋고 효율적인 것과 같다. 시가—소설이나 드라마는 다룰 수 없는—꽃이나 별을 노래하는 이유가 여기에 있다.

그러므로 인간을 대상으로 할 경우라도 시는 행위자 혹은 행위의 주체로서의 인간이 아닌 존재하는 인간 혹은 존재 그 자체를 대상으로 한다. 한때 우리 문단에서는 소위 '민중' 바람이 불 때 자연을 노래하는 시를 '음풍농월'이라 매도한 적이 있었으나 기실 자연을 노래할 수 있다는 것이야말로 시의 위대성이며 시만이 할 수 있는 일이 아니겠는가?

이 작은 시집이 무엇인가 우리의 삶에 조금이라도 기여할 수 있기를 바란다.

법에 대하여

법이란
냉장고의 칸막이 같은 것.
김치와 우유가,
육류와 젓갈이 행여 섞이지 않도록
해야 할 일과 해서는 안 될 일을,
좋아할 일과 좋아해선 안 될 일을
칸칸이
구분해서 서랍에 넣어두고
언제나 분수를 지키도록 감시하는……
그러나 일상은 쉬이 부패하기 쉬우므로
항상 차가워야 하나니,
누가 그랬던가.
법은 얼음 같아서
냉철한 이성이 아니면 날이 서지 않는다고……
그래도
냉장고는 알리라.
뜨거운 전류가 또한
차가운 얼음을 만든다는 것을.

● 제12시집 『봄은 전쟁처럼』, 세계사, 2004

시간의 쪽배[*]

나무

나무가 쑥쑥 키를 올리는 것은
밝은 해들 담고자 함이다.

그 향일성(向日性).

나무가 날로 푸르러지는 것은
하늘을 담고자 함이다.
잎새마다 어리는
그 눈빛.

나무가 날로 푸르러지는 것은

---

* 서문 없이 서시로 대신함

하늘 마음 하늘 생각

먼 날을 가까이서 살기

때문이다.

● 제13시집 『시간의 쪽배』, 민음사, 2005

시는 그저 있는 것이다

꽃피는 처녀들의 그늘 아래서[*]

설화(雪花)

꽃나무만 꽃을 피우지 않는다는 것은
겨울의 마른 나뭇가지에 핀 설화를 보면
안다.
누구나 한 생애를 건너
뜨거운 피를 맑게 승화시키면 마침내
꽃이 되는 법,
욕심과
미움과
애련을 버려
한 발 재겨 디딜 수 없는
혹독한 겨울의 추위 그 절정에

---

[*] 서문 없이 서시로 대신함

홀로 한 그루 메마른 나목(裸木)으로 서면

내 청춘의 비린 살은 꽃잎이 되고.

굳은 뼈는 꽃술이 되고.

탁한 피는 향기가 되어

새파란 하늘을 호올로 안느니

꽃나무만 꽃을 피우지 않는다는 것은

겨울의 마른 나뭇가지에 핀 설화를 보면

안다.

● 제14시집 『꽃피는 처녀들의 그늘 아래서』, 고요아침, 2005

시는 그저 있는 것이다

문 열어라 하늘아[*]

은산철벽(銀山鐵壁)

까치 한 마리
미루나무 높은 가지 끝에 앉아
새파랗게 얼어붙은 겨울 하늘을
엿보고 있다.
은산철벽,
어떻게 깨트리고 오를 것인가.
문 열어라, 하늘아.
바위도 벼락 맞아 깨진 틈새에서만
난초 꽃 대궁을 밀어 올린다.
문 열어라, 하늘아.

● 제15시집 『문 열어라 하늘아』, 서정시학사, 2006

---

* 서문 없이 서시로 대신함

너와 나 한 생이 또한 이와 같지 않더냐*

정인(情人)

아침에 일찍 일어 울밑을 거닐자니
싱싱했던 영산홍이 오늘 따라 시들하다.
파리한 꽃 입술에는 이슬조차 맺혔다.

만나고 헤어짐은 인사(人事)만이 아닌 듯
너 역시 어젯밤에 정인을 보았으리.
아마도 이별이 설워 눈물졌나 보구나.

● 제16시집 『너와 나 한 생이 또한 이와 같지 않더냐』(제1시조집), 태학사, 2006

---

* 서문 없이 서시로 대신함

임이 부르는 물소리 그 물소리

인간은 홀로 살 수 없다. 그래서 동양에서는 사람을 '人間(인간)'이라 했고 서양에서는 사회적 동물이라고 했다. 그렇다면 인간이 인간 된 도리에서 궁극적으로 이루어야 할 이상이란 무엇일까. 당연히 가장 완전한 삶의 공동체가 아닐까. 따라서 그것은 오늘의 시대는 물론, 그 어떤 시대나 지구 공동체로서의 세계인들이 마땅히 지향해야 할 어떤 가치일 것이다. 그러나 그런 관념적인 소망에 앞서 보다 구체적인 것이 하나 있다면 이 곧 이상적인 국가 건설일 터이다.

나이 탓일까. 요즘 국가에 대해서, 그 국가를 가능케 한 국토에 대해서 생각하는 시간이 많아졌다. 그리고 나를 이 지상에 태어나게 하고 내 생명을 영위케 해준 국토, 죽으면 다시 내 육신과 영혼이 돌아가야 할 이 땅의 성스러움이 새삼 외경의 마음으로 다가옴을 느낀다. 시를 쓰리라. 내 사랑하는 조국 그 국토에 대해 가장 경건한 마음으로······.

    언어는 한 민족의 영혼이라고 한다. 그렇다면 국토란 그 민족
의 육체, 진정한 삶은 아마도 그 영혼과 육체가 완전하게 하나로
결합된 상태가 아니겠는가. 나를 한평생 시인으로 길러준 국토,
내 오욕의 한 생을 너그럽게 받아준 국토에게 내 이제 할 수 있는
한 아름답고 순결한 모국어를 바치리라.

추전역(杻田驛)

세속도시를 버리고
등고선을 좇아 높이 높이 올라왔나니
활엽수림대(闊葉樹林帶)를 지나서 침엽수림대(針葉樹林帶)를
지나서
숨가쁘게 달려온 한 생,
드디어
하늘의 문턱을 넘는다.
이번에 정차할 역은 하늘역
잊지 말고 내리자.
아차, 놓치면 다시 돌아가는 지상은
슬픈 열대(熱帶).
내 여기 오르기 위해 얼마나
고심했던가.
허공에

무지개를 하나 끌어와 다리를 놓고
구름밭을 다져 레일을 깔았나니
한 생이 가는 길은 여로(旅路),
하늘가는 티켓 하나 덜렁 사서
야간 열차에 오른다.
아, 태백준령(太白峻嶺).
그 빛나는 태양 아래 문을 연
천제단(天祭壇) 입구의 그 추전역.

* 추전역 : 태백산 해발 855m의 고지에 자리 잡은 태백선의 한 간이역,
  우리나라에서 가장 높은 곳에 위치해 있음. 태백산 정상에는 단군께
  제사를 지내는 천제단도 있음

• 제17시집 『임이 부르는 물소리 그 물소리』, 랜덤하우스코리아, 2008

바람의 그림자

결과적으로 잘 된 것이든 못 된 것이든, 그 과정이 괴로운 것이든 즐거운 것이든 한 편의 시를 써놓고 느끼는 성취감은 무엇이라고 표현할 수가 없다. 그래서 시인은 세속적 행복과 아무 관계가 없는 ― 오히려 그로 인해 때로는 불행해질 수도 있는 ― 시작(詩作)을 마치 상습 마약범처럼 계속하고 있는지도 모른다.

왜 그런 것일까. 아마도 영원에 대한 체험 때문이리라. '영원'이라는 단어가 좀 당돌하다면 '영원성'이라는 말로 고쳐 불러도 상관은 없다. 시인은, 아니 최소한 나는 이 '영원'에 대한 동경 때문에 시를 쓴다. 시가 아니라면 이 세상 그 무슨 인간사에 영원이 있다는 말인가.

살아오는 동안 나는 아직 그 어떤 것의 실체에서도 영원성을 본 적이, 느껴본 적이 없다. 일상인들이 행복의 본질이라 생각하는 권력과 부를 보라. 세속적인 일에 골몰하여 한때 최고의 권력이나 재력을 누린 자들 혹은 그 가족들의 말로가 웅변해주지 않

시는 고쳐 있는 것이다

던가.

현재는 덧없고 인간사는 흘러 흘러 과거가 된다. 우리는 그것을 역사라 부른다. 그리고 이미 역사가 된 것들은 그 되는 순간 — 비록 하나의 기억으로 남아 오늘의 우리에게 어떤 교훈을 남겨줄지는 모르지만 — 무(無)로 돌아가버린다. 그것은 현재와 아무 상관이 없다. 임진왜란이, 세조의 왕위 찬탈이 그 당대의 의미로 살아 어떻게 현재의 우리와 직접 소통할 수 있을 것인가. 그러나 시는 그렇지 않다. 소포클레스의 서정시들이, 신라의 향가들이, 황진이의 시조가 비록 몇백 년 혹은 몇천 년 전에 쓰였음에도 불구하고 오늘의 우리에게 버젓이 살아 생생하게 말을 건네오고 있지 않은가.

그렇다면 왜 시는 영원할 수 있는가. 그것은 시가 행위태(行爲態)가 아니라 존재태(存在態)로 실현되기 때문이다. 그것은 마치 자연이 그러한 것과 같다. 우리가 이 지상에서 찾아볼 수 있는 영원은 자연뿐이 아니던가. 그런데 모든 존재는 누군가에 의해 만들어지지 않고서는 그 실체를 지닐 수 없다. 예컨대 자연은 신(神)이 만들었고 시는 그 자연을 모방해서 인간이 만든다. 헬라어로 '시(poesis)'란 원래 무엇인가를 만든다는 뜻이다. 신이 만든 것이 자연, 인간이 만든 것이 시(Art=Poesis)인 것이다.

태초에 신이 하늘을, 땅을, 산과 바다를 만들었듯이 나는 오늘도 무엇인가를 만들고자 한다. 만일 내가 만들고자 하는 그것이 산이라면 백두산이 될지, 한라산이 될지, 아니 화산이나 민둥산이 될지 모른다. 어떻든 나는 무엇인가를 만들며 그 만드는 행위

속에서 영원을 체험하고 있다. 이 세계를 창조하신 신이 그 창조의 마지막 날 행복감에 취하셨던 것처럼……. 그러므로 비유컨대 산(山)을 만드는 자는 시인이지만 그 만들어진 산에 대해 왈가왈부하는 자들은 산문가인 것이다.

그런데 오늘의 한국 시인들은 대부분 한 개의 산이라도 만들려하지 않고 그 산에 대한 이야기로 꽃피우고자 한다. 존재를 지향하지 않고 행위를 지향하려 한다. 그것도 행위 자체가 아니라 그 취하려는 태도를 놓고 훌륭하고 훌륭하지 않음을 논하려고 한다.

시(詩)로 보는 태극기

일찍이
프랑스의 어떤 시인은
'오' 소리는 파랑,
'이' 소리는 빨강,
'아' 소리는 검정이라 하였고
분단된 우리 조국 한국에서는
파랑은 자유 민주주의,
빨강은 인민 민주주의.
검정은 불길(不吉)의 상징이라 했느니
아아, 태극기
바로 그것이었구나.
중심원의 위 반쪽은 빨갱이,

남쪽은 파랭이 그리고

사방에서 압박해 오는 검은색 사괘(四卦)는

미국, 소련, 중국, 일본 네 강국이 아니던가.

음양오행(陰陽五行), 태극(太極) 이치 따랐다 하나

임오년(壬午年) 그 어느 날, 대한제국 일본 파견

수신사(修信使) 박영효(朴泳孝)여*,

그대는 이미 그때

앞날 예견하고 있었구나.

* 태극기는 임오년(壬午年, 1882) 8월 9일 임오군란과 관련된 한일 관
  계를 마무리 짓기 위해 대한제국 특명전권대사 겸 수신사로 임명된 박
  영효가 일본 선박 메이지마루(明治丸)을 타고 도일할 때 처음 사용하
  였다.

● 제18시집 『바람의 그림자』, 천년의 시작, 2009

밤하늘의 바둑판

나는 시의 영원성과 감동을 추구하는 사람이다.

그러나 자본주의 가치관에 물든 오늘의 사람들은 우리 시대의 시에 무슨 그럴 만한 가치가 있느냐고 비웃는 것 같다.

그들은 시를 기업의 상품 마케팅과 같은 전략으로 팔고 사는 듯하다. 포퓰리즘, 센세이셔널리즘, 저널리즘, 커머셜리즘에 편승한 한탕주의식 문학적 판매기법을 현대 미학(美學)이라고 포장하여 강변하기 일쑤다. 예컨대 충격, 해체, 자해, 폭력, 무의미, 패륜과 같은 방식의 독자 시선 끌기이다.

그러한 의미에서 나는 순진하고 미련하고 낡은 시인일지도 모른다. 그래도 나는 우직하게 언제인가, 현재는 잃어버린 문학의 그 영원성과 감동이 다시 돌아오는 날이 있으리라고 믿는다.

시는 그저 있는 것이다

푸른 스커트의 지퍼

농부는
대지의 성감대가 어디 있는지를
잘 안다.
욕망에 들뜬 열을 가누지 못해
가쁜 숨을 몰아쉬기조차 힘든 어느 봄날,
농부는 과감하게 대지를 쓰러뜨리고
쟁기로
그녀의 푸른 스커트의 지퍼를 연다.
아, 눈부시게 드러나는
분홍빛 속살,
삽과 괭이의 그 음탕한 애무, 그리고
벌린 땅속으로 흘리는 몇 알의 씨앗,
대지는 잠시 전율한다.
맨몸으로 누워 있는 그녀 곁에서
일어나 땀을 닦는 농부의 그 황홀한 노동,
그는 이미
대지가 언제 출산의 기쁨을 갖을까를 안다.
그의 튼실한 남근이 또
언제 일어설지를 안다.

● 제19시집 『밤하늘의 바둑판』, 서정시학사, 2011

마른 하늘에서 치는 박수소리

시로써 말할 뿐이다. 그 외 무슨 할 말이 있겠는가.
이제 말 빚을 지는 일도 지겹구나.

생이란

타박타박 들길을 간다.
자갈밭 틈새 호올로 타오르는
들꽃 같은 것.

절뚝절뚝 사막을 걷는다.
모랫바람 흐린 허공에
살풋 내비치는 별빛 같은 것.

헤적헤적 강을 건넌다.
안개, 물안개, 갈대가 서걱인다.

대안(對岸)에 버려야 할 뗏목 같은 것.

쉬엄쉬엄 고개를 오른다.
영너머 어두워지는 겨울 하늘
스러지는 노을 같은 것.

불꽃이라고 한다.
이슬이라고 한다.
바람에 날리는 흙먼지라 한다.

● 제20시집 『마른 하늘에서 치는 박수소리』, 민음사, 2012

별밭의 파도소리

시를 쓸 때만큼은 내 자신이 우주의 중심이다. '나'에 의해서 이 세계는 새로운 의미를 갖게 되고 '나'로 인해서 세계는 그 관계가 정립되기 때문이다. 그래서 오늘도 나는 시를 쓴다.

비록 내가 바라는 영원에 도달할 수는 없다 하더라도 그 영원에 도달하려는 노력 없이 이 한 세상을 살아갈 자신이 없으므로 나는 시를 쓴다. 그러므로 너무 많은 시를 쓴다고 비웃지 마시라. 그것이 내 삶의 양식인 것을…….

상춘(賞春)

현관은 잠겨 있었다.

봄은 소리 없이 창문을 넘어 들어와
낡은 코트 한 벌을 훔쳐 입고

달아났다.

뒤진 장롱과 문갑에서 털린
옷가지, 물품들로
온 방이 아수라장이다.

그리고
순식간에 몰려든 구경꾼들.

● 제21시집 『별밭의 파도소리』, 천년의 시작, 2013

바람의 아들들

— 동물시초

개를 좋아하지만 외래종은 어쩐지 싫다. 개 같지가 않아서이다. 아마도 어린 시절의 추억 때문이리라. 그래서 내가 키우는 개 두 마리는 모두 토종개들이다. 하나는 하얀 털을 가진 진돗개, 다른 하나는 검은 털의 삽사리.

개를 키우면서 나는 자주 개에게도 영혼이 있을 것이라는 생각을 한다. 특히 그의 두 눈을 들여다볼 경우가 그러하다. 언제인가, 그를 홀로 집에 남겨놓고 돌아설 때였다. 나는 그의 눈동자에 원망과 슬픔의 감정이 설핏 스치는 것을 보았다. 그 이후부터 나는 그와 헤어지는 의식에서 결코 눈을 마주치지 않는 버릇을 갖게 되었다.

개에게 영혼이 있다면 짐승으로서의 그의 외양은 아마도 주술(呪術)에 걸린 어떤 가면일지도 모른다. 아아, 그는 짐승의 탈을 쓴 인간일지도……. 그렇다면 인간 또한 인간이라는 탈을 쓴 짐승 아니겠는가? 인간의 내면엔 사실 수많은 짐승들이 살고 있지 않는가?

　나는 백석(白石)의 시들을 특별히 높게 평가하는 사람이 아니다. 그러나 그가 다음과 같은 시를 남긴 것은 분명 그의 남다른 혜안의 결과였다고 생각한다.

　　거리는 장날이다/장날 거리에 영감들이 지나간다/영감들은/말상을 하였다. 범상을 하였다. 쪽재비상을 하였다./개발코를 하였다. 안창코를 하였다. 질병코를 하였다./그 코에 모두 학실을 썼다. '돋테 돋보기다./대모테 돋보기다. 로이드 돋보기다./영감들은 유리창 같은 눈을 번득거리며/투박한 북관(北關) 말을 떠들어대며/시리시리한 저녁 해속에/사나운 즘생같이들 사라졌다(「석양」)

　시란 무엇인가? 결국 인간이란 무엇이냐는 질문이 아니겠는가?

개

　슬픔이
　말이 아니라 눈으로 든다는 것은
　개를 보면 안다.
　주인이 돌아간 후
　줄에 목이 매여
　홀로 바닥에 주저앉아서 물끄러미
　맨땅을 응시하고 있는 개의

두 눈동자를 보아라.

슬픔은

돌이킬 수 없는 존재의 자기 응시다.

일찍이 자신의 운명에 순응해야 했을 것을,

야만이 싫어

인간에게, 인간에게 다가간 그

돌이킬 수 없는 실수.

그러나 두 발로는

끝내 걸을 수 없는 행보가 서러워

오늘도 개는

젖은 두 눈을 들어

말없이 차가운 흙을 내려다볼 뿐이다.

● 제22시집 『바람의 아들들 ― 동물시초』, 현대시학사, 2014

가을 빗소리

앞에서 어른거리는 그것,
한 발짝 다가서면 한 발짝 뒤로 물러서는 그것,
한 번도 그 실체를 보여주지 않아서 아직
무엇이라 이름을 지어주지 못한 그것을 붙잡으려고
나는 한 생애를 좇아 언어의 그물을 던졌다.
오오. 나의 하나님,
그것은 끝내 환영이었을까요?

내 시 있는 곳은 이제
황막한 사막.

통영에서

— 전혁림의 「통영 갈매기」를 보고

바람에 꽃들이 피어나고
바람에 꽃들이 진다.

바람에 구름이 모이고
바람에 구름이 흩어진다.

통영은 그 바람의 항구,
꽃과 새와 구름의 기항지.

꽃과 새와 구름의 출항지,
통영에서는
선아,
머리에 석남 꽃 꽂고
수평선 너머
먼 하늘을 날아보자.

운명 같은 것, 사랑 같은 것 꽃잎에 싣고,
이별 같은 것, 만남 같은 것 구름에 싣고,

● 제23시집 『가을 빗소리』, 천년의 시작, 2016

시는 그저 있는 것이다

265

북양항로(北洋航路)

돌이켜보면 시와 학문이라는 두 길을 걸어오면서 나는 오랜 세월 부단한 편견을 견디어낸 것 같다. 대학에서는 항상 이랬다. '오세영은 시 나부랭이나 쓰는 사람이지 그가 무슨 학자냐?' 문단에서는 또 항상 그랬다. '오세영이는 학자지 그가 무슨 시인이냐?' 요즈음 대학에서 정년을 마치고 십여 년 가까이 되니까 다소 너그러워졌는지 문단에서는 나에 대해 이런 평들을 한다고 들었다. '오세영은 정년퇴임을 하고 시가 조금 좋아졌지 그전에 쓴 시들이 그게 무슨 시냐.' 그러나 교과서에 실리고 독자들이 애송하는 시, 지난해 미국의 한 비평지에 의해 전 미국 최고시집 열두 권에 뽑힌 시들은 사실 내가 대학 교수 시절에 쓴 작품들이다.

나는 문단의 시류에 휩쓸린 적이 없다. 그 거셌던 민중시에 편승한 적도, 중구난방으로 휘몰아치던 소위 포스트모던의 물결도 타본 적이 없다. 나는 또한 자타가 한국 문단의 권력이라고 공언하는 소위 『창작과 비평』이나 『문학과 사회』(문학과지성)으로부터

단 한 번의 원고 청탁을 받아본 적도, 단 한 편의 시를 실어본 적
도 없다. 그래서 그런지 몇 년 전 한국이 독일의 프랑크푸르트 북
페어에서 주빈국으로 행사를 주관할 때였다. 정부에서 수십억 원
의 돈을 타내어 그들이 그들만의 잔치로 만든 이 행사의 대외 홍
보용 영문판 『한국문인인명사전』에서는 아예 내 이름이 삭제되는
수모를 당하기도 했다. 당시 이미 독일어로 번역된 시집이 세 권
이나 있어도 말이다. 그러나 이처럼 살아남지 않았는가?

내 사전에는 '부화뇌동', '패거리'라는 단어가 없다. 그래서 나
는 내가 시 「자화상」에 썼던 것처럼 모든 사람들이 특별한 이유
도 없이 부화뇌동해서 따돌림을 하는 그 억울한 까마귀를 좋아
한다. 인가(人家)를 넘보는 까치보다 설원(雪原)의 마른 나뭇가지
끝에 홀로 앉아 먼 하늘을 우러르는 그 고독한 까마귀가 좋은 것
이다.

북양항로

엄동설한,
벽난로에 불을 지피다 문득
극지를 항해하는
밤바다의 선박을 생각한다.
연료는 이미 바닥을 드러내기 시작했지만
나는
화실(火室)에서 석탄을 태우는
이 배의 일개 늙은 화부(火夫).

낡은 증기선 한 척을 끌고

막막한 시간의 파도를 거슬러

예까지 왔다.

밖은 눈보라.

아직 실내는 온기를 잃지 않았지만

출항의 설렘은 이미 가신 지 오래,

목적지 미상,

항로는 이탈,

믿을 건 오직 북극성, 십자성,

벽에 매달린 십자가 아래서

어긋난 해도(海圖) 한 장을 손에 들고

난로의 불빛에 비춰보는 눈은 어두운데

가느다란 흰 연기를 화통(火筒)으로 내어 뿜으며

북양항로,

얼어붙은 밤바다를 표류하는

삶은

흔들리는 오두막 한 채.

● 제24시집 『북양항로(北洋航路)』, 민음사, 2017

춘설(春雪)

　　나는 우리 시조시단의 경향을 잘 모른다. 어떤 이슈를 어떤 방식으로 쓰는지를 모른다. 그저 나 자신이 쓰고 싶은 시조를 내 멋대로 쓸 뿐이다. 그러니 그것은 — 내가 일생동안 그래왔듯 — 내 자유시의 창작 태도와도 같다. 다르다면, 전자의 경우에는 모르면서, 후자의 경우에는 알면서 하는 일이라는 것뿐이다. 그러므로 설령 현하(現下) 우리 시조시단의 생태를 잘 알고 있다 하더라도 나는 그들이 가는 길을 좇아 따라가지는 않았을 것이다.

　　시조는 정형시이다. 그러므로 그 형식과 율격이 본질이며 생명이다. 나는 지금까지 시조 창작에서 가능한 한 엄격한 형식과 율격을 지키려고 노력해왔다. 자유시를 쓰는 내가 시에서 정형을 깨트리려 한다면 무엇 때문에 굳이 시조를 쓰겠는가. 일언이폐지하고 부분적으로든 전체적으로든 일단 정형으로부터 벗어난 모든 시는 자유시형이랄 수밖에 없는 것을…….

시는 그저 있는 것이다

시조는 민족문학이 우리에게 유산으로 물려준 단 하나의 정형 시형이다. 그러니 그 정형을 소중히 받들어 지켜야 하지 않겠는가?

봄날

사립문 열어둔 채 주인은 어디 갔나.
산기슭 외딴 마을 텅 빈 오두막집,
널어 논 흰 빨래들만 봄 햇살을 즐긴다.

추위 물러가자 주인은 마실가고
벚나무 한 그루가 덩그러니 꽃 폈는데
뒷산의 멧비둘기 울음소리만 마당 가득 쌓인다.

● 제25시집 『춘설(春雪)』 제2시조시집, 책 만드는 집, 2017

황금 모피를 찾아서

— 실크로드 시편

우리나라에는 없는 풍경이라서 그랬던 것일까. 나는 소년 시절부터 '사막'에 대한 어떤 막연한 동경을 갖고 있었다. 풀 한 포기자랄 수 없는 그 황막한 모래땅, 끝없는 열사(熱砂)의 지평을 외롭게 걸어가는 대상들의 행렬, 한순간에 모든 물상(物象)들을 지워버린다는 모래 폭풍, 현실이 꿈으로 채색된 그 허공의 신기루(蜃氣樓), 이 같은 환영(幻影)들은 후에 성인이 되어 보았던 영화 〈모로코(Morocco)〉의 마지막 장면에서 마를렌 디트리히(Marlene Dietrich)가 맨발로 사하라 사막을 터벅터벅 걸어가던 모습과 겹치며 언제인가 나도 한번은 필히 사막을 건너가 보리라 다짐한 적이 있었다.

그 꿈은 헛되지 않아 1994년 나이 52세 때 나는 우연히 한 신문사의 르포 취재 팀에 편승해서 중국의 서역(西域) 지방을 여행할 기회를 얻게 되었다. 중국 신장위구르(新疆維吾尔) 자치구의 성도 우르무치(烏魯木齊)를 출발해서 지프로 타클라마칸 사막을 건너 파미르 고원에까지 이르는 대장정(大長征)이었다. 그 과정에 나는 한 아름다운 조선족 여성 가이드로부터 타클라마칸 사막에 얽힌 여러 신비스러운 이야기들을 들었다. 특히 잃어버린 전설의 왕국 누란(樓欄)과 1600년을 주기로 남북을 100킬로미터씩 이동한다는, 방황하는 호수. 로프노르(Lop Nor) 이야기가 내 가슴을 설레게 했다. 그때 나는 마음속으로 중얼거렸다. 실크로드 전 구간을 답사하리라. 신라(新羅)의 경주(慶州)에서부터 동로마의 비잔티움까지 그 시대의 사람, 그 시대의 마음이 되어 이 세계를 한번 체험해보리라.

이후 나는 때로는 홀로, 때로는 배낭여행 팀에 끼어 실크로드를 걷는 나그네가 되었다. 1991년 일주일 동안 돌아다녔던 카자흐스탄을 필두로, 1996년 봄 보름은 터키를, 1999년 여름 열흘은 이란을, 2007년 가을은 티베트를, 2010년은 차마고도를, 2016년 가을 한철은 인도(그 이전에도 이미 두어 차례 가본 적이 있었으니), 파키스탄, 키르키스스탄, 우즈베키스탄을, 1918년 가을 한 달은 아제르바이잔, 조지아, 아르메니아를 답사한 것이 그것이다. 이로서 실크로드 전 구간의 답사는 계획대로 이루어졌고 나는 그 여행길에서 보고 느꼈던 것들을 시로 써 『문학사상』 등 국내 문학 정기간행물에 틈틈이 발표한 바 있다. 이를 한데 묶은 것이 본 시집 『황금 모피를 찾아서』이다.

사람들은 묻는다. 왜 험난한 고생길을 사서 하느냐. 그러나 내게 있어 여행은 결코 고생이 아니다. 그것은 기쁨이며, 놀라움이며, 충족이며, 새로움의 발견이다. 인간이란 원래 지적 호기심을

가진 동물, 무엇인가 안다는 것은 본다는 것, 본다는 것은 곧 깨
우친다는 것이다. 그렇다. 한 생은 나그네 길, 그래서 문예학에서
도 문학의 본질은 나그네의 원형상징(voyage archetype)에 있다고 말
하지 않던가. 길이 있으므로 나는 가보는 것이다. 하물며 그 길이
수만 년 전 우리 한민족을 해 돋는 동쪽으로 동쪽으로 이동시켜
오늘의 한반도에 정착케 한 바로 그 성스러운 실크로드임에랴.

마슐레 마을

별은
별과 같이 있어 별이다.
서로 손과 손을 마주 잡고
등과 등을 기대
별이다.
별은
별과 함께 빛나 별이다.
해처럼,
달처럼
홀로 빛나지 않고
더불어 빛나서 별이다.
별은
어둠을 밝혀서 별이다
대낮이 아니라,

정오가 아니라

반짝 반짝

밤에만 뜨는 별.

옛 페르시아의 고토(故土) 알브로스* 산록

골짜기를 한번 가 보아라.

세상 모진 산비탈 한쪽 벼랑에

위태위태 평안하게

우리 집 지붕이 너희 집 마당이 되고,

너희 집 마당이 우리 집 지붕이 되는

마을의 안식.

밤에 등불을 켜 들면

하늘의 별들이 무리지어 내려와

소담히 반짝거리는 마슐레가

거기 있다.

* 알브로스(Albroz)산맥 : 이란 북부 카스피해 연안을 따라 투트크멘스탄
과 국경을 이루는, 장대한 산맥. 이란의 다른 지역과 달리 푸른 숲이
우거진 풍경과 아름다운 계곡을 자랑한다.

** 마슐레(Masuleh) : 이란 북서부 아르메니아, 조지아가 합쳐지는 국경
근처의 도시, 라쉬트(Rasht) 남서쪽 60km 알브로즈 산맥 해발 1,050m
의 산비탈에 있는 이란의 오래된 전통 마을, 1006년경 6km 북서쪽에
있는 이웃 마을의 습격과 페스트 창궐 등을 피해 이주한 주민들이 거
의 벼랑에 가까운 산비탈에 진흙으로 아도베(Adobe) 양식의 집을 짓고
살고 있다. 아래 계단의 집 지붕이 윗 계단의 집 마당이 되는 구조로
푸른 산에 황톳빛 진흙 집들이 그림처럼 아름답다. 특히 밤에 계곡에
서 위를 올려다보면 마을 집에 켜든 불빛들이 마치 하늘에 뜬 별들처
럼 보인다.

● 제26시집 『황금 모피를 찾아서』, 문학사상, 2021

모순의 흙

첫 번째 시선집(詩選集)을 내게 되었다. 아직 작품의 양으로 보거나 시단의 연륜으로 보거나 선집을 내기에는 이른 감이 없지 않다. 그러나 내 초기시를 보고 싶어 하는 독자들도 상당수 있는 것 같고 또 나 자신도 이를 통해 방황했던 정신을 정리하고 싶어 이번에 결단을 내렸다.

모두 자선한 작품들이지만 선별의 기준을 특별히 정하지는 않았다. 내 나름으로 마음에 드는 것을 자연스럽게 골랐을 따름이다. 결과적으로 전달이 잘 되고 서정적이고 완결된 것들이 모여지지 않았나 생각한다.

내게 있어서 시란 항상 '왜 인간은 의미 없는 세계에서 살 수 없는 것인가'라는 물음과 그 해답을 요구하는 절대자로 서 있다. 그러나 아직도 나는 그 해답을 얻지 못해 고통스러워한다. 의미 없는 세계를 의미 없이 살 수만 있다면 얼마나 안이하고 즐거울 것인가. 그러한 관점에서 시는 인간을 인간답게 하는 길, 고통이

시는 그저 있는 것이다

실존의 문이 되게 하는 길일지도 모른다.

이 부끄러운 시집이 내겐 고통을 깨우치는 채찍이, 여러분들에게는 자신을 보는 거울이 되기를 바란다.

겨울 노래

산자락 덮고 잔들
산이겠느냐.
산 그늘 지고 산들
산이겠느냐.
산이 산인들 또 어쩌겠느냐.
아침마다 우짖던 산까치도
간데 없고
저녁마다 문살 긁던 다람쥐도
온데 없다.
길 끝나 산에 들어섰기로
그들은 또 어디 갔단 말이냐.
어제는 온종일 진눈깨비 뿌리더니
오늘은 하루 종일 내리는 폭설.
빈 하늘 빈 가지엔
홍시 하나 떨 뿐인데
어제는 온종일 난(蘭)을 치고
오늘은 하루 종일 물소릴 들었다.
산이 산인들 또
어쩌겠느냐.

● 첫 번째 시선집 『모순의 흙』, 고려원, 1985

신의 하늘에도 어둠은 있다

　행복이 무엇인지는 잘 모르지만 최소한 기쁨을 누릴 수 있는 어떤 상태인 것만큼은 사실이 아닌가 한다. 그러나 설령 그렇다 할지라도 그 기쁨은 자기만의 기쁨이어서는 아니 될 것이다. 인간이란 더불어 사는 존재이고 때에 따라서는 자신의 기쁨이 남의 고통을 수반할 수도 있기 때문이다. 그러한 관점에서 삶의 이상은 자신도 기쁘지만 남도 같이 기쁘게 해주는 것이어야 할 것이다. 나는 천성적으로 아름다운 목소리를 갖고 태어난 까닭에 노래를 부를 때마다 주위 사람들을 기쁘게 해줄 수 있는 가수가 부럽다. 나도 시를 쓸 때마다 주위 사람들을 기쁘게 해줄 수 있다면 얼마나 좋을 것인가.

　문화적 범죄라는 말을 가끔 생각해본다. 범죄는 일반 사회에만 있는 것이 아닐 터, 문학에 국한시켜 말한다면, 예컨대 독자를 속인다든가, 독자를 퇴폐적으로 만든다든가, 결과적으로 인간의 가치를 훼손시킨다든가 하는 일도 — 의도적인 행위이건 우연한 행위이건 — 역시 중대한 범죄라 할 수 있을 것이다. 그러므로 시인은 그 어느 때든 자기 성찰에 게을리해서는 안 될 것이며 비평가 역시 준엄한 비판 의식을 갈고 닦지 않으면 아니 될 것이다.

항상 나는 나의 시에 대하여 독자들에게 빚을 지고 있는 느낌이다. 그 빚을 갚기 위해 오늘 나는 다시 또 다른 큰 빚을 진다. 부끄럽다.

그리움에 지치거든

그리움에 지치거든
나의 사람아,
등꽃 푸른 그늘 아래 앉아
한 잔의 차를 들자.
들끓는 격정은 자고
지금은
평형(平衡)을 지키는 불의 물.
청자다기(青磁茶器)에 고인 하늘은
구름 한 점 없구나.
누가 사랑을 열병이라 했던가.
들뜬 꽃잎에 내리는 이슬처럼
마른 입술을 적시는 한 모금의 물.
기다림에 지치거든
나의 사람아,
등꽃 푸른 그늘 아래 앉아
한 잔의 차를 들자.

• 두 번째 시선집 『신의 하늘에도 어둠은 있다』, 미래사, 1991

너 없음으로

출판사의 권유로 사랑의 시들만을 골라 한 권의 시집을 엮어본다. 일관된 주제이기는 하나 일종의 선시집인 셈이다. 이로써 나는 세 권의 선시집을 갖게 되었다. 감회가 크다. 그만큼 시에 대한 자세도 준열해야 되리라고 다짐해본다.

내게 있어서 사랑은 시의 화두다. 그것은 영원에 대한 그리움의 문제이기 때문이다. 그리하여 내 사랑의 시들은 보다 철학적이며 형이상학적인 세계를 지향하길 바란다. 완전한 삶에 이르는 길, 그것은 존재의 근원적인 물음에 대한 해답이 아니겠는가. '사랑'은 아마도 그 여러 가능한 해답들 가운데 하나일지도 모른다.

나는 단순한 서정시인이 되길 원치 않는다. 훌륭한 시는 서정의 차원을 넘어서 철학화되어야 하기 때문이다. 내 사랑의 시도 아마 그와 같으리라.

시는 그저 있는 것이다

너, 없음으로

너 없음으로
나 있음이 아니어라.

너로 하여 이 세상 밝아오듯,
너로 하여 이 세상 차오르듯

홀로 있음은 이미
있음이 아니어라.

이승의 강변 바람도 많고
풀꽃은 어우러져 피었더라만
흐르는 것 어이 바람과 꽃뿐이랴.

흘러 흘러 남는 것은 그리움,
아, 살아 있음의 이 막막함이여.

홀로 있음으로 이미
있음이 아니어라.

● 세 번째 시선집 『너 없음으로』, 좋은 날, 1997

잠들지 못하는 건 사랑이다

잠든 돌멩이를 깨워주는 것은 강물이다. 급류에 휩쓸리지 않으려고 바둥대는 저 물속의 돌멩이, 그 속에서 한사코 버티는 돌들의 절규, 돌멩이는 돌멩이의 아픔을 안다. 그리하여 돌멩이는 또 돌멩이와 서로 이마를 맞대며 산다. 강물과 함께 산다.

잠든 파도를 깨워주는 것은 바람이다. 아늑한 침실, 요람의 깊은 꿈속에서 그를 일으켜 밖으로 떼미는 것은 거친 바람이다. 폭풍에 휩쓸리지 않으려고 안간힘 쓰는 파도, 벼랑에 부딪혀 하얗게 부서지는 파도의 포말, 파도는 파도의 아픔을 안다. 그리하여 파도는 파도끼리 서로 가슴을 껴안고 산다. 바람과 함께 산다.

잠든 영혼은 누가 깨워주는가. 관능의 부드러운 입술에 취해, 달콤하고 향기로운 말씀에 취해, 황홀한 한 잔의 술에 취해, 육체 깊숙이서 잠든 영혼. 잠든 영혼을 깨워주는 것은 절망이다. 어두운 밀실에서, 쾌락의 깊은 동굴에서 그를 일으켜 세워 밖으로 끌어내는 그 절망. 그리하여 영혼은 아픔을 안다. 아픔이 어떻게 우

시는 그저 있는 것이다

리를 성숙케 하는지를 안다. 인간은 왜 사랑 없이 살 수 없는 동물인지를 안다.

그리운 이 그리워

그리운 이 그리워
마음 둘 곳 없는 봄날엔
홀로 어디론가 떠나버리자.
사람들은
행선지가 확실한 티켓을 들고
부지런히 역구를 빠져나가고
또 들어오고,
이별과 만남의 격정으로
눈물 짓는데
방금 도착한 저 열차는
먼 남쪽 푸른 바닷가에서 온
완행.
실어 온 동백꽃잎들을
축제처럼 역두에 뿌리고 떠난다.
나도 과거로 가는 차표를 끊고
저 열차를 타면
어제의 어제를 달려서
잃어버린 사랑을 만날 수 있을까.
그리운 이 그리워
문득 타보는 완행열차,

그 차창에 어리는 봄날의

우수.

● 네 번째 시선집 『잠들지 못하는 건 사랑이다』, 책만드는집, 2002)

하늘의 시

봄이 온다는 것은 누군가 흔들어 깨워준다는 것이다. 잠들어서 아무것도 아닌 것을, 잠들어서 없는 것이나 마찬가지인 것을 누군가 깨워서 이제 존재하는 것으로, 의미를 갖는 것으로 살아 있게 만들어준다는 것이다. 아침에 늦잠 든 아이를 어머니가 흔들어 깨우듯 잠든 돌멩이는 흐르는 물이 깨우고, 잠든 나무는 따뜻한 봄볕이 흔들어 깨우고, 잠든 절벽은 산사태가 나서 깨운다. 잠든 마음은 절망이 깨운다. 흔들어 깨워서 비로소 마음이 되는 나의 마음, 봄이 온다는 것은 누군가가 흔들어 깨워 의미를 만들어준다는 것이다. 바람에 하나씩 눈뜨는 나무의 여린 잎새들.

봄이 온다는 것은 누구에겐가 말을 건넨다는 것이다. 언어를 만든다는 것이다.

2월

'벌써'라는 말이
2월처럼 잘 어울리는 달은 아마
없을 것이다.
새해 맞이가 엊그제 같은데
벌써 2월,
지나치지 말고 오늘은
뜰의 매화 가지를 살펴보아라.
항상 비어 있던 그 자리에
어느덧 벙글고 있는
꽃.
세계는
부르는 이름 앞에서만 그 존재를
드러내 밝힌다.
외출을 하려다 말고 돌아와
문득
털외투를 벗는 2월은
현상이 결코 본질일 수 없음을
보여주는 달.
'벌써'라는 말이
2월만큼 잘 어울리는 달은 아마
없을 것이다.

● 다섯 번째 시선집 『하늘의 시』, 황금북, 2003

바이러스로 침투하는 봄

세계사에서 그 언제든 그렇지 아니한 시대가 없었겠지만 오늘의 우리 시대 역시 풀어야 할 큰 숙제의 하나는 이 지구상에 어떻게 평화를 영원히 정착시킬 것인가 하는 일일 것이다. 그럼에도 불구하고 지난 백여 년은 일찍이 인류가 경험해보지 못했던 전쟁과 학살이 끊임없이 자행된 시대였다. 그것은 특히 근대의 소산이라 할 특정 이념들과 과학 병기(兵機)로 저질러진 대량 인명살상이었다는 점에서 그 이전과 다르다. 지금도 지구의 곳곳에서는 종교, 문명, 인종, 국가 간의 갈등으로 수많은 사람들이 죽어가고, 강대국의 수탈로 또 그에 못지않은 사람들이 굶주리고 있다. 지구의 동쪽 축을 받들고 있는 한반도의 상황 또한 예외는 아니다. 과연 이 지구상에 평화는 정착할 것인가.

모든 갈등은 양가적으로 대립하는 가치관에 의해서 발생한다. 그것은 상호 적대적이요 부정적이다. 선은 선이며 악은 악이다. 가는 것은 가는 것이며 오는 것은 오는 것이다. 하나는 하나이며 둘은 둘일 따름이다. 거기에는 이 양자를 합일시키는 조화의 힘이 없다. 있다면 다만 정(正)과 반(反)을 지양시키는 합(合)이 있을 뿐. 그러므로 이들의 세계에는 정과 반을 지양시키는 투쟁, 즉 전쟁이 일상화될 수밖에 없다. 이것이 바로 르네상스 이후 서구의 근대 문명을 일구어낸 정신적 지향 즉 이성 중심적 세계관이다.

그렇다면 양립하는 두 가치의 갈등에 전쟁이 아닌, 다른 해결책은 없는 것일까. 이를 해소하거나 조화시킬 방법은 없는 것일까. 우리는 아마도 인간의 논리가 아닌 자연의 순리 혹은 오랜 동양의 예지에서 그 해답을 찾을 수 있을지도 모른다. 정반합(正反合)의 변증법이 아닌 음양의 조화 혹은 중용(中庸)의 정신이야 말로—논리가 지배하는—이 시대 물질문명의 한계를 극복할 수 있는 힘이 될 수 있을지도 모른다. 그 어느때보다 오는 것이 즉 가는 것이 되는, 하나 보태기 하나가 하나일 수 있는 통찰과 예지의 힘이 필요한 시대이다.

내가, 존경하는 오세영 화백의 그림에 빚을 지면서 현대의 가혹한 상황을 시로써 고발하고 그것을 또 자연과 동양정신에서 해결하려는 이유가 여기에 있다.

짓거리

총이란 원래
살생을 목적으로 만든 무기임에도
하늘에다 대고 쏘면서 일컬어

축포라고 한다.

진정한 축복은 하늘이 스스로 내릴진저.

부처님 당대에는 상서로운 날에

무시로 하늘에서 꽃비가 내렸다는데

신(神)을 위협해서

꽃비를 받자 함일까.

인간의 오만은 끝간 데를 몰라

자신이 만든 총으로 필경 자멸에 이르게 될지니

삼엄한 군대를 도열시키고

그 앞에 버티고 서서

하늘에다 펑펑 대포를 마구 쏘아대는 것은

정녕 신의 죽음을 믿거나

그 신성(神性)에 토대한 인간의 존엄을

부정한 이후부터의

짓거리일 것이다.

● 여섯 번째 시선집 『바이러스로 침투한 봄』 시화집(詩畫集),
랜덤하우스코리아, 2006

101인 시선집

이 세상 수많은 사물들 가운데서 생명을 가진 존재로 태어났다는 것은 참으로 감사할 일이다. 그 생명체들 가운데서 언어를 가진 존재로 태어났다는 것은 더욱 감사할 일이다. 언어를 가진 존재들 가운데서 자신의 모국어를 가진 존재로 태어났다는 것은 더더욱 감사할 일이다. 모국어를 가진 자들 가운데서도 언어의 제관(祭冠)이 될 수 있었다는 것은 참으로 감사할 일이다.

나는 한국어로 이 세계를 명명할 수 있어 행복하다. 나는 한국어로 이 세계를 변혁시킬 수 있어 행복하다. 나는 한국어로 이 세계를 창조할 수 있어 행복하다. 나는 한국어로 이 세상에서 가장 보잘것없는 것들을 노래할 수 있어 행복하다. 나는 한국어로 누군가를 사랑한다고 말할 수 있어 참으로 행복하다.

나는 평생 돈을 벌기 위해 일하지 않은 것이 다행이다. 나는 평생 권력을 얻기 위해 일하지 않아 다행이다. 나는 평생 어느 무리에 끼지 않아 다행이다. 나는 평생 시류와 거리를 두고 살아서 다

시는 그저 있는 것이다

행이다. 나는 평생 외로울 수 있어 다행이다.

삶의 꽃인 문화, 그 문화의 꽃인 예술, 그 예술의 꽃인 시에 한 평생을 건 내 인생은 참으로 행복하다.

라일락 그늘에 앉아

맑은 날
네 편지를 들면
아프도록 눈이 부시고
흐린 날
네 편지를 들면
서럽도록 눈이 어둡다.
아무래도 보이질 않는구나.
네가 보낸 편지의 마지막
한 줄,
무슨 말을 썼을까.

오늘은
햇빛이 푸르른 날,
라일락 그늘에 앉아
네 편지를 읽는다.
흐린 시야엔 바람이 불고
꽃잎은 분분히 흩날리는데
무슨 말을 썼을까.
날리는 꽃잎에 가려

끝내

읽지 못한 마지막 그

한 줄.

● 일곱 번째 시선집 『101인 시선집』, 문학사상사, 2006

시는 그저 있는 것이다

수직의 꿈

이순(耳順)에 들면서 쓴 시조 하나가 문득 생각난다.

안 보이는 사물들이 이제는 다 보인다.
잡초에 가려 있던 들꽃의 아름다움,
노년에 눈 어둡다는 말 아무래도 헛말이다.

안 들리는 소리들이 이제는 다 들린다.
꽃이 피고 지는 소리, 별이 웃고 우는 소리,
노년에 귀 어둡다는 말 아무래도 헛말이다.(「이순」)

젊은 시절에는 눈에 띄지도 않던 들꽃들이 지금은 왜 그렇
게 아름다운지. 산길이나 들길을 걷다 문득 풀숲에 숨어 홀로
불 밝힌 이름 모를 꽃들을 발견하고 경탄을 자아낼 때가 한두 번
이 아니다. 왜 그때 그 시절에는 몰랐을까. 장미에, 튤립에, 모란
에…… 현혹되어 있었기 때문일까.

그러나 그때 그 시절에 몰랐던 것들이 어찌 들꽃의 아름다움뿐
이겠으랴. 요즘 나는 하루에도 몇 번씩 감사해야 할 일들을 발견
하고 스스로 놀란다. 전에 체험하지 못했던 일…… 그것이 자연
이든, 사회든, 혹은 인간이든 나 홀로 된 것은 없었다. 그러므로
더불어 있는 그들에게 감사할 일이다. 앞으로 그것을 시로 쓰리
라. 보이지 않은 것들을 보고 들리지 않은 것들을 들으리라.

태평양엔 비 내리고

너를 보았다.
샌프란시스코에서, 산 호세에서
무심히 인파 속으로 사라지는
너를 보았다.
서울의 공항에서,
하얗게 하얗게 손을 흔드는
네 얼굴은 보이지 않고,
이,
목,
구,
비,
눈썹의 이슬은 보이지 않고
하얗게 하얗게 흔드는 손만이
안개 속으로 흐려지는
태평양엔 비가 내리고,
너를 보았다.

망초꽃 언덕 너머 사라지는
하얀 나비.

오오, 너의 것이냐.
문득 창밖에 어리는 그림자 하나,
불현듯 토방에 내려서니
빈 뜰엔 가득히 달빛만 차다.
이슬 함초롬히 받고 선
자정의
분꽃.

너를 꿈꾼 밤.

● 여덟 번째 시선집 『수직의 꿈』, 시월사, 2008

푸른 스커트의 지퍼

나는 그동안 생태 환경에 대해 나름대로 관심을 가져왔다. 시도 수십 편을 썼다. 그럼에도 독자들로부터 제대로 주목을 받지 못했던 것은 그것이 단행본으로 묶이지 못한 탓인 것 같다. 그런데 다행히 미네르바의 주간 문효치 형의 권유로 한 권의 시집을 만들어본다. 문 형에게 감사드린다.

생태 환경의 중요성은 아무리 강조해도 지나침이 없을 것이다. 마침 내가 한국시인협회장으로 재임할 때 내 자신이 초안한 생태시 선언문이 있기에 이 글로써 머리말을 대신하고자 한다.*

숲속에서

어떤 것은 예리한 도끼로 쳤고

---

* '제5부 시여, 시인이여'의 「생태시 선언문」 참조.

어떤 것은 잔인하게 톱으로 싹둑
베어버렸다.
외진 숲속의 잘린 나무들.
아직도 나이테 선명하고 송진향 그윽한데
너는 일말의 적의도 없이
가진 모든 것들을
아낌없이 세상에 베풀기만 하였구나.
살아서는 꽃과 열매를 주고
우리로 하여
푸른 그늘 아래 쉬게 하더니
어느 악한이 장작패서 불태워버렸을까.
어느 무식이 너를 잘라 불상(佛像)을 새겼을까.
그래도 모자람이 있었던지 너는
죽어버린 끌덩에서조차
파아란 이끼를 키우고 또 다소곳이
버섯까지 앉았구나.
딱새, 벌, 메꽃, 다람쥐, 풀잎 심지어는
혀를 낼름거리는 꽃뱀까지도
왜 너와 더불며는 평안을 얻는지 이제야
그 이유를 알겠다.
소신공양이 따로 없느니
네가 바로 부처인 것을
내 오늘 산에 오르며 문득
자연으로 가는 길을 배운다.

● 아홉 번째 시선집 『푸른 스커트의 지퍼』(생태시집), 연인 M&B, 2010

천년의 잠

인간은 왜 사는가? 부질없는 질문인 것 같다. 그저 살기 위해 사는 삶인 까닭이다. 그렇지 않은가. 들에 핀 장미가, 강가에 서 있는 버드나무가, 산속의 소나무가, 전깃줄 위에서 우짖는 참새가 어디 무슨 이유가 있어서 사는가. 그저 살고 있으니 살 뿐이다. 어떤 목적이 있어서가, 어떤 목적을 위해서가 아니라 그냥 산다. 그래서 목적이 아니고 존재라 한다.

인간은 사랑하며 산다. 사랑하지 않고 사는 사람은 이 세상에 아무도 없다. 그런데 사랑은 언어를 통해서만 가능하다. 사랑은 상대에 대한 인식과 이해 없이 이루어질 수 없기 때문이다. 인간은 어떻게 사는가. 그러므로 우리는 또 이렇게 대답할 수도 있다. 인간은 생각하며 산다. '나는 생각한다. 고로 존재한다.' 그런데 생각은 언어 없이 불가능하다. 언어가 즉 생각인 까닭이다. 그래서 『성서』에서도 '인간은 빵이 아니라 말씀으로 산다'고 하지 않았던가.

인간이 인간인 것은 언어를 가졌기 때문이다. 그러므로 훌륭한 인간은 가장 진실되고, 가장 아름답고, 가장 가치 있고, 가장 고귀한 언어를 창조할 줄 아는 자이다. 칸트가, 하이데거가 시인을, 인간을 넘어서 신의 그 아래 자리에 앉힌 이유가 여기에 있다. 그러므로 모든 존재가 도구로 전락해버린 이 시대의 마지막 보루인 시여, 언어의 꽃이여, 그대에게 축복이 있을진저!

바람의 노래

바람 소리였던가,
돌아보면
길섶의 동자(童子)꽃 하나.
물소리였던가,
돌아보면
여울가 조약돌 하나.
들리는 건 분명 네 목소린데
돌아보면 너는 어디에도 없고
아무데도 없는 네가 또 아무데나 있는
가을 산 해 질 녘은
울고 싶어라.
내 귀에 짚이는 건 네 목소린데
돌아보면 세상은
갈바람 소리,

갈바람에 흩날리는

나뭇잎 소리.

● 열 번째 시선집 『천년의 잠』(활판 한정판 시집), 시인생각, 2012

시전집(詩全集)

편자 권영민 교수와 랜덤하우스 주간 이경철 형의 도움으로 전집을 내게 되었다, 그러나 한 시인에게 있어 완전한 의미의 전집은 그의 사후에나 가능할 수 있는 것, 아직 시작 활동을 놓지 않은 현역인 까닭에 나는 그 '전집'이라는 말이 쑥스럽다. 그러므로 엄밀히 말하자면 본서는 지금까지 상재했던 시집들을 하나로 묶은 집합본(集合本)이라고나 할까.

그동안 내 시를 연구하고자 하는 분들로부터, 기출간 시집들을 구하지 못해 고충이 많다는 이야기를 자주 들었다. 17권이나 되는 시집 대부분이 이미 절판된 상태이니 그도 그럴 것이다. 나로서는 그런 분들에게 무엇인가 편의를 제공해드리는 것이 도리인 듯싶었는데 이렇듯 집합본을 내게 되어 다행으로 생각한다. 시기적으로도 올해는 내가 오랫동안 봉직해왔던 대학교에서 정년을 맞았고 등단 후 어언 시작 1,000여 편을 이루어냈으니 굳이 변명하자면 이를 기념한다는 뜻도 없지는 않다.

원본과 다른 본서의 몇 가지 특징들을 지적하면 다음과 같다.

첫째, 작품이 1,000편 이상 되니 중복되는 제목들이 많다. 그래서 동명의 작품들을 구분하기 위해 중복되는 제목들에 일련번호를 부쳤다. 예컨대 「편지1」, 「편지 2」…… 등.

둘째, 몇몇 작품은 원작과 다르게 퇴고하였고 더러 행갈이도 손을 보았다.

셋째, 원래 원본에는 중복 수록된 작품들이 몇 편 있었다. 제6시집 『꽃들은 별을 우러르며 산다』의 제4부에 수록된 작품들 중 「1월」, 「3월」, 「4월」, 「5월」, 「6월」, 「8월」 등 6편은 제4시집 『불타는 물』에, 「7월」, 「12월」 등 2편은 제2시집 『가장 어두운 날 저녁에』에 이미 실린 것들이다. 역시 제14시집 『꽃피는 처녀들의 그늘 아래서』의 제4부 수록 작품들도 「벚꽃」, 「동백꽃 1」, 「양귀비꽃」, 「국화꽃」, 「찔레꽃」, 「해바라기꽃」, 「연꽃」, 「안개꽃」, 「철쭉」, 「나팔꽃」, 「장미꽃」 등 11편은 제6시집 『꽃들은 별을 우러르며 산다』에, 「복사꽃1」은 제2시집 『가장 어두운 날 저녁에』에, 「진달래꽃 1」과 「목련꽃」은 제4시집 『불타는 물』에, 「난초 1」은 『꽃들은 별을 우러르며 산다』에, 「동백꽃 2」는 『적멸의 불빛』에 이미 게재된 바 있다. 따라서 이번 집합본에서는 이 중복 수록된 작품들 중에서 처음 수록된 시집의 작품들은 모두 삭제했다. 예컨대 「1월」은 제4시집 『불타는 물』과 제6시집 『꽃들은 별을 우러르며 산다』 등 두 시집에 수록되어 있지만 이 중 전자의 시집에 수록된 작품은 삭제하고 후자에 실린 작품은 살리는 것과 같은 방식이다.

넷째, 편집상 부득이한 사정으로 시집 속의 시들의 순서를 바

꿔 배열한 경우도 없지 않다.

묶어놓고 보니 무언가 나름대로 정신의 한 구석이 정리된 듯한 느낌이다. 내 시 「땅끝 마을」에서 나오는 시행 한 구절을 인용해 본다.

"끝의 끝은 시작이다."

하늘의 시

어스름 깔리는 마당귀에는
감꽃만 수북이 떨어져 있었다.
사립 밖엔 한나절
물 나는 소리.
윤사월 조금날 썰물이 길어
바다가 빈 개펄 드러내듯이
아, 나도
가진 것이라곤 시의 묘망한 하늘뿐,
너를 두고 한세상 살아왔다.
애비 없이 태어난 나는
에미도 일찍 잃어
세 살에 든 열병을 아직도 고치지 못한 채
이마는 항상 뜨겁기만 하다.
내 시의 먼 하늘, 노을에 맺힌 그 이슬이
밤바다에 반짝이는 별이 될 수 없음을
나 너로 인해 비로소 알았나니

이제 더 이상 속지 않으리.

네가 가고 또 그로 하여 시마저 버린다면

이 세상 슬퍼할 그 무엇이 아직

남아 있을까.

● 『시전집(詩全集)』, 랜덤하우스코리아, 2007

생이 빛나는 아침

　우리의 근·현대시인 99명의 대표작을 한 편씩 묶어 간단히 감상문을 덧붙여본다. 이 중 50편은 내가 1년 전 『중앙일보』 지면에 한 편씩 소개할 때 많은 독자들로부터 호응을 받았던 작품들이다.

　대표작이라 하지만 나름대로 몇 가지 게재 기준을 정했다.

　첫째, 길이가 17행 내외를 넘지 않은 단시라는 점이다. 요즈음 유행하고 있는 우리 시들이 쓸데없이 길어 미학적 긴장감이 결여된 것을 감안한 결과다.

　둘째, 독자들에게 이미 잘 알려진 작품들은 가능한 한 배제하였다. 시인의 새로운 얼굴을 보여주고 싶었기 때문이다.

　셋째, 될 수 있으면 쉬운 시들을 우선으로 하였다. 순수 독자들의 감성에 호소하려는 의도이다.

　넷째, 건강하고 메시지가 잘 전달되는 작품들을 골랐다. 비평계에서 아무리 논란이 되는 작품이라 해도 우선은 독자들에게 이해되고 난 다음의 문제가 아니겠는가.

한 가지, 감상문에서 '시인' 혹은 '나'로 지칭되는 사람은 엄밀히 말해 시의 화자(persona)이다. 학술서나 비평서가 아닌 까닭에 편의상 그렇게 불러보았으나 사실을 말하자면 시도 픽션의 공간에 쓰여지는 것이니 화자와 시인은 엄연히 다른 존재임이 물론이다.

부피가 작다고는 하나 본서에 수록된 시들은 모두 우리 시사의 보석 같은 작품들이다. 이제 이들 시가 본서를 촉매로 우리 시의 대중화에 다소나마 기여하기를 바란다.

감자를 캐며

눈에 보이는 것보다
보이지 않은 것의 현신(現身)은
얼마나 찬란한 경이이더냐.
음(陰) 6월 해가 긴 날의 어느 하루를 택해
호미로 밭두렁을 허물자
우수수 쏟아지는 감자, 감자,
겉으로 드러난 줄기와 잎새는
시들어 보잘것없지만
흙 속에 가려 묻혀 있던 알맹이는
튼실하고 풍만하기만 하다.
부끄러워 스스로를 감춘 그 겸손이
사철 허공에 매달려 맵시를 뽐내는

능금의 허영과
어찌 비교할 수 있으랴.
보이지 않는 것은 보이는 것의 어머니.
세상이란 보이지 않는 반쪽이 외로 지고 있을지니
눈에 보이는 것보다
보이지 않는 것의 현신은
얼마나 아름다운 경이이더냐.

● 편저 『생이 빛나는 아침』, 문학과경계, 2004

千年の眠り(천년의 잠)

　나는 이미 일본어 번역 시집을 두 권 가지고 있습니다. 『花たち
は星を仰ぎながら生きる(꽃들은 별을 우러르고 산다)』(鍋倉ますみ 譯,
東京: 紫陽社, 1994)와 『時間の丸木舟(시간의 뗏목)』(鍋倉ますみ 譯, 東
京: 土曜美術社, 2008)가 그것입니다. 그 몇 년 앞서 제 시 몇 편이
일본의 어떤 시 잡지에 번역 소개된 바 있는데 그것이 계기가 되
어 우연히 이를 읽은 나베쿠라(なべくらますみ) 여사가 제 시들을
일본어로 번역해 도쿄에서 자비로 출판해주신 것들입니다.

　이 일로 저는 일본에 대해 전에 없던 호감을 갖게 되었습니다.
그때까지 저는 사실 일본에 별 관심이 없었던 평범한 한국 사람
이었으니까요. 제가 한국에서 유달리 반일 교육이 철저했던 시기
에 성장했기 때문일지도 모릅니다.

　그러나 저는 그 후 여사와의 그 같은 인연뿐만 아니라 제가 봉
직한 대학에서 일본인 유학생들을 자주 접하고 몇 차례 일본을
방문하는 과정에서 그때까지 일본에 대해 지녔던 제 자신의 생각

시는 고쳐 있는 것이다

이 지나친 편견이었다는 것, 또한 인간의 삶에 있어 상호 간의 만남이나 소통이 얼마나 중요한 일인가를 새삼 깨닫게 되었습니다. '나'라는 것도 사실은 고립된 실체가 아니라 타인들과의 관계성에 의해서 규정되는 어떤 존재론적 현상을 편의상 지칭하는 단어가 아니겠습니까. 그것은 개인과 개인, 민족과 민족의 문제 역시 마찬가지일 것입니다. 그러한 의미에서 '시(詩)'란 이 지상에 — 개인이나 민족이 아닌 — 인류의 어떤 보편적 이상을 실현하려는 정신적 가치가 아닐까 생각합니다.

근대사에서 한국과 일본은 여러 우여곡절과 민족적 갈등이 있었습니다. 그러나 거슬러 그 원형(archetype)을 살피자면 역사적으로 고대 일본 국가의 형성에 큰 역할을 담당했던 백제의 패망과 그로부터 연유하는 한(恨)의 감정이 혹시 일본인들의 집단 무의식 속에 깊이 서려 있지는 않는가 하는 상상을 해봅니다. 다음과 같은 시로 머리말을 대신하는 이유입니다.

> 일본국 오사카부(大阪府) 히라카타시(枚方市),
> 그 소란스런 거리를 지나 후미진 골목을 돌아
> 내 물어물어 여길 찾아왔나니
> 바람은 항상 구슬픈 피리 소리로 불고
> 구름은 항상
> 만장(挽章)처럼 펄럭이는 곳.
> 누군가는 여기서
> 하늘 나는 비천(飛天)을 보았다 하고
> 누군가는 또 바다 건너 멀리

낙화암(落花巖)에서 떨어지는 삼천 궁녀들을

보았다 하나

본 것이 본 것이 아닌,

오직

마당가 신목(神木) 가지 위에서 우는

갈가마귀들만이 보았다는 곳.

인간과 명계(冥界)의 경계에 선

그 백제왕신사.

내 물어물어 여길 찾아왔나니

허물어진 돌계단을 올라

불이 꺼진 석등(石燈)들을 지나

바람은 항상 구슬픈 피리 소리로 불고

구름은 항상

만장처럼 펄럭이는 곳.(「백제왕신사(百濟王神社)」)

어려운 여건에서도 보잘것없는 제 시들을 어여삐 보시고 흔쾌
히 번역에 임해주신 한국외국어대학교 일본문학과의 서재곤 교
수께 감사를 드립니다.

문밖에서

당신은

어디에 숨어 계십니까.

당신이 계신 곳을 찾으려고

나는

꽃의 문 앞에서 서성거렸습니다.
당신은 아름답기 때문입니다.

— 꽃의 문을 열자 향기가 있었습니다. 향기의 문을 열자 바
람이 있었습니다. 바람의 문을 열자 하늘이 있었습니다. 하늘
의 문을 열자 빛이 있었습니다. 빛의 문을 열자 무지개가 있었
습니다. 무지개의 문을 열자 비가 내렸습니다. 비의 문을 열자
나무가 있었습니다. 나무의 문을 열자 다시 꽃이 있었습니다.

당신은 어디에 숨어 계십니까.
나는 항상 당신의
문밖에 서 있습니다.
·················
모든 아름다운 것들은 언제나 문밖에
서 있습니다.

● 일본어 번역 시집 『千年の眠り』, 鎌倉 : 港の人, 2021

제4부

인간은 기록을
남긴다

산문집 서문

사랑에 지친 사람아 미움에 지친 사람아

나의 시 「영원이 그리운 날엔」에서 '사랑에 지친 사람아, 미움
에 지친 사람아'라는 두 시행을 뽑아 제목으로 삼은 나의 첫 번째
수필집을 낸다. 그동안 숨어서 쓴 글, 일반 잡지에 간간이 발표했
던 감성적 글들을 정리해 모은 것이다. 계획적으로 쓴 것은 아니
지만 묶어놓고 보니 나름의 일관성만큼은 지닌 것 같아 다행스럽
게 생각한다.

요즘 나는 시에서도, 산문에서도 사랑의 문제에 관심을 가지
고 있다. 물론 단순히 이성애나 박애만을 가리키는 말은 아니지
만…… 오히려 나는 그것을 삶의 한 양식, 즉 영원을 그리워하는
마음 정도를 뜻하는 말로 사용하고 싶었다.

인간은 불완전하다. 유한하고 고독하다. 덧없이 한 생을 살다
본래대로 돌아간다. 그러니 어떻게 하면 이 덧없는 생을 벗어나
완전한 경지에 도달할 수 있을까. 그것은 아마 너무도 먼 거리에
있어 단지 그리움으로만 머무를 어떤 것일지도 모른다. 그러나

그렇다 하더라도 우리가 순간의 욕망 충족에 급급한 일상을 잠깐만이라도 접어두고 한 번쯤 영원이라는 것을 생각해본다는 것은 그 자체로서 이미 가치 있는 일은 아닐까.

인간은 두 가지 세계에 관계를 맺으며 산다. 논리가 지배하는 세계와 모순이 지배하는 세계, 즉 과학과 학문으로 해명될 수 있는 세계와 문학과 종교로 해명될 수 있는 세계이다. 나는 이 후자의 본질에 사랑이 있다고 믿는다.

누구를 사랑할 때 여러분들은 어떻게 사랑하는가. 논리로 사랑하는가. 절대로 그렇지는 않을 것이다. 아마도 여러분들은 누군가를 모순과 역설과 비논리로 사랑할 것이다. 그것은 비유적으로 컴퓨터나 항공기를 만드는 지식보다도 어머니의 어진 손길로, 연인의 따뜻한 입맞춤으로 사는 것을 의미한다. 인간 삶의 모든 기초는 이렇듯 논리적 진리가 아니라 모순의 진리에 있다. 논리적 진리는 다만 인간의 생활을 편리하게 해 줄 뿐 사랑이야말로 인간에게 바로 행복 그 자체를 가져다 주는 것이다.

사랑에 지친 사람아, 미움에 지친 사람아, 그대들이 추구했던 행복은 어디 있는가. 오늘처럼 눈이 부신 푸르른 날엔 한 번쯤 영원을 생각해봄 직하지 않은가?

• 『사랑에 지친 사람아 미움에 지친 사람아』, 자유문학사, 1989

꽃잎 우표

이 산문집에 수록된 한 글에서 나는 어린 시절에는 수다쟁이였다고 썼다. 그러나 사실은 말을 별로 하지 않는 소년, 아니 하지 못한 소년이었다. 자기 주장을 어떻게 펼쳐야 할지를 몰라 더듬거리다가 결국 입을 다물어버리곤 했던 그런 아이였다. 그리고 그 같은 행적은 이후 하나의 성격으로 굳어버렸다. 아마도 귀가 어두우셨던 어머니 때문이었을지 모른다.(어머니는 유년시절 외할머니께서 당신의 귓밥을 파주시다가 실수로 고막을 건드려 약간의 청력 손상을 가지고 계셨다.)

그리하여 지금까지 살아오는 동안 나는 일상적 대화에서 대체로 말을 하는 쪽보다 듣는 쪽이었는데 그것은 산문가라기보다는 시인의 편에 속하는 태도였다. 산문가는 말로 글을 쓰는 사람이지만 시인은 침묵으로 글을 쓰는 사람인 까닭이다.

그러나 그럴수록 마음속 깊은 한구석에서는 무엇인가 남들처럼 활달하게 자기를 표현하고 싶은 욕구도 적지 않았다. 훌륭한 산문을 대할 때마다 그처럼 감동적인 글을 쓸 수 있다면 얼마나 좋을까 하는 부러움을 갖곤 했다. 아름다운 산문을 쓰고 싶었다. 시 같은 산문을 쓰고 싶었다.

그러나 그 같은 소망으로 긴 세월을 허송하다가 어느덧 들이닥친 내 나이 이순(耳順), 이젠 이것저것 가릴 여유가 없게 되었다. 아름답지 않아도, 훌륭하지 않아도 좋다. 다만 내 삶의 진실이 담기기만 한다면…… 그런 심정으로 쫓기듯 산문집을 한 권 엮어본다. 아둔한 시인의 아둔한 산문이라고나 할까,

이 산문집에 수록된 대부분의 글들은 — 내 시를 접한 독자들은 이미 눈치를 채고 있겠지만 — 내가 쓴 창작시들을 패러프레이즈한 것들이다. 당연히 그 내용 역시 내 시집 어느 한구석을 차지하고 있다. 그러므로 호사스러운 독자들이라면 해당 시를 시집에서 찾아 산문과 대조해서 읽어보는 것도 재미있으리라 생각한다. 특히 요즘 학계에서 관심을 불러일으키고 있는 소위 '상호텍스트성(intertextualité)'이라는 관점에서는 더욱 그러하다.

제4장의 내용이 전체의 문맥에서 다소 벗어나 있는 것은 이 부분만이 필자가 외국 체류 경험을 쓴 글들이기 때문이다.

● 『꽃잎 우표』, 해냄, 2000

왈패 이야기

봄날, 하롱하롱

바람에 흩날리는 꽃잎들을 보아라. 그것은 꽃이 아니다. 땅에
떨어져 썩는 유기물은 더욱 아니다. 그것은 기다림에 지친 존재
가 마지막으로 띄우는 엽서, 모든 살아 있는 것들은 기다림에 살
고 또 모든 기다리는 것들은 마지막 순간에 편지를 띄운다.

여러분들도 그 마지막을 위해서 편지를 쓸 준비가 되어 있는
가. 청첩장이 아니고, 청구서가 아니고, 카드 결산서가 아닌, 인
생의 그 마지막 기다림을 위해서…… 만일 그렇지 않다면 봄날,
흩날리는 꽃잎들을 무심히 보지 말아라.

지상에서나 하늘에서나 멀리 있는 것은 별이 된다. 멀리 있어
서 아름다운, 멀리 있어서 갖고 싶은, 멀리 있어서 슬퍼지는…….
오늘도 나는 창가에 앉아 멀리 있는 그에게 편지를 쓴다. 도달할
길 없는 편지를, 도달할 길 없어 아예 바람결에 날려버릴 편지를

인간은 기록을 남긴다

쓰는 나를 두고 사람들은 시인이라고 한다.

오늘도 그는 무대에 올라 멀리 객석에 앉아 있는 그에게 손짓을 한다. 응답이 없는 손짓을, 날 수 없는 비상을 흉내 내는 그런 그를 두고 사람들은 광대라 한다.

오늘도 당신은 연필을 들고 멀리 있는 그의 얼굴을 그린다. 흐릿해서 기억하지 못하는, 그리하여 다만 상상으로 당신을 보는 그런 그를 두고 사람들은 화가라 한다.

사람들은 말한다. 별은 하늘에만 있는 것이라고, 낮에 뜨는 것이 아니라고, 반짝반짝 빛나는 것만이 별이라고……. 그러나 야간 비행을 해본 자는 알리라. 별은 이 지상에도 있다는 것을, 이 지상에서도 반짝반짝 빛나는 것이 있다는 것을……. 지상에서나 하늘에서나 멀리 있는 것은 별이 된다. 멀리 있어서 아름다운, 멀리 있어서 갖고 싶은, 멀리 있어서 슬퍼지는…….

바람에 쏠려 나무가 하나씩 잎새를 잃어가듯, 썰물에 쏠려 바다가 갯벌을 서서히 드러내듯, 새벽 노을에 쏠려 별들이 하나씩 스러지듯, 산다는 것은 무언가 잃어간다는 것이다. 화려한 봄날 피어나는 꽃들을 보아라. 그 꽃잎 시들기 위해 피지 않던가. 그 잎새 떨어지기 위해 돋아나지 않던가. 그 열매 썩기 위해 맺지 않던가.

겨울 나목(裸木)들을 보아라. 사람들은 황량하다 하지만 그것은 최선을 다한 뒤 고개를 숙이고 기다리는 자의 순결한 모습. 나무는 평생을 키워 올린 과실을 지상에 바치고 마침내 잎새조차 버린 채 하늘을 우러르고 있다. 그의 생애는 참으로 다난했지만, 그의 삶은 참으로 고달팠지만 나무는 더 이상 다다를 수 없는 존재의 높이에 이르러 다만 하늘의 긍휼을 기다리고 있을 뿐이다. 최선을 다하고 고개 숙여 기다리는 자의 빈 손은 얼마나 아름다운가. 이제는 빛과 향으로 신(神)이 채워주셔야 할 그의 공간.

● 『왈패 이야기』, 화남, 2003

멀리 있는 것은 아름답다

가만히 귀를 열고 들어보면 이 세상 모든 것들은 무엇인가 그들만의 대화를 나누고 있는 것 같다. 나는 그 사물들의 말을 듣고 싶다. 그리고 간혹 듣기도 한다. 어떤 간절한 시간에는…… 나는 그 사물들의 말을 혼자만 간직하기가 아쉬워 이처럼 나의 어법으로 적어본다.

아름다운 산문을 쓰고 싶었다. 그러나 그 소망이 지나치면 시가 되고 시들하면 다시 같잖은 잡문으로 돌아가버리기 일쑤였다. 그러니 이 책에 실린 에세이들은 그 중간쯤에 해당하는 글이라고나 할까, 모두 내 시를 풀어쓴 것들이다.

과분하리만큼 좋은 산문집을 엮어주신 손정순 씨, 아니 손정순 시인에게 감사의 말씀을 드린다.

• 『멀리 있는 것은 아름답다』, 작가, 2007

정좌(正坐)

　태어나서 살다 죽는 일, 이 세상 모든 살아 있는 것들이 겪는 자연의 순리다. 무엇 때문에 생겨나서 왜 이렇게 살다가 어디로 돌아가는 것일까. 아마 그 누구도 속 시원히 대답할 수 있는 질문은 아니리라. 그러면서도 한 세상 이 같은 문제들로 고민하다가 죽는 것 또한 인생이다. 나 역시 다르지 않다. 그렇다면 지식인으로서 최소한 자신이 겪고 산 동안의 일만큼은 성실히 성찰하고 기록해두어야 하지 않을까? 설령 정확하고 완전하지는 않다 하더라도 그 자체가 자신의 실제 경험이며 자기 존재의 확인이 될 수 있겠기 때문이다.

　나는 사실 염세주의자이다. 삶을 행복하다고 생각해본 적이 별로 없다. 왜 태어났을까? 태어나지 않았더라면 더 좋았을 것을……. 그렇지만 한편으로, 기왕에 산다면 영원히 살고 싶기는 하다. 죽음에 대한 두려움 때문일까, 아니라면 지금까지 살아왔던 내 삶의 덧없음 때문일까. 그러나 영원이란 현실적으로 있지

인간은 기록을 남긴다

도 있을 수도 없는 것, 그래서 사람들은 자신의 사후(死後) 이 세상에 어떤 흔적들을 남기고 싶어 하는지도 모른다. 심지어 호랑이는 죽어서 가죽을, 사람은 죽어서 이름을 남긴다고 하지 않던가.

그러나 나는 이렇게 말하고 싶다. 호랑이는 죽어서 가죽을 남기지만 인간은 죽어서 기록을 남긴다. 아니 남겨야 한다. 기록 즉 글쓰기란 영원성에 대한 존재의 자기 담보이자 그가 후세에게 기여할 수 있는 한 생의 마지막 노력이 될 수도 있을 것이라고 생각하기 때문이다. 그러므로 이 책의 기록은 평생 학자와 시인의 두 길을 걸으며 한 다난한 시대를 살았던 허무주의자의 작은 발자국들이라 할 수 있다. 큰 파도가 휩쓸면 덧없이 스러질 바닷가 모래밭의 그 작은 발자국들…….

그리 될 줄 알면서도 나는 기록을 남긴다. 인생이란 어차피 아이러니라고밖에 말할 수 없지 않겠는가?

● 『정좌(正坐)』, 인북스, 2020

제5부

시여, 시인이여

선언문

고천문(告天文)

　유세차(維歲次) 단기(檀紀) 4339년 병술(丙戌) 10월 21일 한배검 배달자손으로 태어나 문필을 업으로 삼게 된 우리 시인들은 민족의 혈맥이 고동치는 백두대간 태백 영봉에 모여 삼가 국조(國祖)이신 단군왕검(檀君王儉)과 천지신명(天地神明)께 고하나이다.

　일찍이 일만여 년 전 우리 민족은 성스러운 백두산(白頭山)을 중심으로 동아시아의 광대한 지역에 터를 잡고 환인, 환웅, 치우 천황의 신정(神政) 아래 세계사에서 유례가 없는 독창적인 문화를 일구었습니다. 그 뒤 한 신인(神人)이 태백산 신단수(神檀樹) 아래 내려와 신시(神市)에 홍익인간(弘益人間) 제세이화(濟世理化)의 이념으로 세상을 여시니 그분의 아들이 곧 조선(朝鮮)을 건국하신 단군왕검이시라 이분에 의하여 우리는 오늘에 이르러 개국(開國) 반만 년에 이르렀습니다.

　애초에 고조선(古朝鮮)의 영토는 오늘의 중국 중원(中原)은 물론 동북아시아 전 지역 대부분이었습니다. 그러나 천지 운행에도 변화는 있기 마련이어서 오랜 세월 오랑캐의 침략을 받은 후 우리 강역 역시 많이 위축되기는 하였으나 그래도 한반도와 요동, 요하를 포함한 옛 만주 땅은 누천년 우리의 성스러운 국토였고 고조선의 유업을 계승한 고구려(高句麗), 발해(渤海)의 천년 사직(社稷) 또한 엄연한 우리의 역사임은 오늘에 와서 이 지역을 자신들의 고토(故土)라고 주장하는 오랑캐 자신의 사서(史書)에서조차 기록되어 있는 바입니다. 하물며 신라(新羅) 장군 이사부(異斯夫)의 정복 이후 오늘에 이르기까지 우리 한배검의 자손들이 대대로 통치해온 동해의 한 점, 섬 독도(獨島)가 순결한 우리 국토의 일부라는 것은 굳이 사실(史實)을 들어 설명할 필요가 없나이다.

그럼에도 불구하고 20세기에 들어 우매한 후손들이 잠깐 세계 정세에 아둔하고 열성조(列聖祖)의 가르침을 게을리한 탓에 일시 국권(國權)을 외국 오랑캐에게 빼앗김으로써 오늘날 남북이 분단된 것만 하더라도 더없이 통탄스럽고 후회막급한 일이온데 이 어지러운 국제질서를 틈타 발호하는 오랑캐 무리들이 교활하게도 혹은 고조선과 고구려, 발해를 자신들의 지방정권이라 강변하면서 우리 고토에 대한 연고권을 주장하는 자 있는가 하면 혹은 태양의 밝은 빛을 두 손바닥으로 가리면서 뻔뻔스럽게도 독도를 자신들의 땅이라고 우겨대는 자 있는 것은 참으로 노상(路上)에서 도척(盜跖)을 만난 형국과 같사옵니다. 그러나 이 모든 사태의 책임은 그 누구보다도 국조께서 물려주신 이 성스러운 국토와 장엄한 역사를 삼가 근신하여 지키지 못한 이 우매한 후손들에게 있음을 통렬히 반성하나이다.

그러하므로 이 어리석은 후손 꿇어 엎드려 속죄하오니 국조이신 단군왕검이시여, 한울님이시여, 천지신명이시여, 부디 저희들의 죄를 용서하시고 다시는 이와 같은 우를 범하지 않도록 인도하여주소서. 다시는 저희들로 하여금 열성조의 가르침에 게으르지 않게 하여 당신이 물려주신 이 성스러운 국토와 장엄한 역사를 세세 만대 누리게 하소서. 비나이다. 단군이시여 한울님이시여. 부디 이 동강난 국토를 이어 한 나라로 만들어주시고 당신이 가꾸신 이 순결한 땅이 핵물질에 오염이 되지 않도록 지켜주소서. 다시는 전쟁의 비극이 이 성스러운 국토에서 일어나지 않도록 보우해주소서.

단기 4339년 10월 21일
한국시인협회장 오세영 삼가 고하나이다.

2006년 한국시인협회의 통일기원 태백산 천제단(天祭壇)
단군제(檀君祭)에서 오세영(吳世榮) 찬(撰)

한글 주간 선포 선언문

　모름지기 인간이 인간됨은 언어의 사용에서 비롯함이니 대저 인간이 금수(禽獸)와 다름은 언어를 가졌음이라. 언어가 있기에 생각이 있고, 생각이 있기에 표현이 있고, 표현이 있기에 또 문화가 있는 것은 모두가 아는 바이다. 그러므로 언어란 인류에게 있어선 정신의 텃밭이요 민족에게 있어선 그 경작할 씨앗이다. 그 텃밭을 갈아 언어의 씨를 뿌리고 훌륭하게 꽃피울지니 그 꽃이 바로 인류와 문화와 문명인 까닭이니라.

　일찍이 하늘이 갈라지고 땅이 솟아 비로소 이 세상 낮과 밤의 순환이 시작될 무렵, 홀연 지구의 동쪽 백두 영봉에 한 음성이 있어 그가 하늘을 부르면 그 즉시 하늘이, 땅을 부르면 그 즉시 땅이, 사랑을 부르면 그 즉시 사랑이 되었나니 그 곧 한국어라. 아 신령스럽고도 거룩할진저. 이 세계의 그 수많은 언어들 가운데서 참으로 으뜸가는 보배로구나. 한국어여, 그대로 하여 한 민족이 태어나고 그대로 하여 세계 5대 문명의 한 발상이 되었음은 이로써 보건대 너무나도 당연한 이치가 아니겠는가.

그러나 오늘, 이 어리석은 후손 땅에 엎드려 간절히 참회하나
니 당신이 주신 이 빼어난 보배 오랫동안 소중하게 갈고 닦지 못
했음이라. 문자는 언어의 육신인 바 그 불구의 육신에 기대 살아
온 세월이 얼마이던고. 옥이라면 진흙밭에 던져둔 셈이요, 칼이
라면 칼집에 버려둔 셈이다. 아아, 그래도 하늘은 무심치 않았도
다. 누만년 하늘을 받들어 살아온 이 민족 귀히 보심이던가. 당신
이 내리신 이 언어 다시 한번 신령을 회복케 하셨나니 이 뜻을 받
드신 분 바로 성군(聖君) 세종(世宗)이시라.

만고에 아름답고 위대한 세종대왕이시여, 당신이 창제하신 한
글로 이제 한국어는 만능의 언어가 되었고, 당신이 창제하신 한
글로 한국어는 이제 세계의 언어가 되었고, 당신이 창제하신 한
글로 한국어는 이제 새 문명의 주역이 되었고, 당신이 창제하신
한글로 한국어는 온 인류 정신의 집이 되었도다. 이 모두는 온 백
성을 어여삐 여기신, 당신의 혜량할 수 없는 철학과 사랑에서 비
롯했나니 이제 그 뜻 양(洋)의 동서(東西)와 시(時)의 고금(古今)을
넘어 인류 보편의 가치가 되었도다. 이 어찌 거룩타 아니할 수 있
으랴.

작금 인류 역사는 아날로그 시대를 마감하고 디지털 시대를 열
었다고 하나니, 아니 아날로그와 디지털을 융합한 디지로그 시
대에 들어섰다고 하나니 이제 자연과 문명이 조화 상생하는 길로
나아가지 않고서는 살아갈 수가 없도다. 그런데 이 모두는 한글
이 지향하는 가치 없이 도달할 수는 없는 차원, 인간 정신이 역사

를, 문명을 만든다 할 때 가장 과학적인 기호 체계와 가장 자연적인 세계관의 조화로 된 이 정신 원리를 외면하고 어찌 이룰 수 있다 하느뇨? 천지인(天地人) 삼재(三才)에 따라 아설순치후(牙舌脣齒喉) 다섯 발음기관을 모방한 자모(子母) 28자의 원리, 아아 그것이야 말로 바로 아날로그와 디지털의 결합이 아니고 그 무엇이랴.

그러므로 이제 우리는 세종대왕께서 한글을 창제하신 지 565년, 대한민국 건국 60년이 되는 올해 그중에서도 가장 성스러운 날을 잡아 한글날 주간을 선포하나니 이 어리석은 후손 땅에 엎드려 과거의 과오를 하늘께 참회하고 미래의 영광을 기약하여 위로는 세종대왕의 깊으신 뜻을 헤아리고 아래로는 온 인류의 행복을 위해 앞으로 한국어와 한글의 섬김을 내 몸같이 할 것임을 엄숙히 다짐하나이다.

2008년 10월 4일

한국시인협회장, 오세영(吳世榮) 찬(撰)

생태시 선언문

　대지에서 태어난 인간은 결국 대지로 돌아가는 존재이다. 그러므로 대지는 나 자신이자 어머니이며, 나의 현주소이자 나의 고향이다. 그 부드럽고 찰진 흙은 내 살이며, 졸졸졸 맑게 흐르는 물은 내 피이며, 아름답게 우거진 수목들은 내 머리털이며, 장엄하게 출렁이는 푸른 바다는 내 심장이며, 찬란하게 빛나는 하늘은 내 영혼이다.

　자연의 모방인 시는 결국 자연의 재창작물이다. 그러므로 자연은 시의 어머니이며 시의 현주소이자 시의 고향이다. 그 순결하고 따뜻한 토양은 시심(詩心)이며, 유장하게 흐르는 강과 시내는 상상력이며, 황홀하게 피어나는 꽃과 나무들은 수사학이며, 밀물과 썰물을 반복하는 파도는 율격이며, 허공을 밝게 비추는 태양은 시의 이념이다.

　인간은 홀로 살 수 없다. 그래서 더불어 사는 존재라고 한다. 그러나 자연의 아들인 인간은 또한 자연 없이 살 수 없다. 인간이 그렇듯 시인 역시 언어만으로 살 수 없고 자연과 더분 교감으로 산다. 그러므로 인간을 사회적 동물로만 규정했던 옛 현인의 오류는 이제 수정되야 한다. 인간은 사회생태적(socio-ecolgical) 동물인 것이다.

그러므로 시여, 시인이여, 이 21세기의 벽두에서 이제 다시 한 번 인간 해방을 노래하자. 그것은 수백 년 전 우리의 선학들이 신(神)으로부터의 인간 해방을 노래했듯 인간으로부터의 인간 해방을 노래하는 것을 뜻하나니 시여, 시인이여, 이제부터는 인간의 굴레를 벗어나 자연과 더불어 사는 행복을 노래하자. 자연이여, 대지여, 대지에 발을 딛고 사는 인간이여 길이 축복 있으라.

2007년 19월 함평 나비 축제에서
한국시인협회 회장 오세영(吳世榮) 찬(撰)

애통하고 애통하도다

아. 숭례문(崇禮門), 이 어인 횡액인가. 항상 있어야 할 그 자리에 이 아침 그대가 보이지를 않는구나. 아름다운 자태, 믿음직한 용자, 언제 우러러도 당당한 그 위용이 한 순간에 거짓인 양 사라져 없어지고 허물어진 초석밖에 남은 것이 없구나. 타버린 잿더미, 깨져버린 기왓장, 부러진 서까래만 처연하게 남았으니 이 참상 어찌 차마 입에 담을 수 있으리. 역사의 굽이치는 물결에 휩쓸려, 사회가 격변하고 인사가 요망해져 시대의 행방이 위급에 처한 때에도 그대는 한결같이 민족의 중심을 잡아주었나니 숭례문이여, 허망하고 허탈하도다. 비통하고 침통하도다. 분하고 한스럽고 욕되도다.

그대는 민족의 예지, 남으로 낸 그 커다란 눈과 먼 대양을 향해 활짝 연 가슴으로 역사의 험난한 파고를 넘어왔나니, 악랄한 일본 제국주의의 침탈과 북의 잔혹한 이데올로기의 족쇄에서 우리를 구해낸 것도 그대가 아니었던가. 그대는 민족의 양심, 끝내 한 자리를 지키는 신념과 한 발짝 물러섬이 없는 투지로 그 어떤 어두운 시대나 그 어떤 무자비한 권력의 탄압에도 굴하지 않고 당당히 자유와 평등을 지켜내지 않았던가. 우리는 기억하노라. 그대 앞에서 그대의 든든한 어깨를 방패 삼아 목이 터져라 외쳤던 그 3월의 만세를, 4월의 노호를 그리고 그 5월과 6월의 분노를. 그대는 민족의 긍지, 시대가 편의를 빙자하여 시류에 몸을 맡기고 인사가 정도를 잃어 세속에 마음을 팔아넘길 때에도 그대는 의연히 천지인(天地人) 섬김의 도리를 버리지 않았나니 속인들이 그 이해득실에 따라 아유구용(阿諛苟容)과 합종연횡(合從連橫)에 몰두할 때 당신은 오로지 하늘만을 우러러 살았도다. 주위를 에워싼 서양식 빌딩과 자동차의 소란스런 경적과 화려한 상품들의 아귀다툼, 그 속된 물질들의 유혹을 뿌리쳐 홀로 고고히 하늘로 처마 끝을 치켜 올린 조선 600년, 민족의 자존심이여.

그러나 이 어인 일인가. 어리석은 후손, 무지와 탐욕과 향락에 눈이 멀어 지금까지 당신의 안위에는 안중에 없었나니, 오호통재라, 당신이 가신 후 땅을 치고 후회해도 이는 마치 부모의 상을 당해 비로소 애통해 함과 같도다. 그래도 뿌리 있는 민족의 개명한 중생이라면 이 참혹한 당신의 주검 앞에서 어찌 교훈인들 얻지 않을 수 있으리. 그런즉 문득 내게도 한 가지 깨달음이 있나니 이 곧 당신의 존함이 가르쳐주는 바 숭례(崇禮)의 도(道)라. 하늘을 예로서 대하고, 땅을 예로서 대하고, 또 인간을 예로서 대하면 천하가 정의롭고 화평할 것을, 내 문득 생각하나니 지난 수십 년 우리는 어찌 예를 숭상하며 살아왔다 하겠는가.

자연을 예로써 대하지 아니하여 환경 파괴와 재해를 불러일으키지 않았던가. 인간을 예로써 대하지 아니하여 물신 풍조와 비인간화를 조장하지 않았던가. 경제를 예로써 대하지 아니하여 탐욕과 이기와 향락을 부추기지 않았던가. 정치를 예로써 대하지 아니하여 계급 갈등과 지역 다툼과 이념 편견에서 오는 증오심을 키우지 않았던가. 언어를 예로서 대하지 아니하여 사회를 병들게 하지 않았던가. 오호통재로다. 이로써 보면 숭례문, 당신의 죽음은 자살일시 분명하니 이 모든 원인의 제공은 어리석고, 무지하고, 후안무치한 우리 후손의 책임이라. 600년 제자리를 지켜 민족의 중심을 잡아주었던 숭례문이여. 이 아둔한 후손 이제서야 땅을 치고 후회하며 그대의 명복을 비노라.

방화로 인한 숭례문 소실(燒失)을 애통해 하며
서울대학교 명예교수 오세영 찬(撰)

● 『국민일보』 2008년 2월 12일